GW01606122

LE VENT

OUVRAGES DE CLAUDE SIMON

☆*m*

LE TRICHEUR, roman, 1945, *épuisé.*
LA CORDE RAIDE, 1947, *épuisé.*
LE VENT. TENTATIVE DE RESTITUTION D'UN RETABLE BAROQUE, roman, 1957.
L'HERBE, roman, 1958 ("double", n° 9).
LA ROUTE DES FLANDRES, roman, 1960 ("double", n° 8).
LE PALACE, roman, 1962.
HISTOIRE, roman, 1967 ("double", n° 86).
LA BATAILLE DE PHARSALE, roman, 1969.
LES CORPS CONDUCTEURS, roman, 1971.
TRIPTYQUE, roman, 1973.
LEÇON DE CHOSES, roman, 1975.
LES GÉORGIQUES, roman, 1981 ("double", n° 35).
LA CHEVELURE DE BÉRÉNICE, 1984.
DISCOURS DE STOCKHOLM, 1986.
L'INVITATION, 1987.
L'ACACIA, roman, 1989 ("double", n° 26).
LE JARDIN DES PLANTES, roman, 1997.
LE TRAMWAY, roman, 2001 ("double", n° 49).
ARCHIPEL et NORD, 2009.
QUATRE CONFÉRENCES, 2012.

Aux Éditions Maeght :

FEMMES (sur vingt-trois peintures de Joan Miró) *tirage limité*, 1966, *épuisé.*
PHOTOGRAPHIES, 1937-1970 (107 photos et texte de l'auteur. Préface de Denis Roche), 1992.

Aux Éditions Skira :

ORION AVEUGLE (avec 21 illustrations), « Les sentiers de la création », 1970, *épuisé.*

Aux Éditions Rommerskirchen :

ALBUM D'UN AMATEUR, 1988, *tirage limité.*

Aux Éditions L'Échoppe :

CORRESPONDANCE AVEC JEAN DUBUFFET, 1994.

CLAUDE SIMON

LE VENT

TENTATIVE DE RESTITUTION D'UN RETABLE BAROQUE

LES ÉDITIONS DE MINUIT

www.leseditionsdeminuit.fr

ISBN 978-2-7073-2274-6

Deux dangers ne cessent de menacer le monde : l'ordre et le désordre.

P. VALÉRY

I

« Un idiot. Voilà tout. Et rien d'autre. Et tout ce qu'on a pu raconter ou inventer, ou essayer de déduire ou d'expliquer, ça ne fait encore que confirmer ce que n'importe qui pouvait voir du premier coup d'œil. Rien qu'un simple idiot. Seulement, lui, avec le droit de se promener en liberté, de parler aux gens, de signer des actes et de déclencher des catastrophes. Parce qu'il paraît que les médecins classent les types comme ça dans les inoffensifs. Très bien. C'est leur affaire. Mais si, au lieu de se contenter de leur avis, on demandait aussi celui des gens comme nous qui en savent peut-être un peu plus long sur l'espèce humaine que tous ces types de la Faculté... Parce que, écoutez-moi : en fait de spécimens humains, tout défile ici, vous pouvez me croire, et en ce qui concerne les mobiles auxquels obéissent les gens, si j'ai appris quelque chose pendant les vingt ans que j'ai passés dans cette étude, c'est ceci : qu'il n'en existe qu'un seul et unique : l'intérêt. Et alors, voilà ce que je dis... » Et tandis que le notaire me parlait, se relançait encore – peut-être pour la dixième fois – sur cette histoire (ou du moins ce qu'il en savait, lui, ou du moins ce qu'il en imaginait, n'ayant eu des événements qui s'étaient déroulés depuis sept mois, comme chacun, comme leurs propres héros, leurs propres acteurs, que cette connaissance fragmentaire, incomplète, faite d'une addition de brèves images, elles-mêmes incomplètement appréhendées par la vision, de paroles, elles-mêmes mal saisies, de sensations, elles-mêmes mal définies, et tout cela vague, plein de trous, de vides, auxquels l'imagination et une approximative logique s'efforçaient de remédier par une suite de hasardeuses déductions – hasardeuses mais non pas forcément fausses, car ou tout n'est que hasard et alors les mille et une versions, les mille et un visages d'une histoire sont aussi ou plutôt sont, constituent cette histoire, puisque telle elle est, fut, reste dans la conscience de ceux qui la vécurent, la souffrirent, l'endurèrent, s'en amusèrent, ou bien la réalité est douée d'une vie propre, superbe, indépendante de nos perceptions et par conséquent de notre connaissance et surtout de notre appétit de logique – et alors essayer de la trouver, de la découvrir, de la débusquer, peut-être est-ce aussi vain, aussi décevant que ces jeux d'enfants, ces poupées gigognes d'Europe Centrale emboîtées les unes dans les autres, chacune contenant, révélant une plus petite, jusqu'à quelque chose d'infime, de minuscule, insignifiant : rien du tout ; et maintenant, maintenant que tout est fini, tenter de rapporter, de reconstituer ce qui s'est passé, c'est un peu comme si on essayait de recoller les débris dispersés, incomplets, d'un miroir, s'efforçant maladroitement de les réajuster, n'obtenant qu'un résultat incohérent, dérisoire, idiot, où peut-être seul notre esprit, ou plutôt notre orgueil, nous enjoint sous peine de folie et en dépit de toute évidence de trouver à tout prix une suite logique de causes et d'effets là où tout ce que la raison parvient à voir, c'est cette errance, nous-mêmes ballottés de droite et de gauche, comme un bouchon à la dérive, sans direction, sans vue, essayant seulement de surnager et souffrant, et mourant pour finir, et c'est tout...) tandis que le notaire parlait, donc, je ne pouvais m'empêcher d'imaginer l'autre, celui qui avait ainsi défrayé la chronique de la ville et dont les gens comme le notaire n'avaient probablement pas encore fini de parler, tel que je l'avais vu la veille encore, tel qu'il était sans doute déjà quelques mois plus tôt (car il semblait appartenir à cette sorte d'êtres qui ont vieilli une fois pour toutes, non pas même au cours de leur adolescence, mais de leur enfance et qui, ce pas franchi, se trouvent sans doute hors d'atteinte, sinon du mal, de la souffrance, du temps, mais de leurs stigmates, de sorte que tout ce qui venait de se passer pendant cette brève période de quelques mois, les événements qu'il déclencha, ou plus exactement débrida – et ceci, sembla-t-il, bien plus que par ses actes, par sa seule apparition, sa seule présence, à la façon de ces réacteurs chimiques, de ces excitateurs, ou plutôt encore de ces objets chargés d'une vertu bénéfique ou maléfique et qui n'ont besoin pour manifester leur puissance de faire autre chose que se contenter d'exister, d'être là – semblaient avoir passé sur lui, sinon sans l'atteindre, du moins, apparemment, sans laisser de traces, ni plus ni moins que n'importe quelle tempête venue du fond des âges sur n'importe quel galet roulé lui aussi depuis le fond des âges : seulement peut-être un peu plus lisse d'avoir encore été traîné et brassé, un peu plus poli, débarrassé de ses dernières aspérités pour présenter à la fin cette surface sans repères, l'impénétrable visage de cette insoluble, oiseuse énigme du bien et du mal) lorsqu'il débarqua, tombant là au milieu de nous, à l'improviste, comme un caillou dans la mare, avec pour tout bagage cet appareil de photo qui ne le quittait jamais, sa bicyclette, et un antique sac de voyage à courroies datant au moins du début du siècle et renfermant sans doute en tout et pour tout avec quelques mouchoirs et chaussettes, trois ou quatre de ces chemises de flanelle grisâtre, décolorées à force d'avoir été lavées, au col et aux poignets élimés, et enfin cet énorme dossier que je vis une fois dans sa chambre, à couverture de toile, fermé par une sangle et contenant à grand-peine un fatras de vieilles lettres, d'épreuves de photos et de papiers jaunis qui constituaient, semblait-il, la totalité de sa fortune ; et alors, par une sorte de paradoxe facétieux et cruel, faisant naître, à peine apparu, révolte, désirs, discorde et colère, lui qui, selon toute apparence, se voulait, s'était choisi, était le contraire de tout cela et que l'on découvrit avec stupeur, lorsque tout fut fini, lorsque furent retombées et la vase soulevée, et les passions, non pas à vrai dire intact mais entier, peut-être parce qu'aucun être humain ne peut, même en se niant, arriver à se détruire tout à fait s'il ne va pas jusqu'à le faire dans sa personne physique, peut-être parce qu'il existe une sorte de pitoyable paix par-delà ou plutôt au tréfond de toute souffrance et de toute douleur, comme au paroxysme de tout vouloir et de tout orgueil. Il me semblait donc le voir, assis là, dans ce même fauteuil où je me trouvais moi-même, aux motifs sculptés qui vous entraient dans le dos, en face du notaire derrière son bureau de bois noir, et, derrière le notaire, les vantaux vitrés de la bibliothèque, noire elle aussi, portant à son sommet quelque chose comme un fronton, un écusson sculpté représentant sur un cartouche ovale deux initiales dorées et entrelacées, la pièce tout entière, à l'aspect vieillot, solennel et funèbre contrastant avec son occupant actuel : un homme jeune encore, aux cheveux courts, taillés en brosse, au visage de sportif, au costume coupé dans un de ces tissus riches et laids choisis en vitesse avec pour seule référence leur cherté et leur anonymat, au débit pressé, vulgaire et cordial d'homme d'affaires, et qui, comme il était en train de me le raconter, pour la première fois peut-être depuis qu'il s'était assis derrière ce bureau vingt ou vingt-cinq ans auparavant, se trouvait à ce moment sinon désarçonné, en tout cas un peu agacé, mal à l'aise, quoiqu'il s'efforçât de n'en rien laisser paraître, continuant à s'exprimer avec cette même faconde, cette même aisance, cette sorte de vulgarité apprise à l'usage des bars, des salons et des marchandages, cependant qu'il essayait non de pénétrer, de comprendre ce qui se passait derrière le visage de son visiteur, mais de classer celui-ci dans une des cinq ou six catégories, non pas humaines, mais en quelque sorte utilitaires dans lesquelles il avait appris à ranger ses semblables : « Parce que, me dit-il, en vingt ans de notariat, je pense avoir vu à peu près tout ce qu'un prêtre ou un médecin peuvent avoir l'occasion de connaître en fait de gens, et d'histoires, qu'elles soient du genre privé, public, ou familial. Et même un peu plus : parce que moi, je suis à même de voir un côté de la question sur lequel ni le prêtre ni le médecin n'ont d'aperçus, du moins autres que ce qu'on veut bien leur raconter. Et alors permettez-moi de vous dire que ce n'est pas très varié. Je ne sais plus dans quel journal ni à propos de quoi j'ai lu une fois qu'on avait dénombré trente-deux ou trente-six situations théâtrales. Laissez-moi rire. Parce qu'avec les cinq doigts de la main je vous garantis que vous avez amplement de quoi compter les différents cas auxquels tout peut se ramener, et même avec un seul, parce que, vous me connaissez, et je n'ai pas besoin de vous dire que je n'ai rien d'un communiste et qu'aucune chose ne me révolte plus que cette conception du monde et de la vie fondée sur la force de je ne sais quelles lois de la matière ou de l'économie, et pourtant, croyez-moi, un seul doigt peut suffire, parce que l'unique mobile de toutes les actions humaines, de tous les prétendus drames psychologiques, et j'en ai vu passer suffisamment dans ce bureau pour avoir le droit d'en parler, eh bien c'est l'intérêt, et rien d'autre, et ce n'est pas à moi qu'il faut venir raconter des histoires de bonnes femmes. Seulement, je reconnais que lorsque je l'ai vu là, assis en face de moi, avec cette figure d'épouvantail à moineaux, cette tête de noyé qu'on aurait tout juste repêché l'heure d'avant à la plage et amené ici directement sans même prendre la peine de l'essuyer, ou plutôt de le rincer, ou plutôt de l'essorer, avec ces cheveux noirs trop longs de dix centimètres et cet appareil de photo d'au moins cent mille francs accroché sur son ventre alors qu'aucun clochard de la ville n'aurait seulement voulu, si vous le lui aviez donné, de cet imperméable qui doit lui servir à la fois de tenue de sortie et de chemise de nuit probablement, à moins qu'il ne dorme pas, ne se couche pas, promène toute la nuit dans les rues cette dégaine de rescapé de Buchenwald simplement pour rendre service aux mères de famille dont les enfants ne veulent pas dormir, quoique même pour ça il ne serait probablement d'aucune utilité puisque, paraît-il, il n'y a qu'aux gosses qu'il ne réussisse pas à faire peur à en juger par les trois ou quatre qui sont toujours à courir derrière lui pour qu'il les photographie et leur donne une de ces sucettes dont il fait sans doute provision le matin avant de sortir comme d'autres font provision de cigarettes ou de petite monnaie. Oui : les gosses et les femmes. Comprenez si vous le pouvez : qu'une putain de serveuse comme cette Rose ait essayé de l'embobiner et de lui mettre le grappin dessus, ça devait arriver, mais qu'une jeune fille aille se compromettre comme... Enfin ce ne sont pas mes affaires. Bon. Très bien. Je le reconnais : je me suis trompé, fichu dedans, fourré le doigt dans l'œil, tout ce que vous voudrez. Et pas à moitié. Du tout au tout. Parce que ce jour-là, quand je l'ai vu entrer ici pour la première fois, pas une minute, je vous le jure, je n'aurais cru qu'il allait faire autre chose que me dire "Vendez", me signer tout de suite un pouvoir et repartir comme il était venu en me donnant non pas le numéro d'un compte en banque pour que je fasse virer les fonds quand ce serait fait, mais l'adresse d'une Trappe quelconque ou peut-être même d'une maison de cinglés. Mais au bout d'une heure et alors que je lui avais expliqué en long et en large pour la vingtième fois ce qu'il en était et que jamais qui que ce soit ne remettrait sur pied une propriété dans cet état, il n'avait pas encore ouvert la bouche autrement que pour dire : "oui", "non", "peut-être", ou "je ne sais pas", et je me demande même s'il s'était donné la peine de m'écouter, parce que dès que je le quittais des yeux, je le retrouvais, en relevant la tête, occupé à regarder cette gravure, ou le haut de la bibliothèque, ou le tapis, ou cette lampe, exactement comme s'il voulait faire un inventaire ou n'était jamais entré de sa vie dans un bureau comme celui-ci, ce qui me paraît le plus probable, quoique ce n'aurait pas été le premier que j'aurais vu, avec cette différence que les autres, les types de la campagne qui s'amènent ici, ou ceux qu'on voit une fois pour un contrat de mariage et puis jamais plus, se tiennent le plus souvent posés sur le bord de leur chaise sans oser bouger le petit doigt, tandis que lui... »

Et il me semblait le voir, tranquillement assis, son béret basque informe sur ses genoux croisés, ses mains croisées aussi par-dessus le béret, l'appareil de photo pendant sur la poitrine, examinant objets, meubles, décor, et l'homme qui se tenait dans ce décor, avec cet air un peu hagard et doux qu'ont les yeux des chiens, les siens très noirs au fond des orbites : une tête de vieillard (« Et pourtant, dit le notaire, j'avais les papiers, l'état-civil, les dates, et je savais qu'il n'avait pas beaucoup plus de trente-cinq ans ! »), un long menton en galoche et d'épais sourcils se rejoignant au milieu, comme tracés au charbon et qui le faisaient ressembler à ces acteurs mal grimés avec quelque chose d'à la fois pitoyable, vaguement inquiétant, et comique.

Nous étions maintenant en automne, et lorsqu'il était arrivé ce n'était pas encore le printemps : seulement ces journées chaque jour un peu plus longues, insolites, de la fin de l'hiver, où la lumière sans chaleur s'étire, s'attarde, mourant longuement là-bas, pardessus les toits, dans le ciel vert, trop pur, glacé, au-dessus de la ville aux rues désertes, balayées par le vent sauvage et froid. Le bureau du notaire était au rez-de-chaussée et donnait sur une de ces cours intérieures des maisons du Midi ornées de quelques plantes vertes et, dans des caisses, de deux de ces palmiers rabougris aux feuilles disposées en éventail, sèches, piquantes, cassées, et parfois le vent s'engouffrait en tourbillons entre les murs, courbait, secouait feuilles et palmes avec un bruit rêche, cartonneux, un froissement, un frisson mauvais, rapide, après elles reprenaient leur immobilité. Et je cherchais à l'imaginer, comme le décrivait le notaire, regardant autour de lui, de cet air placide, affable, intéressé et distrait à la fois, ces choses nouvelles pour lui : les palmiers, le ciel vide, l'ameublement funèbre de l'étude, et, quand il se retrouvait au-dehors, saisi, attaqué par le vent, courbé contre lui, légèrement voûté, portant, à la façon des écoliers, les deux bras en corbeille derrière son dos, cette serviette en cuir grossièrement tanné, à moitié décousue, dans laquelle les premiers temps il trimballait partout avec lui le précieux dossier de toile, les yeux larmoyants, enflammés par la poussière, promenant ce même regard étonné et curieux sur les façades, les boutiques, les gens, comme derrière la vitre du wagon de troisième classe, les traits tirés par la nuit de voyage, les joues parsemées d'un poil rare et noir, il avait, quelques jours auparavant, regardé filer horizontalement les étangs, les collines grises, les haies de cyprès, la terre rouge des vignes, les rivières desséchées dans leurs inutiles et trop vastes lits de cailloux : un paysage aigre, brutal sous l'hivernale et impitoyable lumière qui faisait étinceler à l'horizon la barre métallique de la mer, le forçant à cligner des yeux, et dans laquelle il se tint un peu plus tard, les paupières grumeleuses et brûlantes, contemplant avec une sorte d'hébétude le flanc verdâtre du wagon, le mur de briques de la gare, le quai où il se décida enfin à suivre la foule, titubant sous le poids de l'antique valise qui lui cognait la jambe, faisant pour la première fois connaissance dans l'âcre odeur de fumée rabattue et le maelström de détritus tourbillonnants, avec cette tempête, cette sorte d'ouragan quasi permanent, de violence sans objet, sans raison, qui se jetait sur lui, l'assaillait, le houspillait furieusement.

Ce fut l'après-midi de ce même jour qu'il alla sonner chez le notaire, attendant patiemment, le béret à la main, que le clerc se décidât à lever la tête pour lui demander ce qu'il voulait, attendant encore sur la banquette mal rembourrée de l'entrée, semblable à un objet que quelqu'un aurait posé là et oublié, jusqu'à ce que le clerc se lève enfin, et aille l'annoncer. Qu'il dût venir là un jour, sans doute s'y attendait-il, le savait-il, l'avait-il toujours su, car il était impossible de l'imaginer autrement, comme il était impossible d'imaginer que personne ne lui eût raconté comment, trente-cinq ans plus tôt, il était parti, ou plutôt avait été emmené, ou plutôt emporté loin de ce même pays, de cette lumière, de ce vent, et en quelque sorte avant même d'avoir connu n'importe quelle lumière, puisque c'était non pas couvert d'un vêtement, ni même de langes, mais à l'intérieur d'un ventre, qu'il avait participé à ce qui avait été l'unique et irrévocable représaille d'une femme outragée, bafouée, et ceci sous son propre toit, et alors même qu'elle venait d'annoncer à l'homme dont elle était devenue l'épouse quelques mois auparavant qu'elle allait avoir un enfant de lui : le surprenant (l'homme, son mari tout neuf) entre deux portes (comme deux chiens, dit-elle un jour, des années plus tard, une des rares fois où il lui arriva d'en parler : comme deux bêtes, dans un couloir, tellement pressés de faire ça que ni lui ni cette fille n'avaient pu attendre ni prendre seulement le temps de monter jusqu'aux chambres des domestiques, ou peut-être parce que pour lui c'était là une de ces choses comme fumer ou boire – elle ne dit pas manger, persuadée sans doute qu'avec la copulation, le sommeil et la prière, se nourrir était un de ces actes graves et fondamentaux dont la solennité exigeait qu'ils fussent accomplis dans la stricte observance de rites immuables et dans des positions (assis, couché ou à genoux) qui en consacrent la gravité – que l'on peut faire aussi bien debout, tout habillé, et sans doute en pensant à d'autres ; et peut-être fut-ce seulement cela qu'elle ne put admettre : la position, le sacrilège, l'inconcevable défi moins aux lois divines, à l'engagement pris, aux promesses, qu'aux coutumes, à la tradition ou plutôt convention qui veut que certains actes soient entourés du cérémonial d'usage ; une telle bestialité, dit-elle, oubliant que pour l'accouplement l'homme est justement le seul animal à posséder ce privilège de pouvoir ignorer, faire fi, et des saisons et des rites : cette parade, cette succession prévue et inchangeable d'attitudes et de gestes qui doivent préluder et conduire à la conclusion non moins prévue et inéluctable, mais dont aucune bête ailée, rampante, nageant ou courant n'oserait enfreindre l'ordre), l'ayant surpris, donc, avec la bonne, celle-ci ayant à peine eu le temps de rabattre sa jupe, le visage empourpré, baissant honteusement la tête, inutilement d'ailleurs car elle passa, continua son chemin sans paraître les avoir remarqués, pénétra dans sa chambre dont elle ressortit un peu plus tard, non pas même munie d'une valise ou d'un simple nécessaire de voyage, mais de son sac, habillée comme pour sortir faire des courses en ville, et ainsi se dirigeant sans un moment d'hésitation vers la gare où elle monta dans le premier train qui pût la ramener chez elle.

Elle n'était pas riche. Elle ne demanda pas le divorce, mais, comme elle avait refusé d'ouvrir sa porte pour recevoir des excuses et peut-être pardonner, elle refusa aussi bien la rente que son mari tenta de lui verser que de lui laisser voir, fût-ce une seule fois, le fils qu'elle mit au monde.

Puis la ville, qui avait suivi ces événements, ou plutôt (tant cela fut bref, brutal, le rideau refermé aussitôt qu'ouvert) appris le coup de théâtre avec stupeur, cessa d'en parler, oublia même la femme et l'enfant dont l'histoire resta comme une sorte de légende : la femme étrangère (et, plus qu'à la ville, au pays) connue à l'occasion du mariage d'un lointain cousin ou d'un camarade de guerre, quelque part dans le Nord, épousée, ramenée, engrossée, trompée, puis disparue, tout cela en l'espace de quelques mois à peine. Repartie avant même que toutes les visites de présentation eussent été achevées. Enfuie avec pour tout bagage un sac à main mais en emportant vindicativement dans ses flancs, à l'intérieur de cette sorte de tabernacle clos, d'obscurité rouge, de châsse, celui que la ville ne devait revoir que trente-cinq ans plus tard, suscitant la même rumeur de stupeur et de scandale qui avait entouré son départ : le scandale étant d'abord et avant tout qu'il fût venu, quand bien même il n'eût pas laissé s'écouler deux semaines après que le notaire eut envoyé la lettre, quand bien même il eût été là pour suivre le corbillard conduisant au caveau de famille (où celle qui l'avait porté dans son corps, nourri et élevé, ne reposait pas) les restes de l'homme dont, quoiqu'il ne l'eût jamais ni connu ni vu, il portait le nom (char funèbre cahotant lentement sur les pavés inégaux dans le vent coupant de février, le soleil froid, les quatre plumets échevelés oscillant au-dessus du cortège noir, des voiles de crêpe, et sous l'un d'eux le masque trop et maladroitement, presque naïvement, peint – quoiqu'il n'eût pas besoin de l'être, pas plus que le corps juvénile, fruste, n'était habitué aux talons démesurément hauts sur lesquels, les chevilles tordues, il vacillait, soutenu par la femme plus âgée qui marchait à côté, portant, impassible, impénétrable, un de ces visages plus habitués à être penchés sur la terre, les champs, que levé dans les factices, racoleuses et bruyantes rues des villes) ; stupeur lorsqu'ils le virent, avec sa bizarre dégaine – de défroqué, dirent les uns, d'échappé d'asile, dirent les autres –, son unique jeu de vêtements élimés, ce visage précocement vieilli, cet inséparable appareil de photo et cet on ne savait quoi d'insolite qui se dégageait de lui, scandale et stupeur qui s'accrurent encore lorsqu'on apprit qu'il restait, allait s'installer là en dépit, comme le raconta le notaire, de toute raison, et même, allèrent jusqu'à dire certains, de toute pudeur. Car, non seulement il ne fit pas ce que les gens s'attendaient à (ou espéraient, ou souhaitaient, ou avaient escompté) lui voir faire, mais encore ce qu'il fit (entreprendre – prétendre entreprendre – là où l'un d'eux s'était à demi ruiné – et en un sens par sa faute, quoique indirectement – car cela chacun le savait : cette fuite, cette vengeance de femme, cette frustration d'un fils ayant été à l'origine de tout, celui qu'on ne pouvait appeler ni le veuf ni le divorcé, quoiqu'en quelque sorte il fut les deux à la fois tout en n'étant ni l'un ni l'autre, ne s'en étant jamais consolé, jamais remis : de là le dégoût, l'abandon, l'à-vau-l'eau – entreprendre donc d'exploiter un domaine seulement sien en vertu d'un acte nocturne (cette ténébreuse, obscène, brutale et éphémère saillie, pénétration, fécondation d'une chair par une autre) sans témoins et sans suivants – ou presque – et datant de plus de trente ans ; un hasard, un malentendu ayant pour quelques semaines accouplés dans le même lit un homme et une femme inconnus jusque-là l'un à l'autre et destinés par la suite à ne plus jamais se revoir, comme si avec sa semence l'étrangère était en même temps venue dérober au mâle, lui extorquer les fertiles terres rouges, les détourner en quelque sorte, les soustraire à leur destination naturelle, savoir : une postérité, une descendance tenant ses droits non pas seulement d'un coït éphémère et pour ainsi dire clandestin, puisque sans lendemains, mais encore par ce qui (gifles reçues, inquiétudes données, leçons apprises, cohabitation, alarmes, joies, mythes hérités et partagés), tout autant que le sang, fait d'un enfant l'indiscutable héritier non seulement des biens mais d'une certaine tradition, mode de vie, décorum, manière d'agir, ce que l'on vit bien car :) ce qu'il fit, donc, il l'accomplit de telle sorte (cet accoutrement, cette dégaine de pauvre, ce vélo brinquebalant, ferraillant, sur lequel on le rencontrait partout, cet air hagard et optimiste de doux imbécile, cette paisible obstination dans l'impossible, l'irréalisable, en dépit des conseils, cet insolent défi en un mot) que les gens ne pouvaient en aucun cas l'admettre, et cela n'importe qui à sa place l'aurait su : que, si l'opinion publique finit tôt ou tard par se fatiguer et finalement, de gré ou de force, tout avaler – et avaliser – (parce qu'en réalité elle se fiche éperdument et du bien, et du mal, ni plus ni moins d'ailleurs que ceux-ci, absolument, se fichent d'elle), elle ne peut par contre se permettre de tolérer l'inobservance de ce minimum de formes extérieures faute de quoi, probablement, comme une vieille baraque pourrie et privée de ses étais, notre monde s'effondrerait, basculerait en quelques instants dans le vide et le néant, y précipitant avec lui son grouillement d'habitants terrifiés, glapissants, et fous.

Et ainsi, au fur et à mesure que le notaire me parlait, je pouvais reconstituer ce qui s'était passé entre lui et son visiteur à partir du moment où celui-ci était entré, s'était assis, disant : « Je n'ai pas pu arriver plus tôt, j'étais malade, le docteur... », et le notaire : « Mais certainement, c'est bien naturel. J'imagine bien que... Enfin, comme je vous l'avais écrit, les obsèques ont eu lieu mercredi dernier et... », et lui : « Justement : j'aurais voulu, j'aurais au moins tenu... », et le notaire : « Mais bien sûr. Certainement. Voyons : j'ai pas mal de choses à vous communiquer. Si vous permettez je vais d'abord donner des ordres pour qu'on ne nous dérange pas... », jusqu'à environ deux heures plus tard, les deux heures qu'il passa sans bouger de son fauteuil, sans faire mine de retirer son imperméable ni même de poser sur une chaise son béret ou l'appareil de photo, assis là à regarder les gravures, les sombres boiseries, les plans ou les actes qu'il prenait de la main tendue vers lui par-dessus le bureau, examinait exactement du même œil ni plus ni moins intéressé, ni plus ni moins étonné, que celui qu'il promenait sur les autres objets autour de lui : les palmiers dans la cour, la petite lampe à abat-jour d'opaline verte que le notaire alluma lorsque l'on commença à ne plus y voir suffisamment clair, tandis que pour la vingtième fois peut-être il essayait de lui expliquer ce qu'était une vigne, l'argent et le temps qu'il fallait compter pour arracher, replanter, greffer, et attendre jusqu'à ce qu'elle rapportât de nouveau, essayant en même temps de lui expliquer comment, par la négligence, le laisser-aller, le dégoût du mort, les deux cents hectares de ce qui avait été autrefois un des plus beaux domaines du pays rapportaient maintenant à peu près tout juste de quoi payer le foncier, et ce fut à ce moment, raconta-t-il par la suite, qu'il entendit pour la première fois la voix de son visiteur, quoiqu'ils eussent déjà échangé les brèves répliques dites deux heures avant, mais étant alors (le notaire) trop ahuri, éberlué, occupé à examiner le nouveau venu pour pouvoir en même temps écouter l'organe lui-même, cette voix de phonographe, dit le notaire : « Parce qu'il n'y a qu'un de ces instruments qui soit capable de vous débiter n'importe quelle énormité sans baisser le ton par pudeur ou l'élever pour se donner une contenance : comme s'il remontait une manivelle et puis se tenait à côté avec cette figure affable de chien mouillé, ou plutôt de chimpanzé, à vous sourire pendant que la voix du phonographe vous raconte sans sourciller qu'il aurait tellement tenu à assister à l'enterrement d'un père qu'il n'a jamais vu ni connu, jamais eu même l'intention de voir ni de connaître... Mais j'imagine qu'il pourrait aussi bien vous demander de la même façon depuis combien de temps vous et votre femme faites chambre à part ou s'informer aimablement de la santé de l'oncle qui a dû quitter le pays après faillite, et quand vous venez de vous esquinter pendant toute une après-midi à lui parler de ses affaires, vous vous apercevez tout à coup que depuis déjà un bon moment il ne vous écoute plus, ne fait plus que semblant par pure politesse alors que quelque chose le préoccupe beaucoup plus, infiniment plus même, jusqu'à ce qu'il n'y tienne plus et se mette, toujours avec sa voix de phonographe et son sourire de démonstrateur qui s'excuse de vous déranger, à vous faire passer une interview en règle sur l'origine, le sujet, la date, le comment et le pourquoi d'une gravure que votre arrière-grand-père peut-être a suspendu là il y a cent cinquante ans et que vous-même depuis quarante ans que vous passez devant n'avez seulement jamais eu l'idée de regarder, vous savez ce que... »

Mais je ne l'écoutais plus : il me semblait les voir là tous deux dans la lumière de la lampe de bureau, et entendre ce dialogue dont le notaire raconta plus tard qu'à la fin il en était arrivé à se demander lequel des deux, de lui ou de l'autre, était l'idiot, ou le fou, ce dialogue que le notaire n'avait pas encore fini de se remémorer, n'aurait sans doute pas assez de sa vie tout entière pour prendre conscience qu'il l'avait bien entendu :

« Ne veux pas vendre c'est-à-dire je ne crois pas que je

– Certainement bien sûr mais peut-être n'avez-vous pas bien suivi

– Si mais il me semble qu'il n'aurait pas aimé cela je veux dire que je vende qu'en pensez-vous

– Ce que

– C'est-à-dire il me semble que si quelqu'un qui possède quelque chose ne l'a pas vendu de son vivant ou mis en viager et même comme vous venez de me l'expliquer a fait des dettes pour le conserver c'est qu'il désirait

– Qu'il dés vous voulez dire qu'uniquement parce que vous pensez que monsieur que votre p enfin que c'est eu égard au fait qui mais parfaitement parfaitement c'est c'est

– N'est-ce pas

– Mais tout de même encore une fois je crois qu'il est de mon devoir tout de même de vous prévenir enfin de ne pas vous cacher qu'avant de pouvoir espérer tirer un revenu

– C'est-à-dire vous savez ma mère m'a laissé un peu d'argent je et puis je pourrais peut-être faire de la photo », abaissant la tête, montrant, soulevant un instant dans sa main l'appareil qui pendait sur sa poitrine comme, semblait-il, une sorte de troisième œil, un organe supplémentaire, puis le laissant retomber, disant : « à Eragny enfin je veux dire là où j'habite j'ai réussi à me faire une petite clientèle vous savez les mariages les premières communions et puis aussi je faisais tous les ans les photos des classes du col

– Mais oui pourquoi pas ici aussi vous savez nous avons des premiers communiants pourquoi pas les gens se marient font des gosses et vont aussi les faire photographier tout nus les fesses en l'air sur un coussin et si votre appareil peut faire ce genre de photos.

– Dites-moi est-ce qu'on vous a chargé de me transmettre une offre

– Une mais je ne je ne vois pas ce qui vous permet ce qui peut vous faire supposer

– Est-ce que ce n'est pas comme ça que cela se passe je veux dire si quelqu'un avait envie d'acheter cette propriété et sachant que vous vous occupiez des affaires de mon père

– Je ne suis pas un marchand de biens je ne vois pas

– Ne vous fâchez pas je croyais que cela se faisait que les notaires je n'avais pas l'intention de vous offenser vous savez j'ai une assez mauvaise santé ma mère m'a un peu élevé dans du coton et même après sa mort enfin c'est pour vous dire qu'il y a un tas de choses dont je n'ai pas la moindre idée c'est pourquoi je vous ai demandé

– Mais je vous en prie il n'y a pas de mal évidemment bien sûr on m'a enfin je veux dire vous comprenez en parlant comme ça naturellement de choses et d'autres naturellement il ne s'agit pas à proprement dire d'une offre et ce n'est pas à moi de aussi croyez bien du reste que je ne vous en aurais même pas parlé si vous-même mais vous savez ce que c'est les gens je veux dire il est inévitable n'est-ce pas que certaines personnes ici vous comprenez aient pensé qu'étant donné que vous n'êtes pas d'enfin n'avez en somme aucune attache dans ce pays... »

Et tout à coup j'entendis de nouveau la voix du notaire, présente, réelle (c'était à moi qu'elle s'adressait, du moins apparemment, car à en juger par le ton, l'expression du visage, le sourire, le rictus qui tirait de travers la petite moustache à l'américaine, il était facile de voir que dans cet instant ce n'était plus à un des quelconques interlocuteurs auxquels il avait cinquante fois raconté l'histoire qu'il s'adressait, mais à lui, l'autre, l'insolite visiteur qui s'était assis là six mois plus tôt), explosant, disant : « Alors quoi, je vous le demande ? Qu'est-ce que ça signifie ? Pauvre crétin ! Parce que permettez-moi de vous dire : un type capable de refuser une fortune...

– Parce que c'était une fortune qu'on vous avait chargé de lui offrir ? dis-je.

– Ne plaisantez pas. Sans blague : combien croyez-vous que ce type-là ait jamais eu devant lui à son compte en banque, dites ? En admettant qu'avant d'arriver ici il ait seulement su ce que c'était qu'un compte en banque : le directeur du Crédit Agricole m'a raconté...

– Ah ! fis-je. Parce que le directeur du Crédit Agricole aussi...

– Qu'est-ce que...

– Rien, dis-je. Je blaguais. À partir de quelle somme pensez-vous qu'un compte en banque représente une fortune pour un type comme ça ?

– Pas la question, dit-il. Avec le merdier que son père avait laissé en mourant, c'était inespéré, mais...

– Peut-être qu'il espérait plus ? dis-je.

– Esp... Pauvre type ! Écoutez-bien : un coco capable de refuser une proposition comme ça en vous racontant je ne sais quelle histoire à dormir debout, de conserver une propriété parce qu'un autre type qu'il n'a jamais vu ni d'Ève ni d'Adam et dont il ne saurait même pas qu'il est son père s'il n'y avait pas les registres d'état-civil, et dont par-dessus le marché il ne s'est pas plus soucié jusqu'au jour où je lui ai appris qu'il était mort que... Écoutez franchement : conserver quoi ? Comme si le propre du monde n'était pas de bouger et se transformer... Non, sans blague ! Bon, alors, écoutez : un type comme ça, c'est qu'il est, ou bien très malin, ou un parfait idiot, seulement, pour si malin ou pour si idiot qu'il soit...

– Il a trouvé à qui parler, dis-je.

– À qui parler ?

– D'après ce que j'ai compris, ils étaient au moins deux, dis-je.

– Deux ? » dit le notaire. Il me regardait d'un air inquiet. « Qui ça ?

– Est-ce que vous ne venez pas de me dire qu'il y avait un autre idiot prêt à lui donner une fortune en échange d'une propriété qui si je comprends bien ne valait plus rien ?

– Mais, dit le notaire, c'est-à-dire... Enfin ce n'est pas pareil... Je veux dire : quelqu'un d'ici, quelqu'un connaissant la...

– À moins qu'ils ne fussent plusieurs ? dis-je.

– Plusieurs quoi ?

– Plusieurs idiots, dis-je. Pour réunir une pareille fortune, non ? »

Il me lança un regard de travers, se mordit la lèvre. « Je vous fais perdre votre temps, dit-il. Si nous revenions à notre affaire ? » Mais je n'avais pas besoin qu'il m'en racontât encore. Je connaissais la suite. À peu de choses près ce que tout le monde en ville connaissait, ce que peu à peu les gens avaient reconstitué par bribes, fragments, recoupements mis bout à bout, à force de le voir repasser dans les rues, tantôt à pied, tantôt monté sur son invraisemblable vélo, le vieux clou ferraillant sur lequel, avec cette sorte de paisible acharnement, de tranquille obstination qui semblait l'habiter ou plutôt le posséder, le faire agir en dehors ou même au rebours de sa propre volonté et de ses propres désirs, cramponné au guidon, appuyant des épaules chaque poussée de ses jambes, il parcourut en quelque sorte par saccades (restant entre chaque effort, élan coupé, à peu près immobile, en équilibre sur la route balayée par le vent qui le repoussait avec, de part et d'autre – le vent et lui – la même volontaire opiniâtreté, comme si l'ouragan faisait aussi partie de cette tacite conjuration qui semblait l'avoir accueilli ici, ourdie à la fois par les hommes et les éléments pour le rejeter, le refouler, le renvoyer là d'où il venait), parcourut donc les neuf kilomètres séparant la ville de cette propriété qu'il n'avait jamais vue quoiqu'elle eût, elle, servi de décor, sinon à sa naissance (puisqu'à ce moment il avait déjà été enlevé, emporté au loin, soustrait, vindicativement ravi à l'Ogre, au priapique Barbe-Bleue qui l'avait engendré) du moins aux péripéties dont elle avait été précédée : d'abord une longue allée de pins, non pas courbés sous le vent mais, pour ainsi dire, façonnés par lui, comme pétrifiés, aplatis, écrasés une fois pour toutes, presque à l'horizontale, figés dans une effrénée, statique et définitive convulsion, comme on ne savait quoi de définitif, de mort, semblait émaner des bâtiments apparemment inhabités, avec leurs volets clos, leurs murs nus, leur cour déserte où quelques fûts aux cercles rouillés, un tombereau démantibulé, et un amoncellement de cageots au rebut gisaient épars, abandonnés dans l'aveuglante lumière, pareils à des ossements se desséchant, blanchissant, rongés peu à peu par un corrodant dans la composition duquel la durée, le soleil et le vent seraient entrés à parts égales pour en faire, comme les pierres des murs, comme l'écorce grise des pins semblable aux écailles de sauriens fossilisés, quelque chose de par-delà le temps, au-delà aussi de la destruction, sans âge, éternel.

Et lui, là, descendu de son vélo, essayant de reprendre son souffle, regardant autour de lui, cherchant une trace de vie, de présence humaine, puis sursautant, se retournant, bégayant, vers le personnage qu'il n'avait pas entendu venir et qui se tenait maintenant devant lui, comme la personnification sous forme humaine de cet univers aride et nu : un type lui aussi sans âge vêtu d'un blouson des surplus américains, coiffé d'une casquette provenant elle aussi de ces stocks dont la guerre elle-même n'avait plus voulu, avec un visage incroyablement maigre, terreux, brûlé par le soleil, ravagé par on ne savait quel tourment, on ne savait quelle fièvre. Et il ne pensa pas : « C'est cela, voilà : l'argent, simplement, le gain, le sol tourné, retourné, fouaillé, chéri, maudit » (plus tard tandis qu'ils parcouraient les vignes, lui s'efforçant de suivre les longues enjambées infatigables, trébuchant dans les sillons, abruti de vent, il le vit se baisser, creuser avec une sorte de frénésie, de passion vorace, se servant, en guise de pelle, de ses mains qui avaient la couleur même de la terre qu'elles fouillaient, se relever la paume pleine d'une motte brune qui éclata, se pulvérisa dans le poing serré sur elle, s'écoulant en fine poussière entre les interstices des doigts tandis que l'homme sauvage, l'espèce de cadavre en battle-dress, la contemplait avec dans son œil vide d'oiseau quelque chose d'inexprimable, en même temps furieux et passionné), pensant seulement : « Il est malade. Il devrait se soigner, il devrait... », cependant que les petits yeux froids et noirs, noirs et durs, l'examinaient longuement, lui le béret à la main, ses longs cheveux ébouriffés par les bourrasques, disant : « Je suis... Je m'appelle Montès, Antoine Montès, je suis... » Puis, brusquement, le visage de terre craquelée se détendit, s'ouvrit, les lèvres démasquant une rangée de chicots inégaux dans quelque chose qui ressemblait à un sourire, disant à son tour : « Je pensais bien que vous viendriez. Ça me fait plaisir de vous voir. Votre père... Mais remettez-vous, entrez donc, par là, non, passez le premier : vous êtes chez vous !... »

Dedans, il faisait noir. Cela sentait le renfermé, le plâtre moisi. Et comme il me le raconta plus tard, je pouvais l'imaginer, tâtonnant en aveugle dans le corridor obscur, pénétrant, poussé par l'autre, dans une cuisine éclairée par la lumière jaunâtre d'une ampoule électrique (il était environ neuf heures du matin et dehors c'était toujours l'effarante débauche de jour, ce terrifiant, inquisitorial et dénudant gaspillage de lumière qui, à travers les volets à demi clos, la trame serrée du grillage à moustiques et les rideaux à carreaux, ne parvenait plus ici que sous la forme d'une grise lueur, indécise, ténue, funèbre), distinguant une table recouverte d'une toile cirée, un énorme poste de radio, et, sous le manteau de la cheminée, une minuscule marmite en fer émaillé, rouge et jaune, posée sur les cendres – pas même un feu, tout juste quelques braises, un mince filet de fumée s'élevant, vertical, de souches que rapprochait de temps en temps la femme accroupie, ou plutôt le paquet noir qui bougea à son entrée, se leva, offrit, livide entre le corsage noir et les cheveux noirs tirés en arrière, un visage cireux et sans expression (elle ne devait pas avoir beaucoup plus de quarante ans, raconta-t-il, peut-être même pas, et elle avait dû être belle, l'était encore, à la façon de ces religieuses ou de ces prostituées dont on scrute les traits sous les voiles ou les fards, cherchant à imaginer, reconstituer la femme, l'éclat passé, le rire, sous le masque de cire ou de peinture, la graisse blafarde et molle de la claustration).

Et plus tard, lorsqu'ils furent de retour, après les quatre heures pendant lesquelles il avait buté dans les labours sur les pas du régisseur, de l'espèce de macchabée dans les vêtements fournis par l'Intendance américaine, fabriqués, usinés par dizaines, par centaines de mille, par millions, pour, à défaut de morts, équiper indistinctement sur toute la surface du monde connu clochards, nègres, coolies et paysans du semblable uniforme couleur cachou, matriculé, proclamant sur tous les dos en sueur de la terre l'inégalable supériorité d'une race de producteurs standardisés, s'essouflant donc à suivre ce squelette penché vers le sol, les hectares de terre brune, rougeâtre ou violacée seulement plantés de vignes et sur lesquels le vent se précipitait, se ruait sans trêve, sans fin (tournée, ou plutôt inspection, ou plutôt épreuve qui promenait dans la plaine, l'une suivant l'autre, deux minuscules silhouettes semblables aux autres microscopiques silhouettes qui de loin en loin, acharnées, patientes et lentes ou plutôt même immobiles dans l'effroyable vitesse du vent, semblaient plantées là, charrue, cheval et homme ancrés dans cette terre desséchée dont les socs soulevaient de longs nuages de poussière jaune pareils à des fumées entraînées horizontalement ; et par moments le premier des deux hommes s'arrêtant, se retournant, contemplant, muet, interloqué, outragé, son œil aigu et vide de rapace empli d'une incrédule stupeur, d'un incrédule triomphe, son compagnon attardé trébuchant dans les sillons, se hâtant, s'épuisant), plus tard donc, toujours conduit par le régisseur (et quelqu'un d'étranger qui se fût trouvé là n'eût pu se retenir de rire à ce spectacle caricatural, bouffon : lui avec sa dégaine de noyé, son minable imperméable, son appareil de touriste Cook sur le ventre, et l'escogriffe décharné s'empressant, disant : « Asseyez-vous, reposez-vous... », disant : « Voyez, vous êtes ici chez vous... », disant : « Ne vous inquiétez pas : ces notaires, si on les écoutait !... Mais laissez-moi faire, faites-moi confiance... », disant : « Regardez comme vous serez bien... », et lui ne songeant même pas à défaire la ceinture de son imperméable (il y avait longtemps qu'elle n'avait plus de boucle, qu'il avait même oublié qu'elle pût en avoir et se contentait simplement d'en nouer les bouts) en dépit du feu, ou plutôt du brasier maintenant, qui crépitait dans la cheminée, promenant un regard ahuri sur la table, la nappe immaculée chargée, disparaissant sous les barquettes de hors-d'œuvre multicolores, comme si paradoxalement cette aridité, cette plaine nue, la bâtisse macabre, la femme aux vêtements noirs, avaient pour ainsi dire étalé là à profusion leur contraire : quelque chose de charnel, de pulpeux, de gras, d'indécent presque dans son abondance, ses couleurs violentes, agressives – le vert des olives, le rouge des piments, le mauve des viandes –, comme ces fruits coloniaux à la chair molle et violente dissimulée à l'intérieur d'écorces épineuses), il pénétra dans une pièce à laquelle ni le brasier, ni la table dressée, ne parvenaient à donner un aspect vivant : « Un peu, raconta-t-il plus tard avec une sorte d'humour innocent et étonné qui lui était particulier, un peu comme si on avait eu la baroque idée de donner un banquet dans le vieux caveau de famille rouvert pour la circonstance, avec des bûches qui essayaient sans trop y croire de faire disparaître l'humidité et le salpêtre accumulés dans les murs depuis des générations et des portraits d'ancêtres, tout épatés de revoir la lumière et qui semblaient cligner des yeux d'éblouissement, vous savez ?... » Et encore, ce dont il ne parla pas : une fille d'environ vingt-cinq ans, mais pas en effigie : réelle, barbouillée de peinture, perchée sur des talons de quinze centimètres de haut, avec des ongles comme des griffes rouge corail et des seins qui avaient l'air à tout moment de vouloir sortir de son décolleté, car elle ne semblait sentir, elle, ni l'humidité de caveau ni le froid (assise à la table où trois couverts seulement étaient mis : ceux des deux hommes et le sien, tandis que la femme noire allait et venait silencieusement de la cuisine à la salle à manger, promenant comme au-devant d'elle son visage cireux et sans expression, faisant se succéder sans un mot sur la nappe une suite de viandes en sauces, de choses farcies, épicées et lourdes auxquelles les trois hétéroclites convives touchaient à peine), paraissant d'ailleurs n'être consciente de quoi que ce fût, à l'exception du nouveau venu qu'elle fixait sans désemparer de ses yeux démesurément agrandis au crayon, et charbonneux.

II

Peut-être fut-ce à cause de la fille. Peut-être pas. Peut-être ne la vit-il même pas, elle, ses seins, son visage peinturluré, ses yeux faits, ou plutôt ne vit-il pas ce qu'elle était, se contenta-t-il de penser que c'était une de ces filles de la campagne qui ne savent pas mettre leur rouge, ou que la coutume, ici, voulait que ce fussent les mères qui servent à table jusqu'à ce que les filles soient assez grandes pour s'habiller de noir à leur tour et prendre place à côté du feu de braises. Peut-être encore n'avait-il pas besoin de ce supplément d'information. Toujours est-il que contrairement à ce qu'il avait annoncé, à ce qu'il eût été normal qu'il fît du moment qu'il avait décidé de garder la propriété, il ne prit pas la succession de son père dans la vaste bâtisse à odeur de moisi au milieu des pins couchés par le vent, des hectares de terres rouges, des étendues de souches aux alignements monotones qui recouvraient la plaine jusqu'aux collines grises, jusqu'aux berges herbues des étangs morts, et qu'il resta, les premiers temps du moins, dans l'hôtel où il était descendu, au hasard, à son arrivée, tandis que la ville se tenait là, dans l'expectative, supputant ce qu'il allait faire ou plutôt ce qu'ils allaient faire : tout d'abord évidemment lui, ce fils de Montès, comme on prit l'habitude de l'appeler (et non Antoine Montès comme ils l'eussent fait s'il avait été ou plutôt s'ils l'avaient considéré comme l'un d'entre eux, un que l'on eût vu depuis toujours, d'abord gamin, puis adolescent, puis homme fait, passant successivement dans les rues de la ville au volant d'une moto pétaradante, d'un cabriolet sport, puis d'une conduite intérieure et, d'une façon parallèle, pourvu de flirts, de petites amies coiffeuses ou vendeuses, et enfin d'une femme choisie parmi celles qui vont se faire coiffer et entrent dans les magasins non pour sourire et essayer de plaire, mais pour acheter et commander), lui donc, débarqué là, riche, à ce qu'il paraissait, d'un unique vêtement et d'un unique vélo (sans compter évidemment l'appareil de photo), et en second lieu ce notaire qui l'avait fait venir ici pour lui proposer une fameuse affaire (une fortune contre une propriété sans valeur), affaire dont contre toute attente il ne voulut pas, en troisième lieu le régisseur, sa femme vêtue de noir, et sa fille (celle-là même qui avait suivi l'enterrement comme la personne la plus proche de la famille, chancelant théâtralement sur ses hauts talons).

Maintenant, il (Montès) passait le plus clair de son temps assis sous les regards narquois des dactylos dans des antichambres aux lentes heures où il relisait pour la centième fois les affiches du Bons du Trésor, d'Emprunts, ou la liste des Personnes Assistées, reçu à la fin par des types (notaires, sous-directeurs de banques, avoués – car il eut aussi un avoué) onctueux et distants qui, de derrière leurs bureaux, le regardaient s'avancer, s'asseoir sur le bord de la chaise qu'ils ne lui offraient pas, bégayer, s'embrouiller dans les dossiers qu'il sortait de la fameuse serviette posée sur ses genoux. Et en ville les gens se poussaient du coude (s'interrogeant, guidés par cet instinct, cette perspicacité infaillible d'humains vivant en société et chez lesquels, au fur et à mesure que les instincts primitifs se sont étiolés, atrophiés, s'est développée en contrepartie une sorte de flair qui leur permet de déceler avec une certitude égale à celle d'un animal en présence d'un danger ce qui menace, non pas eux-mêmes directement, mais cette personne collective, globale, au sein de laquelle réside leur sécurité et hors de quoi ils ne seraient plus, savent qu'ils ne seraient plus – esprit et corps – que des blêmes et molles proies ; défendant donc cette société, cet ordre, contre tout ce qui peut en ébranler la solidité et par conséquent, comme les troupeaux de bêtes conscientes d'une menace avant même d'en discerner la nature exacte, pressentant dans l'insolite sous toutes ses formes l'ennemi, le mal nombreux, fertile et noir), engageaient des paris, non sur l'issue de tout cela – elle ne pouvait, ne devait pas faire de doute – mais simplement sur sa résistance, son obstination, son aveuglement, la durée, le temps qu'il mettrait à se décourager, renoncer, plier bagage et retourner alors par le premier train là d'où il n'aurait jamais dû bouger.

Et au lieu de l'attendu, de l'inévitable (disait-on), la ville apprit tout à coup avec stupeur (cela se passait une quinzaine de jours plus tard) qu'il avait donné congé au régisseur. Et non seulement le renvoi, le congé lui-même, mais encore la façon dont les choses s'étaient passées, comme le raconta plus tard l'huissier, décrivant l'homme, l'espèce de cadavre coiffé d'une casquette de joueur de base-ball, apparu debout dans l'encadrement de la porte et qui le regardait avec une sorte d'indignation, de furieuse et muette stupeur, ses petits yeux vides, ronds et jaunes (« Comme si, dit l'huissier, un de ces choucas, un de ces oiseaux charognards était venu lui manger les siens en le prenant pour un vrai mort et qu'en retour on lui ait greffé ceux d'un de ces oiseaux. À moins qu'il y ait quelque chose de vrai dans ces histoires de métempsychose et qu'il ait été lui-même chouca ou vautour dans une vie antérieure... »), s'emplissant vertigineusement (il dit qu'il pouvait voir cela au fur et à mesure qu'il lui parlait : les yeux, les pupilles rapetissant à toute vitesse en même temps qu'à toute vitesse, toutes vannes ouvertes, une sorte d'encre, de liquide noir et empoisonné s'y précipitait) d'une expression de colère froide, meurtrière, d'intense mépris, et encore... (« Comme si quelque chose en lui allait se mettre à éclater de rire et qu'il luttât contre, comme si dans son cerveau l'outrage, la stupéfaction et la colère se joignaient en une espèce de mélange explosif et démentiel »), puis, brusquement, comme un diable qui rentre dans sa boîte, lui tournant le dos sans un mot et claquant la porte.

Et il raconta qu'il était resté là, sans même savoir pourquoi il ne remontait pas sur sa moto pour rentrer en ville, regardant comme un idiot cette porte qui venait de lui claquer au nez, avec sa peinture complètement écaillée, et les planches disjointes, et les nœuds du bois grisâtre derrière lequel on ne percevait maintenant plus rien, exactement comme si l'autre était apparu, semblable à Lazare debout au seuil de son sépulcre, à seule fin d'y entendre lecture du Jugement dernier, avant d'y retourner pour toujours sous cette tonne de silence qui semblait tout recouvrir, les bâtiments, la cour nue avec son tas de cageots abandonnés, ses cercles de tonneaux rouillés et ces choses de place en place semblables à des ossements : rien, sinon le long chuintement du vent dans les pins comme le bruit même du temps épuisé, harassé ; et tout à coup, sans préavis, aussi brusquement qu'elle s'était refermée, la porte se rouvrant, le fantôme décharné et noir de Lazare s'encadrant de nouveau dedans, toujours coiffé de l'immuable casquette jockey, arrachant de la main de l'huissier le papier qu'il n'avait pas encore pensé à remettre dans sa poche, et lui claquant de nouveau le battant au nez.

Cette fois, raconta-t-il, il crut entendre au bout d'un moment comme des pleurs. Des pleurs de femme. Ou peut-être était-ce simplement le vent, dit-il, racontant encore qu'il était toujours là, restant sans trop savoir pourquoi, à imaginer la scène, ce qui se passait derrière la porte, les murs éclaboussés de lumière, imaginant comme s'il y était (il avait suffisamment porté de papiers comme celui-là dans de semblables endroits pour connaître ces intérieurs, ce qu'il y avait derrière les pierres inondées, mangées de soleil :) cette sorte de pénombre, de demi-nuit, de claustration volontaire, l'ampoule électrique jaunâtre et couverte de chiures de mouches allumée en plein midi, et l'homme, la casquette toujours sur la tête, assis devant la table sur laquelle il avait en rentrant jeté le papier (ou peut-être était-ce à la femme, au paquet noir dont s'échappaient les gémissements, qu'il l'avait jeté, disant seulement : « Tiens ! », « Voilà ! », ou : « Lis ça ! », « Il nous fiche dehors ! », ou peut-être même rien du tout), silencieux, sombre, l'œil fixe, le visage dur, et tandis qu'il se tenait là (l'huissier), en train de se dire qu'il ne lui restait plus cette fois pour de bon qu'à reprendre sa moto et repartir, il le vit (le régisseur) ressortir tout à coup par une petite porte sur le côté de la cour (il avait maintenant endossé une canadienne couleur de chewing-gum comme la casquette, le blouson, avec un col de mouton pelé), traverser celle-ci en lui jetant au passage un coup d'œil vide, indifférent, même pas méprisant, même pas étonné de le trouver encore là, et ressortir du hangar l'instant d'après, conduisant une vieille guimbarde, une vieille conduite-intérieure aux hautes vitres à travers lesquelles il le vit, raide, cadavérique, impassible, outragé, maniant le volant comme si ç'avait été une auto de course, bondissant sur le sol défoncé de la cour, prenant un virage qui fit s'incliner à verser la vieille carrosserie, et disparaissant déjà au bout de l'allée de pins torturés.

Et quand elle croisa Montès – zigzaguant sur son vieux vélo, progressant mètre par mètre contre le vent – celui-ci crut tout d'abord que le régisseur était passé sans le reconnaître, l'avait pris pour un quelconque cycliste, la vieille guimbarde lancée à toute allure comme si c'eût été le vent lui-même, fonçant sur lui, noiraude, avec les deux yeux ronds de ses phares, comme une sorte d'insecte rageur, l'évitant de justesse, continuant, et quand il tourna la tête, regarda par-dessus son épaule, déjà enfuie, escamotée, évaporée : la route vide, déserte, au point qu'il aurait presque pensé avoir rêvé s'il n'avait eu le temps d'entrevoir une fraction de seconde au passage le visage brûlé et cadavérique, l'espèce de momie cramponnée au volant, avec son œil perçant et dur d'oiseau de proie fixé sur cette route où il jetait le tacot – et même au-delà de la route, dit-il, comme si ce n'était pas le ruban de goudron que son capot avalait vertigineusement qu'il voyait, les tournants, les platanes plantés en bordure, laissant à ses mains, aux réflexes, au vent familier peut-être, le soin de guider la voiture...

« Mais, raconta plus tard l'huissier, je vous demande un peu quel besoin il avait de venir là, sur cette route, à cette heure ? Qu'est-ce qu'il voulait faire ? En prendre une photo ? En garder un souvenir ? Rien que pour être bien sûr plus tard que ce type avait bien existé, et non pas seulement dans son imagination ? Alors, si c'était ça, il peut dire qu'il a réussi. Parce qu'avec ou sans photo, il n'est pas près de l'oublier. Encore moins que s'il l'avait, en pied, casquette de jockey comprise, sur un négatif photographique. Parce que... » Et il décrivit la scène : lorsqu'il se fut enfin décidé à monter sur sa moto et à reprendre le chemin de la ville, au tiers du trajet environ, apercevant de loin la vieille guimbarde, mais non pas de dos : de face, l'avant tourné vers lui, de sorte qu'il raconta qu'il avait pensé « C'est pas possible. C'est pas possible qu'en si peu de temps il ait pu aller en ville, y faire ce pourquoi il est parti, et être déjà de retour... », puis il se rendit compte que le tacot n'avançait pas vers lui mais restait immobile sur le bord de la route, un peu en travers, puis, comme il continuait de rouler, il vit ce que la voiture lui cachait, les deux silhouettes aussi maigres l'une que l'autre et qui avaient l'air de danser une sorte de gigue en se tenant par les épaules : « Seulement c'était pas tout à fait une gigue, dit-il, ou plutôt une drôle de danse. Ce qui m'a frappé d'abord ç'a été ses cheveux noirs : il avait dû perdre son béret et le vent ou les secousses lui faisaient avec une sorte de couronne si bien qu'on aurait dit que l'autre tenait un balai, une tête de loup, et qu'il était en train de la secouer pour en faire sortir la poussière. C'était ça exactement : une tête de loup et ce vieil imperméable qui gigotait en dessous comme quand vous prenez le vôtre par le col et que vous l'agitez pour faire tomber les plis et les manches avant de le jeter sur votre bras. Mais quand j'ai vu où serraient les mains de cette espèce d'oiseau, alors je me suis mis encore à accélérer en gueulant tant que je pouvais. Parce qu'il était tout bonnement en train de l'étrangler, oui ! Il avait fait demi-tour, l'avait rattrapé, dépassé, bloqué contre le fossé comme on voit faire dans les films de gangsters américains, et maintenant il le secouait comme un prunier en lui serrant le cou et en lui gueulant que son vieux salaud de père avait déshonoré sa fille, et peut-être même ne se rendait-il pas très bien compte lui-même de ce qu'il était en train de faire parce que, quand je me suis mis à lui taper dessus, ç'a été comme si j'avais tapé sur une bûche ou plutôt une pile électrique, si bien que j'ai cru un moment que, s'il ne passait personne d'autre que je pourrais appeler pour m'aider, il allait finir de l'étrangler, comme ça, devant moi, sans que je puisse rien y faire. Et puis, tout à coup, il a paru se rendre compte que j'étais là. Plus peut-être à cause des hurlements que je poussais que des coups. Alors il l'a lâché, m'a regardé une seconde – mais exactement comme s'il ne me voyait pas, comme s'il ne me reconnaissait pas – et sans dire un mot il est remonté dans sa voiture et a foutu le camp. Peut-être était-il saoul, peut-être avait-il bu un coup de trop, entre le moment où il m'avait arraché cet exploit des mains et celui où je l'avais vu ressortir avec la canadienne sur le dos. Je n'en sais rien. J'essayais de retaper cet autre idiot qui avait juste la force de se cramponner d'une main à un arbre pendant que de l'autre il se tâtait la gorge en essayant d'avaler et de retrouver sa respiration, et dès qu'il a pu parler, toujours appuyé contre son arbre, répétant : « C'est de ma faute, je n'aurais pas dû... Ce n'est rien, c'est de ma faute, je n'aurais jamais dû venir par ici auj... » – « En tout cas vous avez bien failli ne pas en revenir, dis-je. Nom de Dieu, j'ai bien cru qu'il allait vous étrangler pour de bon. Nom de Dieu, comment vous sentez-vous ? » Et il était toujours là, cramponné à son arbre, et encore à moitié violet, disant : « Si vraiment mon père a fait du tort à cette jeune fille, je... » Et alors j'ai dit : « Une jeune f... ! » J'ai dit : « Du tort ? Ces bagues comme des bouchons de carafe qu'elle porte presque à chaque doigt ? Vous appelez ça du tort ? » J'ai dit : « Bon Dieu ! Mais est-ce que par hasard vous vous imaginez qu'elle les a ramassées dans les vignes ? »

III

« De sorte, dit le notaire, qu'il s'est alors trouvé pour ainsi dire à la porte de chez lui. Et par-dessus le marché avec ce procès sur les bras. Parce que, comme c'était facile à prévoir, non seulement ce type a refusé de déguerpir, mais il l'a encore assigné en rupture abusive de contrat. Au lieu que, s'il m'avait écouté... Mais allez donner des conseils à un idiot ! Sans doute qu'il avait trouvé quelqu'un de plus compétent. En tout cas qui disposait d'arguments plus persuasifs que les miens. Pauvre type. Parce que vous m'avouerez qu'être allé se faire mettre le grappin dessus par cette espèce de putain...

– Oh, dis-je. Elle n'...

– Quoi ? Et qu'est-ce que vous vous figurez que ça pouvait bien être ? Une femme qui... »

Mais je ne l'écoutais plus. Par la fenêtre je pouvais voir dans la cour les trois palmiers rabougris secoués par les sporadiques rafales de vent. Toujours ce vent... Plus tard, Montès me raconta comment il avait dû quitter le premier hôtel où il était descendu pour aller se loger dans cette pension minable pour journaliers et commis voyageurs de troisième zone où il voisinait avec une clientèle aux problématiques et difficiles moyens d'existence, hantée par de problématiques et difficiles budgets et de non moins difficiles fins de mois. Car il ne lui serait pas venu à l'idée qu'il pût emprunter de quoi vivre convenablement (en admettant que ce terme eût un sens pour lui), que le notaire ou n'importe qui lui eussent prêté tout ce qu'il eût voulu – et sans doute même plus qu'il n'eût voulu – sur la seule caution du testament de son père. Il se mit donc en quête d'une chambre dont le prix fût plus en rapport avec ses moyens que cet hôtel proche de la gare où il avait pensé n'avoir à rester que quelques jours. Et non seulement plus en rapport avec sa bourse mais, je suppose, où il se sentît à l'aise, c'est-à-dire qui s'ajustât à lui comme s'y ajustait la veste de velours râpé, l'imperméable et les chaussures éculées. Parce qu'il était de ces sortes de types que l'on ne peut pas plus concevoir avec des vêtements neufs (il me confia d'ailleurs un jour que porter un nouveau costume était pour lui un supplice) qu'avec un visage frais ou des cheveux coupés de la veille (je le rencontrai ainsi une fois, sortant juste de chez le coiffeur, et il semblait qu'on l'eût mutilé, amputé, qu'on se fût livré sur lui à quelque chose comme un attentat, des sévices, avant de le relâcher, le renvoyer dans les rues, nu, privé de défense, l'air plus vulnérable et plus démuni que jamais). Et de nouveau j'essayais d'imaginer ça : sans doute un dimanche (parce que ce jour-là les bureaux sont fermés – peut-être à la suite d'une réclamation des propriétaires de cinémas dont l'usure des fauteuils est fixée par décret à seulement cent francs de l'heure en regard des billets de mille exigés en provision contre le privilège d'attendre sur les banquettes ou les chaises crevées des antichambres d'avoués ou d'avocats), et naturellement ce Bon Dieu de vent, les sarabandes affolées de papiers, de feuilles et de détritus tourbillonnant, houspillés par les bourrasques de mars, l'infatigable, permanente tempête se ruant sans trêve sous le ciel diaphane, s'exaspérant, s'enivrant de sa propre colère, de son inutile puissance, dépourvue de sens, gémissant dans les rues étroites de la vieille ville ou s'acharnant contre les nouveaux blocs d'habitations, poussés rutilants et incongrus sur les anciens glacis, ou les hollywoodiennes villas des négociants en vins pourvues de pergolas, de piscines, de palmiers hollywoodiens, ou l'antique halle des marchands muée en café dernier cri (rutilant aussi, pourvu, dans ses arcs gothiques, des mêmes portes de verre invisible sur gonds invisibles que l'Uniprix voisin, de torchères en staff et d'un bar américain), débouchant sur les places arides, avec leurs mimosas aux plumes ébouriffées, leurs affiches de cinéma aux visages géants de vedettes racolant les passants dans le grelottement de la sonnette annonçant l'imminence de la séance de matinée, de la cérémonie, du rêve, les jeunes paysans endimanchés, sans pardessus, le col de leurs vestons bleu roi ou bois de rose relevé, se dépêchant de tirer les dernières bouffées de mégots qui leur brûlent les doigts avant de rentrer dans la puante obscurité craquante de cacahuètes décortiquées, scintillante de mirages ; et ridant (le vent) l'eau croupie du canal entre les berges plantées de lauriers roses ondulant sans repos, harassés, exténués, et assiégeant les orgueilleuses demeures des propriétaires (celles non pas hollywoodiennes mais aux pâtisseries 1900 des fortunes assises, et les vétustes hôtels aux cours moisies, aux murs moisis, aux tapis élimés, aux toits croulants, des derniers possesseurs de domaines ancestraux, morcelés, dispersés et hypothéqués), et dans les quartiers populeux courant avec un bruit de soie sur les façades des merceries-épiceries, des bistrots à odeur d'anis, des taudis à la population criarde, jacassante et infatigable d'ouvriers, d'artisans, de gosses pouilleux, d'Espagnols faméliques surveillés par la police et de vieilles toujours vêtues de deuil, avec leurs espadrilles noires, leurs bas noirs, leurs robes noires, leurs fichus noirs encadrant un immuable, identique et éternel visage couleur de cire, aux yeux chassieux, aux lèvres desséchées et coupantes de tortues ; et au-dessus de la plaine, tissant comme un épais brouillard, une épaisse bande roussâtre, la statique et jaune nuée de myriades de poussières soulevées, vertigineusement emportées, et au sein de laquelle la ville tout entière semblait s'en aller à la dérive comme un fantomatique archipel, avec ses hauts immeubles neufs, ses casernes, ses remparts morts, ses clochers, ses églises flottant la quille en l'air, ombreuses, froides, profondes, emportant leur nuit trouée d'or, leur âcre parfum de cierges clignotant, leurs murmures psalmodiés, leurs vierges poignardées, debout dans leurs somptueuses robes de douleur, tordant leurs doigts chargés de diamants, levant leurs yeux aux pleurs de diamants vers leur fils supplicié, aux pieds polis par les lèvres des amoureuses et des enfants, les reins ceints de dentelle immaculée, nu, noir, et juif. Et lui (Montès) assis là, ou plutôt recroquevillé dans un coin de la terrasse de ce bistrot où parfois la queue d'une bourrasque pousse jusqu'entre les pieds de fonte des guéridons, les brindilles et les bourres de platanes. Il ne me dit pas comment il y était venu, s'il avait fait depuis le matin les uns après les autres tous les hôtels de la ville – ceux du moins dont la façade, l'aspect extérieur lui semblaient correspondre à ce qu'il cherchait, – ou s'il était déjà passé une fois devant, ou si ce fut simplement par hasard, se souvenant peut-être vers une ou deux heures de l'après-midi – ou aussi bien trois, ou quatre – qu'il avait faim, ou peut-être seulement qu'il devait – qu'on avait l'habitude de, que le corps humain est constitué de telle manière qu'il faut bien tout de même de temps en temps lui donner à – manger, et sans doute ayant alors pensé, puis renoncé à cause du vent, à ce banc du square où il m'arriva de le trouver un jour, tranquillement assis, mâchonnant de petits morceaux de biscuits qu'il effritait entre ses doigts, semblable à ceux que l'on peut voir là d'ordinaire, (les familles de la campagne déballant le contenu de leurs paniers, dans leurs costumes neufs et raides, avec des serviettes de grosse toile blanches et raides aussi déployées sur leurs genoux – les plis du repassage en relief, cartonneux, immaculés, et dessus leurs mains brunes, sèches, terreuses, – et encore les vendeuses ou les dactylos, par deux, faisant disparaître adroitement un croissant ou un petit pain, très vite, et époussetant très vite leurs jupes, et encore les hommes seuls à la mise convenable, au linge seulement pas très net, tirant un sandwich d'une serviette de démarcheur ou de représentant, et tous évitant de regarder les passants, tous avec sur leurs visages ce quelque chose d'à la fois grave, pensif et honteux, mastiquant lentement, l'œil fixe, vide, lointain et triste) mais lui, quand il m'aperçut, nullement gêné d'être vu ou plutôt – comme eût pensé tout autre – surpris en train de grignoter sur un banc de square quelques petits-beurre, en guise de déjeuner, et parce que sans doute il n'y avait rien là pour lui d'où pussent découler gêne ou honte, se trouvant là (il ne me le dit pas, n'entreprit pas de se lancer dans des explications, n'imagina même pas qu'il y eût matière à en donner) je suppose non pas tant pour des raisons d'économie – quoiqu'il n'eût à cette époque que très peu d'argent devant lui, – et encore moins d'ascétisme comme ironisèrent certains, mais simplement sans doute faute de voir quelle nécessité il y a de s'asseoir à heures fixes devant une table, même si l'on n'a pas faim, et d'engouffrer plus de nourriture qu'on en peut digérer, pour la seule raison qu'il est midi et que tout le monde dans ce même moment est en train d'en faire autant. Donc lui, assis à cette terrasse éventée et déserte, et la serveuse qui vient de lui apporter son quart d'eau minérale restant à le surveiller du coin de l'œil après avoir rapidement évalué dans le temps qu'elle a posé devant lui verre et bouteille l'imperméable maculé de taches, le pantalon sans pli et les souliers éculés, et se tenant alors là, sur le devant de la porte dont le vent agite le rideau de bouchons, simplement sans doute pour être sûre qu'il ne ficherait pas le camp sans payer, lui sortant l'un après l'autre de cette espèce de musette dans laquelle il trimballait pêle-mêle accessoires photographiques, morceaux de sucre, bobines de rechange et provisions, les biscuits qu'il porte machinalement à sa bouche, suivant d'un œil absent les longs et jaunes panaches de poussière qui se poursuivent et tourbillonnent sans trêve sur le terre-plein de la place, et à la fin, j'imagine, la serveuse haussant les épaules et rentrant à l'intérieur, et plus rien alors que le rideau de bouchons continuant à se balancer, entrechoquant ses franges avec un bruit ténu, multiple et creux d'osselets.

Au-dessus de la porte, l'enseigne « Bar Colonial » était peinte en lettres guillochées sur fond vert d'eau, et au-dessus de l'enseigne s'ouvrait une fenêtre sur le rebord de laquelle étaient accrochés avec des fils de fer deux seaux à confiture en métal doré et rouillé d'où pendait une misère. Sur une ficelle tendue, un pantalon d'homme était en train de sécher, les poches retournées, agité par le vent. Et au-dessus de la fenêtre on pouvait encore lire le mot « Hôtel » en grands caractères noirs, à demi effacés.

À l'intérieur, quatre vieillards en costumes du dimanche, la casquette ou le chapeau vissé sur la tête, de minces cigarettes détrempées collées à leurs lèvres, jouaient aux cartes. Et il me semblait les voir : à demi momifiés, avec ces mégots comme momifiés eux aussi, jaunes ou plutôt verts, rallumés entre chaque donne, aussitôt éteints, la cendre se vidant peu à peu sur leurs gilets, ne laissant plus que le cylindre noirâtre de papier mal consumé, et comme seul bruit les paroles avares, rares, comme rongées, parvenant de derrière les dents rongées, les mégots rongés, et les gestes avares aussi, raides, lents, les mains de momies ramassant les cartes, les déployant lentement en éventail devant les visages de momies, les yeux de momies, et quand il (Montès) entra, écarta le rideau de bouchons, un des regards de momie se relevant, fixant un instant la silhouette apparue, se découpant en noir dans l'encadrement de la porte, les prunelles trop claires, déteintes, et la peau ridée et brune de la paupière se rabattant aussitôt comme pour les protéger de l'excès de jour, ou même de toute vision, de toute intrusion venant perturber de l'extérieur cette paix morne, ce vide, ce désespoir : le temps enfin arrêté, figé, vaincu ; une des voix rongées – sans que les paupières se relèvent une seconde fois – appelant : « Rose ! » et le silence retombant, et quand elle fut là il continua à les regarder, comme fasciné, abattant lentement leurs cartes crasseuses tandis qu'elle lui faisait répéter sa demande, redisant elle-même : « Une chambre ?... », l'examinant de nouveau, le détaillant de haut en bas et de bas en haut jusqu'à ce qu'elle dise à la fin : « Je vais voir. Je vais appeler la patronne. Si vous voulez venir par ici ?... »

Puis elle lui tourna le dos. Faisant suite au café, il y avait une seconde salle aux murs peints en vert, décorés de quelques réclames d'apéritifs, avec six ou sept tables couvertes de ces nappes en papier aux bords festonnés, maculées de taches et sur lesquelles les bouteilles avaient laissé des cercles violacés. Mais je ne pense pas qu'il fit attention à l'odeur, aux relents refroidis de cuisine bon marché, de vin également bon marché ; il me raconta qu'il resta là à l'attendre, debout dans cette pénombre froide, glauque, regardant, par une des fenêtres l'arrière-cour encombrée de caisses de bière vides, la maigre treille tordue et nue, écoutant lui parvenir du dehors le bruit omniprésent du vent, jusqu'à ce qu'il éprouvât cette sorte de gêne d'un regard posé sur soi et alors il se retourna et les découvrit : tout d'abord non pas elles, me dit-il, mais ces deux paires d'yeux identiques, trop grands, noirs, profonds, fixés sur lui, et après seulement les deux gamines, assises à l'une des tables, contre l'autre fenêtre, la plus petite avec dans une main une de ces choses gluantes qui a été un gâteau une heure plus tôt et qui à force d'être sucé ou léché a pris cette consistance informe d'aliment déjà à moitié digéré avant même d'avoir été avalé, et le tour de la bouche barbouillé, et les doigts eux aussi gluants et luisants tenant toujours le gâteau à hauteur des lèvres, comme sans doute au moment où il était entré dans la pièce à la suite de la femme, mais les lèvres ne remuant plus maintenant, pas plus que la main, pas plus que la gorge, rien que les yeux le regardant, et l'autre, une gamine qui pouvait avoir dans les huit ou dix ans, avec un de ces petits visages ni laid ni joli, la peau mate, presque olivâtre, tendue sur les os, non du fait d'une maigreur anormale ou de la maladie, mais parce que cette tension semble, comme l'intensité du regard (ni curieux, ni effronté, seulement tendu lui aussi, intense, attentif, grave), leur nature même, comme si, me dit-il, une sorte d'expérience ou plutôt une connaissance des choses acquise au cours d'une vie antérieure l'avait façonné ainsi : le masque impénétrable, impassible, les yeux marron le regardant s'avancer entre les tables, continuant à le fixer tandis qu'il se penchait (les mains, les doigts tachés d'encre serrés sur le mince porte-plume au manche teint en rouge, et sur le cahier l'écriture appliquée, l'encre violette avec ces reflets d'un vert doré), et la bouche serrée se décidant seulement à s'entr'ouvrir quand il eut répété sa question pour la troisième fois, laissant passer très vite, dans un souffle : « térésaaspinas », tout d'un trait, et aussitôt refermée, et lui : « Comment ? », et de nouveau la même voix brève, rapide, un murmure, le visage toujours inanimé, impénétrable, et la bouche de nouveau aussitôt refermée, ou plutôt resserrée, ou plutôt scellée (quelque chose, me dit-il plus tard, d'à la fois méprisant, hautain, et sauvage, comme si elle faisait une concession, comme elle répondait à l'école sans doute, aux étrangers, aux adultes, liant ses deux noms en un seul, ou plutôt une série de sons aussi dépourvus de signification, aussi énigmatiques que son propre visage, le petit masque impassible, comme si elle voulait ainsi mettre hors d'atteinte, cacher, ce qu'elle était obligée de livrer d'elle), et lui : « Thérésa ? », et elle se taisant, et lui « C'est bien ça : Thérésa ? Tu t'appelles Thérésa ? », et elle se contentant de le fixer, ses yeux luisant d'un éclat noir dans la pénombre, et lui : « Et ta petite sœur ? Parce que c'est bien ta pe... », puis il s'aperçut que ce n'était plus lui qu'elle regardait maintenant, quoique rien n'eût modifié l'expression de son visage – seulement l'imperceptible déplacement des deux prunelles sombres, des deux charbons –, mais quelque chose derrière lui, et en se retournant il vit alors ce type qui se tenait debout dans l'encadrement de la porte faisant communiquer le café avec la salle de restaurant, arrivé là, me dit-il, sans qu'on sût comment, car il n'avait pas entendu le moindre bruit, un peu comme dans ces films truqués et fantasmagoriques où dans un décor désert apparaît soudain un personnage matérialisé à partir de rien, tout à coup nonchalamment appuyé contre un mur, et plusieurs mois après il se rappelait que la première chose qui le frappa, ce fut ce contraste entre la tache claire du plastron de la chemise et le visage sombre : une chemise blanche à raies roses, immaculée, au col montant haut et boutonné, sans cravate, et le complet ajusté, repassé avec soin, mais élimé, et la main brune sortant d'une manchette elle aussi immaculée et élimée, tenant entre deux doigts un de ces petits cigares noirs, à peine plus gros qu'une cigarette qu'elle ne lâcha pas (et cela le frappa aussi : cette adresse, cette désinvolture innée, insolente, quelque chose d'à la fois aristocratique et animal, non pas même de l'homme, du possesseur de la main, mais de la main elle-même, capable, sans même avoir l'air d'y faire attention, d'exécuter plusieurs gestes en même temps) quand le nouveau venu se baissa pour saisir sous les aisselles la petite courant vers lui, l'élevant en l'air, la lançant et la rattrapant plusieurs fois, l'enfant hoquetant de rire, l'autre, l'aînée, toujours immobile derrière sa table, et Montès relevé, regardant la scène, et brusquement tout s'arrêtant, s'immobilisant : la femme, la serveuse, rentrée par la porte du fond, traversant rapidement la pièce, se dirigeant droit vers l'homme, lui enlevant l'enfant des bras, fourrant vivement deux doigts dans la bouche ouverte, les ressortant presque aussitôt, jetant quelque chose, arrachant de la petite main le gâteau poisseux, le jetant aussi, s'essuyant vivement les doigts à son tablier, et disant seulement alors : « Tu n'es pas fou ? Tu ne vois pas qu'elle s'étrangle ? »

Peut-être ne remarqua-t-il pas (Montès) toutes ces choses telles qu'il me les rapporta plus tard. C'est-à-dire les détails (la chemise, la bague de plaqué or, ou peut-être simplement de cuivre, aussi négligemment passée au doigt de la main qui tenait le cigare que si elle eût été d'or véritable, et le costume râpé plus que jusqu'à la corde, troué même à un coude, mais porté avec la même insolente désinvolture que s'il avait été neuf, sorti la veille de chez le tailleur, et non pas avec l'étoffe sur le point de se fendre à force d'avoir été repassée dans les mêmes plis, et à peu près aussi mince qu'une feuille de papier à cigarette, et le pli du pantalon faisant plutôt penser au tranchant d'une lame de rasoir, et les poignets immaculés et effilochés non pas essayant de se dissimuler sous la manche mais dépassant largement, aussi insolemment exposés que si ç'eût été de la dentelle), de même que ce qui suivit. Seulement voyant, enregistrant sans en prendre tout à fait conscience, de sorte que le récit qu'il m'en fit fut sans doute lui-même faux, artificiel, comme est condamné à l'être tout récit des événements fait après coup, de par le fait même qu'à être racontés les événements, les détails, les menus faits, prennent un aspect solennel, important, que rien ne leur confère sur le moment. Alors seulement lui, là, en train d'attendre la patronne que la serveuse a été prévenir, repassant probablement pour la centième fois en revue dans sa tête la série d'embêtements qui l'ont assailli depuis son arrivée dans ce pays, essayant de prévoir l'autre inévitable série de ceux à venir, faisant et refaisant mentalement le calcul de l'argent qui lui reste après les diverses ponctions et prélèvements opérés par ses conseilleurs (à peu près quelque chose comme : « Chambre maximum 400 p.j. et si seulement un seul repas 300 ? Yeux. S'appelle Théres... Total : 700 p.j. Petit déjeuner inutile. Biscuits. Très bien. Drôle de type, Gitan ?... Oubliais service. 10, non : 15 p. cent. Total environ 800-850. Encore trop. Peut-être prix pension ? Plus avantageux. Mais pas avec un seul repas. Revient à peu près au même. Et : 1, 2 ? mois. Donc : 850 × 60... »), et peut-être ne voyant même pas, pas plus que l'appareil photographique lui-même ne voit, ne connaît, n'est capable de se souvenir : sa rétine, oui, sa mémoire, oui, aussi (parce que l'homme est sans doute autre chose que de la matière : peut-être pas beaucoup plus, mais quand même un petit quelque chose de plus, juste pour son malheur, car mieux vaudrait pour lui qu'il n'ait pas plus de capacité de souffrance qu'un appareil photographique, qu'on puisse à tout moment et aussi souvent que l'on voudrait enlever le couvercle, retirer la bobine impressionnée, la jeter et la remplacer par une vierge, et qu'il recommence à fonctionner, armement et déclic, avec la même mécanique et neuve indifférence), puisque bien plus tard elle (sa mémoire) pouvait tout restituer : la cuisine où maintenant il peut voir par la porte ouverte la femme s'affairer, asseoir la petite sur une chaise, sortir d'un placard deux billes de chocolat qu'elle distribue avec une tranche de pain à chacune des deux gamines (elle a allumé l'électricité, et il se trouve maintenant seul, toujours planté au même endroit dans cette salle à manger envahie par la pénombre) tandis que le gitan qui les a suivies (il n'a même pas regardé Montès, même pas paru s'apercevoir de sa présence, pas plus d'ailleurs que la femme ne semble se soucier de la sienne) appuyé au chambranle de la porte l'observe aussi sans rien dire fourrager maintenant à coups de crochet dans la cuisinière éteinte, froissant un journal, tirant de derrière le fourneau une poignée de sarments qu'elle casse rapidement, enfournant le tout dans le foyer, ajoutant deux bûches, frottant une allumette, puis lorsque la fumée se met à sourdre par les interstices entre les rondelles se relevant, empoignant un seau et bientôt on entend, provenant de la souillarde, le bruit des pelletées de boulets tombant dans le seau. Et, quand elle revint, l'aînée des deux fillettes se tenait maintenant debout devant un bout de miroir accroché près de l'évier, se haussant sur la pointe des pieds pour se rendre compte de l'effet que faisait à son cou un de ces colliers à quatre sous comme on en ramasse dans la sciure des éventaires en plein vent, et le gitan à côté d'elle, et alors elle (la femme) se départant de son mutisme, posant le seau, disant (le gitan et l'enfant sursautant, se retournant d'un même mouvement) : « Oui ? Tu ferais peut-être mieux de lui acheter une robe ! », puis, comme si elle trouvait qu'elle avait déjà trop parlé, haussant les épaules, reprenant le seau, le portant jusqu'au fourneau, se relevant, s'essuyant le front d'un revers de manche, se penchant pour empoigner de nouveau le seau, et versant une charge de charbon dans le foyer, les flammes s'échappant, éclairant son visage d'un reflet jaune jusqu'à ce qu'elle replace la rondelle, et ensuite son visage fut de nouveau dans l'ombre tandis que, baissée vers le sol, elle ramassait maintenant et jetait dans le seau les boulets qui avaient roulé sur le carrelage.

Et je me demande si, jusque-là, il (Montès) avait fait attention à elle, et même si encore à ce moment il la vit, fut frappé ou ému par ce visage qu'il ne devait pas oublier de sa vie. Cela il ne me le dit pas, et, sans doute, parce qu'il n'avait rien à dire là-dessus, car ce n'était pas le genre de type à bluffer ou à dissimuler, et même en supposant qu'il l'eût été, à l'époque et dans les circonstances où il me raconta tout cela, je ne pense pas qu'il eût encore éprouvé le goût du bluff ou de la dissimulation, au contraire. Il ne me dit donc pas si elle avait fait sur lui une impression quelconque (et je pense encore : aucune, du moins dans le sens où l'on dit généralement qu'une femme a fait impression sur un homme), ne me la décrivit même pas. Il me dit seulement qu'il était toujours là à attendre et que sans doute ils avaient dû l'oublier (ou, pensai-je, peut-être que sur la description que la serveuse avait fait de lui à la patronne celle-ci tardait exprès à descendre dans l'espoir qu'il se découragerait), et eux dans cette cuisine, l'espèce de famille qu'ils avaient l'air de former : elle, les deux gosses noiraudes et ce type en train de la regarder travailler les mains dans les poches comme s'il avait eu peur de suer ou de salir ses manchettes effilochées mode dendelle, avançant seulement le pied pour lui désigner du bout du soulier un boulet qu'elle avait oublié de ramasser, et à la fin (comme si parler aussi représentait pour lui un effort, risquait de le faire transpirer, ou simplement réfléchir, ou encore comme s'il fallait un certain temps aux paroles entendues pour parvenir à son cerveau, y engendrer une réponse, et un certain temps encore pour que celle-ci chemine du cerveau aux lèvres) laissant tomber négligemment : « Une robe aussi. Pourquoi pas ? », et en se tournant cette fois vers la fillette : « Comment que tu la veux ? », et tout à coup cette explosion de colère, la femme maintenant occupée à se laver les mains au-dessus de l'évier se retournant, disant brutalement : « Elle en veut pas ! Pas de celles que tu peux lui payer de cette façon-là, t'as compris ? J'veux plus de ce bazar là-bas, tu m'avais promis... » Et la fillette : « Quel bazar ? », et la femme : « Rien. Finis ton pain », et la fillette : « J'ai pas faim. Quel bazar ? », et ses yeux sauvages, noirs, luisants, allant rapidement de l'homme à la femme tandis que celle-ci continuait à parler, la voix sourde, basse maintenant, rapide, puis le gitan se déplaça, toujours nonchalant, sans se presser, tout en allumant un nouveau petit cigare et sans cesser de tirer dessus poussa la porte du pied, et Montès se trouva seul, dans l'obscurité maintenant presque complète, jusqu'à ce qu'au bout d'un moment une vieille femme parût au bas de l'escalier, tournant le bouton de l'électricité, l'examinant un moment avant de se décider à dire : « C'est vous qui avez demandé pour une chambre ? »

IV

Les branches du platane atteignaient presque l'étroite fenêtre et, la nuit, le réverbère projetait leurs ombres mouvantes, dessinait au plafond un oscillant entrelacs d'épées, dont les figures se défaisaient, se multipliaient et se reformaient sans trêve. Et chaque jour, à mesure que le printemps approchait, Montès pouvait voir les jeunes pousses duveteuses se former un peu plus, s'extraire de leur gangue de bois, fragiles, impétueuses, triomphantes.

Toute la journée, la place semblait vivre d'une existence pour ainsi dire végétative, indolente, avec, le matin, ses groupes de femmes jacassantes se rencontrant à la fontaine dans le bruit des brocs entrechoqués, traînant leurs pieds dans des savates sans lacets, encore dépeignées, ou, un peu plus tard, avec d'énormes pains sous le bras, et toujours, le long du mur de la caserne, deux ou trois gitans assis au soleil dans la poussière (les jeunes) ou (les vieux) sur des chaises qu'ils traînaient là, et vers midi il y avait un moment où elle s'animait, traversée par les ribambelles d'enfants revenant de l'école, réveillée par les moteurs de quelques camions que leurs chauffeurs venaient garer pendant le temps du déjeuner, et à la terrasse du café le groupe des jeunes gens vautrés devant les guéridons nus (ils ne commandaient rien, se contentaient de rester là, renversés en arrière sur leurs chaises, hâbleurs, impécunieux et bruyants), et ensuite le vide se faisant de nouveau, la place retombant dans sa somnolence, abandonnée au vent, aux éternels nuages de poussières transportées d'un coin à l'autre du terre-plein par les sporadiques bourrasques. Il y avait toujours, près de la pompe, une femme en train de laver, comme il y avait toujours, suspendues en permanence à plusieurs fenêtres, des lessives multicolores dansant sur leurs cordes, et le soir la place s'animait de nouveau, se peuplait encore une fois avant la nuit de cris, d'enfants se poursuivant, de femmes aux tabliers et aux cheveux ébouriffés par le vent, et parfois un groupe de joueurs de boules, et aussi les gitans avec leurs pantalons effrangés, leurs costumes élimés, ou même loqueteux, mais toujours arrogants, dédaigneux, parés de foulards aux teintes suaves et claires sous leurs visages bruns, et encore les quatre ou cinq éternels arabes affamés, doux, lugubres, nostalgiques, hors du temps supprimé, sortis des lointaines et ombreuses avenues de l'Histoire où semblaient passer les cortèges de visages guerriers aux mêmes sombres moustaches, aux mêmes regards ardents et tristes, indifférents, sur le fond verdoyant et fertile des pays conquis, de cette même et rouge campagne arrosée de sang fertile et de fertile sueur.

Et, de sa fenêtre, Montès pouvait assister chaque jour à cette sorte de paisible, d'irrésistible recommencement, de pulsation mystérieuse, majestueuse, féerique, avec l'immuable succession de ses phases immuables, quelque chose de semblable à ce qui forçait les jeunes pousses à sortir, tendait, balancés sans trêve dans le vent, les fragiles, turgescents et impérieux bourgeons. Et au bout de quelques jours les gens du quartier ne se retournèrent même plus sur lui, prirent l'habitude de le voir, sortant ou rentrant à l'hôtel, portant avec accablement cette grande serviette en cuir de vache, ou à d'autres moments assis sur un des bancs du terre-plein, regardant jouer et se poursuivre ces gosses du quartier hirsutes et loqueteux qu'il s'amusait quelquefois à photographier, se bousculant autour de lui, piaillant, l'assiégeant, ou encore debout dans le vent qui balayait l'esplanade, au premier rang des femmes, des gamins et des arabes enfantins qui regardaient tourner au son d'une musique grêle le petit manège à la tente rapiécée tandis que sur un cochon ou une oie, ou un cygne, ou des chevaux, ou des vélos rouillés, se tenaient cramponnées ces deux fillettes de l'hôtel, raides et graves, leurs yeux brillants de plaisir le regardant interrogativement quand le manège ralentissait, s'arrêtait, lui se contentant chaque fois d'acquiescer de la tête, avec aussi sur son visage une expression radieuse, ravie, sortant de sa poche un porte-monnaie apparemment taillé dans le même cuir que la fameuse serviette et comptant les pièces dans la main du forain, les tours s'ajoutant aux tours sans que ni lui ni elles ne paraissent sentir la fraîcheur du soir, le vent, les mains des gamines serrées sur les guidons ou les montants de fer rougissant de froid, et lui continuant à les contempler avec cet indéfectible sourire, le nez rougi aussi, élevant parfois la main et l'agitant au passage des petites, et cela jusqu'à ce que la serveuse arrivât – la nuit tombant presque –, et d'assez mauvaise humeur, attrapant les gosses, et Montès s'avançant, s'interposant, honteux, comme pris en faute, se balançant d'un pied sur l'autre tandis que la femme le regardait avec cette espèce d'ahurissement aussi neuf que le jour où elle l'avait découvert, assis à cette terrasse (plus tard il me la montra, sur une photo, la seule, comme par une sorte d'ironie, qu'il eût faite d'elle, lui dont c'était le métier, et plus que le métier, semblait-il, la passion, et qui passait son temps à photographier tout ce qui peut être photographié, et même pas une photo d'elle, un portrait, mais figurant seulement dans un de ces groupes comme on en fait à l'occasion de fêtes ou de mariages : sans doute un dimanche après-midi, avec le patron et la patronne de l'hôtel, et les deux fillettes – mais pas le gitan – sous la treille de la petite arrière-cour dans le fond de laquelle on pouvait distinguer l'entassement des caisses de bière ; une femme à ce qu'il semblait d'une trentaine d'années environ, au visage ovale, de ce type méditerranéen au nez droit, assez long, et aux lèvres épaisses, avec des cheveux très noirs qu'un coup de vent au moment de la photo tordait et rabattait sur la figure, et si l'on veut belle, et même certainement belle, mais de cette sorte de beauté pour ainsi dire injuriée, au-delà de ce qu'on appelle couramment la beauté, avec par exemple ce quelque chose d'autre que les mutilations ou la patine ajoutent ou plutôt confèrent à une de ces têtes trouvées dans des ruines (et sans doute, telle qu'elle a été conçue, lisse, polie, fade), un visage donc, à la fois dur – ou durci – et attachant, sans fard ni apprêt, et dans le corps aussi – ou plutôt ce qu'on en devinait sous le gros tricot, la jupe sombre, c'est-à-dire pas grand-chose : seulement un maintien, un port – cette sorte de triomphe sur le temps, ce même quelque chose de dur, d'infatigable – comme une jument, me dit un jour Montès, vous savez : une de ces juments de trait avec ces hanches lourdes, puissantes et pourtant féminines –, cette paisible invincibilité de la pierre ou du bronze malmenés, outragés, et continuant son existence de pierre, de bronze), le regardant donc avec ce même étonnement, même pas méprisant, même pas hostile : seulement de l'étonnement, disant : « Vous savez, elle doit faire ses devoirs. Elles devraient déjà... », puis tournant le dos – et peut-être ne haussant même pas les épaules – et reprenant le chemin de l'hôtel, tenant la plus petite des deux gamines par la main et lui restant là tandis qu'elle s'éloignait, désorienté, indécis, près du manège dont le patron rabattait maintenant la bâche.

Puis cela sembla être admis, reconnu : comme le quartier avait pris l'habitude de le voir aller et venir, il prit aussi l'habitude de le voir maintenant presque tout le temps flanqué de ces deux gosses (c'est-à-dire le temps qu'il ne passait pas dans les salles d'attente des avoués et lorsque les petites n'étaient pas à l'école, s'arrangeant sans doute pour que les heures d'attente coïncident avec les horaires des classes) et sortant à tout bout de champ ce porte-monnaie pour leur payer des sucettes ou de ces beignets saupoudrés de poussière que vendait la bonne femme installée à l'abri de l'angle de la vieille caserne désaffectée qui bordait l'esplanade, avec ses serpents huileux et jaunes roulés en forme de longues saucisses aussi blancs de sable que de sucre, et son étalage de bonbons aux couleurs acides et pâles au-dessus de l'étamine rouge gonflée par le vent comme une jupe, et maintenant c'était lui qui tenait la petite par la main, l'autre courant devant à cloche-pied ou jouant avec d'autres gamines à la marelle tandis qu'assis sur un banc il restait là à la suivre des yeux. Lui-même ne me dit que peu de choses, ou même je crois rien du tout, sur ces premières semaines qui suivirent son installation dans cet hôtel, et sans doute parce qu'il n'y avait effectivement rien à en dire, ou plutôt qu'il n'avait, lui, rien à en dire, n'ayant rien éprouvé de particulier, ou plutôt n'ayant eu conscience de rien de particulier, sinon de s'être trouvé là comme n'importe lequel de ces clients solitaires d'hôtel qui échangent quelques mots sur le temps avec le patron ou la serveuse, ou encore l'habitué assis à la table voisine quand ils en sont tous les deux au dessert, et joue avec le chat qui vient se frotter contre sa jambe, et fait sauter sur ses genoux la gosse de la maison après le café : rien d'autre. Du moins sans doute le crut-il (comme le Don Juan, le séducteur blasé et sûr de lui pensant dans sa fatuité, son orgueil : « Encore une. Mais qu'est-ce que j'en ai à faire ? », pensant lui peut-être à l'inverse – à moins que ce ne soit là aussi une forme de fatuité, d'orgueil – : « Qu'est-ce qu'elle aurait à faire de moi ? », ou peut-être même pas cela, peut-être seulement : « S'il y a quelque chose dont je suis bien à l'abri... », et peut-être encore même pas cela : rien du tout), ne vit-il, ne crut-il voir que ces deux visages ravis de gamines sur les chevaux de bois ou devant les étalages de poussiéreuses sucreries et qui lui permettaient après les mornes heures passées dans les antichambres des conseillers juridiques, des sous-directeurs de banques et des experts comptables, de se servir de son porte-monnaie pour autre chose que s'acheter un paquet de biscuits ou le journal. Peut-être.

Et brusquement, coup sur coup, se produisirent ce que l'on pourrait appeler deux événements si toutefois le mot n'était pas un peu gros, solennel, pour des faits qui en eux-mêmes, hors de leur contexte, ne présentaient pas grande importance. Tout d'abord cette visite, ou plutôt cette intrusion, cette tentative d'introduction par ruse, par effraction morale en quelque sorte, non seulement dans ce qui était devenu à présent son chez lui (l'hôtel, la minable chambre) mais encore son intimité, cette vie dans laquelle il s'était maintenant installé. Quoique, à vrai dire, ce ne fut que la répétition (ou la suite, ou le corollaire) d'une autre (visite, intrusion), datant d'un mois auparavant, alors qu'il habitait encore cet hôtel proche de la gare : faisant irruption dans sa chambre un matin, poussant la porte avant même qu'il ait eu le temps de répondre au coup frappé, un gros homme au visage rouge, congestionné, rogue, l'air à la fois important et embarrassé, et qui se présenta comme son oncle (cherchant des yeux autour de lui, en même temps qu'il lui tendait la main et aussi avant même d'y avoir été invité, où s'asseoir, ne voyant que la chaise sur laquelle était posé l'unique veston et un fauteuil transformé en réserve de matériel photographique, prenant enfin son parti de poser sa lourde masse sur le bord du lit encore défait), non pas à la vérité, comme il l'expliqua, un très proche parent, mais oncle tout de même puisqu'il était cousin germain du mort, et surtout plus qu'un parent : son ami, dit-il (louchant tout en parlant sur le pantalon, la cravate élimée, le vieux chandail, hésitant, en train sans doute de se demander, malgré la mise en garde du notaire – car ce ne pouvait être que par celui-ci qu'il avait eu l'adresse –, s'il avait bien fait de venir, et s'il faisait bien en continuant de rester, mais finalement se décidant, lançant, pour ainsi dire à fonds perdus, son invitation). Et Montès me raconta ce dîner, cette soirée, me décrivit cette maison où, semblait-il, personne n'avait déplacé un meuble depuis un demi-siècle et même plus : décor non pas seulement suranné mais encore curieusement sans âme, sans vie, les peintures noircies, les rideaux de peluche fanée, les cache-pots veufs de plantes vertes, les pendules aux aiguilles arrêtées, la garniture de cheminée reçue en cadeau à l'occasion d'un mariage d'ancêtres depuis longtemps morts et oubliés demeurée depuis ce jour, oubliée elle aussi, exactement à la même place, chaque matin époussetée d'un plumeau distrait par de passives mains mercenaires, et encore les panoplies d'armes, de sabres de cavalerie, de mousquets et de pistolets d'arçon qui se rouillaient lentement, désuètes, rébarbatives, et avec on ne savait quoi d'inglorieux, associant à l'évocation des légions de soubrettes à plumeaux celle de générations d'officiers aux armes achetées en même temps que leurs brevets et au même titre, c'est-à-dire honorifique, décoratif, seulement pour figurer aux défilés, aux mariages, suspendues à des baudriers peu à peu élargis au fur et à mesure que s'épaississaient les tailles, s'arrondissaient les panses des gros hommes aux semblables visages apoplectiques portraiturés dans leurs uniformes à dorures, encadrés de dorures poussiéreuses, la poussière elle-même installée là d'une façon particulière, non pas insolente, outrageusement visible, mais pour ainsi dire incrustée, solidifiée : « Parce que, me dit-il, même une armée de bonnes n'a jamais compensé l'efficacité de la trace accusatrice laissée par un doigt de femme sur le dessus d'un meuble oublié par le plumeau, et visiblement aucune femme ici n'avait fait ça depuis longtemps, et celle des deux filles qui aurait eu l'âge de le faire, de passer dans les pièces derrière les domestiques, avait sans doute dû quitter à ce moment la maison pour une autre où elle avait suffisamment à faire avec les siens, et quant à la plus jeune il faut croire qu'elle n'était pas encore parvenue à cet âge, en admettant qu'elle y parvienne jamais, qu'elle se découvre jamais ces sortes de goûts, de dispositions dont on dit qu'ils distinguent les filles des garçons... » Et il entreprit aussi de me la décrire : une créature à mi-chemin entre le garçon et la femme, et même l'animal, avec quelque chose de vif, de brutal même, les yeux jaune-gris, les cheveux ou plus exactement les tifs non pas coupés mais taillés – ou plutôt tailladés – courts, et, de même, un visage non de chatte mais de chat, à la fois délicat, dur et sauvage, et de plus, ce soir-là, un air furieux, au supplice sans doute d'avoir été obligée de passer une robe au lieu des blue-jeans et des chandails dont elle devait habituellement s'affubler. Et sa sœur, l'aînée, présente pour la circonstance, tenant en face de son père le rôle de maîtresse de maison, visiblement au supplice aussi, quoique ce ne fût pas pour les mêmes raisons que la fille-garçon, le fait d'avoir mis pour la circonstance une robe – elle n'avait certainement jamais, elle, revêtu autre chose –, ni même à cause de sa taille épaissie, le ventre alourdi qu'elle portait devant elle avec une sorte d'orgueilleuse, paisible et sereine fierté, son visage régulier et paisible seulement un peu tiré, empreint d'un muet ennui, d'une muette désapprobation lorsque se trouvait par hasard dans son champ de vision (car elle ne le regarda pas à proprement parler, semblait posséder ce don, cette formidable faculté de pouvoir effacer, rayer, supprimer à volonté de sa vue et de son esprit n'importe quel objet, homme, animal ou caillou, qui lui déplaisait) l'invité de son père, l'ignorant donc, tandis qu'elle échangeait avec lui comme si elle eût parlé au vide, à l'air de la pièce, et sur ce ton aimable, impersonnel et banal, les aimables, impersonnels et banals propos que postulent ces sortes de réunions : « Vous savez, me dit Montès : le cousin éloigné et pauvre, et même déclassé, que l'on n'a jamais vu en raison d'une de ces histoires de famille évoquées quelquefois aux liqueurs en baissant la voix à cause des enfants et des étrangers, et auquel on tient malgré tout à faire bonne figure, non pas tellement pour lui-même mais parce qu'une certaine conception des obligations de famille et surtout le désir de bien montrer à tout le monde que... » – « Oui, dis-je, je vois ça ». Pouvant l'imaginer, dans ce veston de velours côtelé et râpé jusqu'à la corde, couleur de moisissure, qu'il revêtait indifféremment – au reste il ne possédait que celui-là, mais aurait-il eu les moyens d'en collectionner tout un assortiment, c'eût été, je pense, pareil – pour visiter notaires et avoués, parcourir la campagne, ou se rendre à une invitation, et cette bizarre dégaine à la fois simiesque et aristocratique, ses longs cheveux, sa longue carcasse, ce regard charbonneux qui le faisait ressembler au traître de comédie ou au séducteur à la mode dans les films italiens 1900, et en face de lui cet oncle, le veuf au visage cramoisi de palefrenier-général d'Empire, l'accablant de sa lourde et bruyante cordialité, protecteur, paternel, et, complétant les deux sœurs, ces deux types – mari, fiancé – qui dans leur dissemblance présentaient, me dit-il, cette similitude d'appartenir à cette espèce d'hommes dont le destin est d'être délibérément, froidement choisis par les femmes en vue d'un usage, d'un emploi bien déterminé : l'un, l'homme mûr, effacé, neutre, élu, distingué sans doute par l'aînée en raison même de cet effacement, de cette non-existence, pour la féconder, l'engrosser, et, cela fait, inutile, renvoyé à son bureau, ses affaires et son inexistence, et l'autre qui se tenait à côté de cette fille à l'air sauvage, violent, avec ces cheveux aux reflets rouges coupés à la façon d'un garçon, comme pour l'équilibrer, moins garçon qu'elle, comme si toute combinaison homme-femme ne disposant que d'une attribution fixe et contingentée de principes mâles et femelles il apportait pour sa part ce qui manquait en féminité pour former l'image du couple parfait apparaissant sur la carpette rouge en haut des marches à la sortie de l'église dans l'odeur cireuse des cierges et la gloire des orgues, objet des murmures flatteurs, des appréciations, supputations et imaginations complétant la solennelle et pompeuse mise en scène par son nocturne, furieux et simiesque épilogue dans une sanglante – ou du moins supposée, espérée – apothéose de corps nus et de blancheurs saccagées.

Mais il y avait déjà plus d'un mois de cela et, me dit-il, en train de se débattre au milieu de tous ses ennuis, il les avait presque oubliés. Aussi, tout d'abord, ne la reconnut-il pas. Peut-être, me dit-il, parce que sans trop savoir pourquoi, il s'était fait d'elle, en dehors des dîners et corvées familiales, une image en blue-jeans, chandails et chaussures de basket. Puis il vit les cheveux rouges, sauvages, drus, emmêlés, taillés à la diable, et ensuite ce même œil volontaire, décidé, qui pendant toute cette soirée n'avait cessé de le dévisager, de le fixer avec cette sorte de sans-gêne, d'insolente curiosité, et qui maintenant le regardait s'avancer dans la salle de café, au rez-de-chaussée de l'hôtel, où elle se tenait, en train de parler avec la patronne, les glaces criblées de chiures de mouches se renvoyant sa mince silhouette, son corps mince et droit habillé de choses chères, portées comme si elles avaient été achetées au décrochez-moi ça, exhalant un imperceptible parfum de fleur chère, de cuir cher, de fards aussi invisibles, aussi absents en apparence que les coups de peigne dans les cheveux, mais chers aussi. Puis il vit la bouche, les lèvres elles-mêmes semblables à une fleur, remuant, disant : « Tout de même. Le voilà... » (une voix, un débit brusque, vif, impulsif) tandis que les pupilles marron continuaient à l'examiner, de cet air légèrement méprisant, légèrement agacé et quelque peu incrédule, sans plus de pudeur, de gêne, que s'il eût été un animal rare ou inconnu dans un zoo, une curiosité, un objet, la voix coupant court aux formules de politesse qu'il essayait, et lui pensant : « Donc c'était bien ça. Je ne m'étais pas trompé : les blue-jeans et le reste. Seulement comme on ne lui permet sans doute pas de les porter pour de vrai au lieu de cette robe à quarante mille francs, elle en remet. Pour compenser, se venger », et alors la voix brusque, claire, insolente, disant : « Où est-ce qu'il faut aller vous dénicher, tout de même ! », et un moment après, sans qu'elle eût cessé de le dévisager, sans même feindre d'écouter sa réponse : « Vous allez me laisser debout comme ça longtemps ? », et lui : « Oui, c'est vrai. Pardon. Je... », puis jetant un coup d'œil de naufragé autour de lui, embrassant du regard la salle minable, les tables nues, les chaises dures, les inamovibles vieillards aux inamovibles casquettes, aux inamovibles mégots, qui maintenant les regardaient de leurs yeux morts, leurs cartes crasseuses suspendues : « Bien sûr. Nous allons. Si vous voulez. On va... », se tournant vers la porte, s'élançant déjà pour la lui ouvrir puis sursautant, s'arrêtant, cloué, par cette voix rapide, directe : « Dans ce vent et cette poussière ? J'en sors. Merci. Je croyais que vous aviez une chambre ici ou quelque chose comme ça, non ? », et lui : « Une... Vous voulez dire ma chambre ? », et elle : « Votre chambre. Oui. Qu'est-ce que vous vous imaginez. Que je serai compromise ? Que mon fiancé va me faire une scène parce que je serai entrée dans... ? », puis le rire bref, insolent aussi (et tout autre eût même pensé : insultant), puis : « Allons. Par où est-ce ? »

Et quand elle y fut, regardant avec stupeur l'étroite couchette, les murs éraillés, se retournant, disant : « Non ? Vous êtes tellement fauché ? », puis très vite : « Oh pardon. Je ne voulais pas dire ça. C'est-à-dire : il doit bien y avoir d'autres hôtels, je veux dire : dans un meilleur endroit que par ici. Je veux dire : dans ces quartiers populeux, c'est quelquefois plus cher que... »

Et lui : « Plus... Oh non : ce n'est pas ch... Et puis j'aime cet endroit. C'est surtout à cause de la vue... »

Et elle : « De la... », et s'approchant de la fenêtre, sa main gantée écartant le rideau, contemplant un instant la place, le terre-plein nu et balayé de rafales, la fontaine, le mur scrofuleux de l'ancienne caserne, les deux ou trois gitans accroupis au soleil, et de nouveau, quand elle se retourna, elle eut vers lui ce regard incrédule, curieux, mais cette fois mal assuré, le détournant aussitôt, pivotant en équilibre sur un talon, cherchant quelque chose à dire, puis, avec cette imprévisible mobilité que semblent posséder les jeunes filles ou plutôt, si l'on préfère, ce manque, cette absence (de poids, inertie, infrastructures ?) qui leur permet de prendre un virage à quarante-cinq degrés ou même de sauter de la troisième à la marche arrière sans seulement avoir besoin de freiner, ni même de passer au point mort (ce pourquoi sans doute la conduite des automobiles représente pour elles un problème quasi insoluble, et si à une voix de majorité ce fameux Concile a gratifié les femmes d'une âme, les jeunes filles doivent sans doute en être exemptes, ce que nous appelons notre âme n'étant peut-être après tout que cette lourdeur, cette masse inerte et pesante que nous traînons comme un lest de peur de chavirer et faute de quoi nous serions sans doute comme ces navires trop peu chargés, ivres et ingouvernables dans la tempétueuse immensité) elle se ressaisit, ou plutôt rebondit (au point qu'il se demanda si le temps d'arrêt qu'elle avait marqué, qu'il lui semblait qu'elle avait marqué, n'était pas une pure illusion, un pur et théorique postulat inventé de toutes pièces par son esprit, l'esprit qui sait – sait le dix millième de seconde de temps photographiquement saisi où la balle s'écrase, s'aplatit contre le mur – mais ne connaît pas, ne perçoit pas, ne reçoit par l'intermédiaire de l'œil que l'image fulgurante de la balle arrivant sur le mur, repartant du même élan en sens inverse comme si elle ne faisait que poursuivre sa course immatérielle, inchangée, inaltérable, dans l'exact prolongement, mais en sens contraire de sa trajectoire initiale), si bien qu'il dut faire un effort pour la rattraper (la jeune fille), combler son retard, et lorsqu'il y parvint elle avait sans doute déjà recommencé à parler depuis un moment car il ne put saisir que la fin d'une phrase (et peut-être même la disait-elle pour la deuxième fois, car maintenant la voix se nuançait d'irritation, d'une inflexion d'impatience colère, disant) : « ... comment l'avez-vous trouvée ? » Et lui alors : « Oh. En me promenant. Un dimanche. Je... », et elle : « Qu'est-ce que vous racontez ? », et lui : « Je m'étais assis à la terrasse et puis... », et elle (et quoiqu'elle n'eût pas réellement frappé du pied, qu'elle se tînt simplement debout dans ses coûteux jerseys portés à la diable, sur ses minces et coûteux talons, à côté de l'unique chaise qu'il avait avancée lorsqu'ils étaient entrés, il lui sembla l'entendre, la voir : le talon, le claquement sec, le geste puéril, rageur, impulsif) : « Je ne vous parle pas de cet hôtel. Je vous parle de ma sœur », et avant même qu'il ait essayé de répondre : « Mais peut-être que vous n'avez pas très bien compris ça non plus. Peut-être que vous étiez aussi dans la lune ce soir-là : la jeune femme blonde, l'illustration pour la Fête des Mères. Oui », esquissant comiquement des mains au-devant de son ventre plat la forme gonflée (et le geste aussi, comme la voix : brusque, imprévu, les deux bras en corbeille contenant la sphère d'un ventre imaginaire avant même qu'il les ait vu se mettre en mouvement, et l'instant d'après revenus à leur place – derrière le dos, une main enserrant le poignet de l'autre dans une posture de garçon), et sans doute prit-il de nouveau du retard, se laissa-t-il encore une fois décrocher, car ce n'était déjà plus de sa sœur qu'elle parlait, disant : « Le grand type brun, mon fiancé », et lui parvenant à dire : « Mais si. Je l'avais bien comp... », et elle : « Il vous plaît ? », et lui : « Mais cert... », et elle : « Bien sûr. Certainement. Et si vous aviez vu un type avec une paire d'oreilles d'éléphant et des pieds palmés vous diriez encore qu'il... Mais il n'a pas les pieds palmés et il est beau garçon. Vous ne trouvez pas ? Mais certainement, oui je sais. Ne vous fatiguez pas. Et puis il est riche, vous savez. Pas si riche que vous naturellement mais... », et lui : « Que moi ? », et elle : « Enfin : que vous allez l'être. Vous voyez. Je suis renseignée. On parle beaucoup de vous, vous savez. Z'êtes la grosse attraction. Vous... » Puis s'interrompant, regardant de nouveau comme si elle les découvrait pour la première fois la misérable chambre, l'imperméable dont le notaire disait que même un clochard n'aurait pas voulu gratis, les godasses éculées, avec de nouveau dans le regard cette expression incrédule, au point qu'elle se détourna un instant, juste le temps de jeter un rapide coup d'œil vers la fenêtre, comme pour vérifier qu'elle n'avait pas rêvé, avait bien vu, que le mur écaillé de la caserne, les gitans, les trois autobus déglingués étaient bien là, et alors disant : « Naturellement ça doit vous paraître des histoires d'un autre monde ! », et alors de nouveau le rire clair, léger, quelque chose comme de l'eau fraîche, mais, lui sembla-t-il (à Montès) comme se troublant, mordant, amer, puis encore cette voix claire, innocente ou insolente, qui semblait lui permettre d'oser n'importe quoi, disant : « Naturellement vous n'avez pas dû beaucoup penser à l'argent jusqu'ici. Parce que vous n'en aviez pas. Mais attendez. Vous verrez : c'est fou ce que les gens peuvent y penser quand ils en ont. Et plus ils en ont plus ils y pensent. Vous savez : ils finissent même par ne plus parler que de ça, mon imbécile de père... », et encore une fois l'eau fraîche, le rire, puis un de ces imprévisibles, déroutants changements de direction, à angle aigu, sans préavis, et apparemment sans logique, disant : « Est-ce que vous allez seulement vous acheter une auto ? », puis sans doute put-elle croire qu'il n'avait pas entendu la dernière question, qu'une fois de plus le temps avait marché plus vite pour elle que pour lui, car il sourit, se détendit, s'anima, disant d'une voix presque gaie, véhémente : « Une voiture. Oui. Je voudrais... C'est-à-dire pour la photo, vous comprenez, pour pouvoir facilement... », puis il se mit à se tortiller sur place, abaissant les yeux, les relevant, l'air malheureux, embarrassé, disant : « Seulement j'ai... je n'ai jamais pu... Vous savez, une fois, une amie de ma mère a essayé de m'apprendre à conduire, mais j'ai écrasé un chien, vous comprenez ?... », et elle : « Vous... Et alors ? », et lui : « Vous comprenez : un chien. Il criait », et elle : « J'imagine. Et puis ? », et lui : « Rien. Mais ces cris !... Je... Il me semble que j'aurais toujours l'impression d'en écraser un. Alors il me semble... », et elle : « Il vous... (et plus de stupéfaction maintenant, plus d'incrédulité, mais cette fois la colère vraiment, une rage froide, furieuse, disant) : Attendez. Tout de suite ! Voilà... », fouillant rageusement dans son sac, finissant par en sortir une lettre, une enveloppe toute chiffonnée qu'elle défroissa, aplatit de deux tapes tandis qu'une fine poussière de tabac blond s'échappait des plis, et la lui tendit, disant : « Tenez. Voilà. C'est pour vous. Papa me l'a donnée pour la mettre à la poste quand je suis sortie. Mais je devais de toute façon venir dans ce quartier pour... Enfin peu importe. Alors je l'ai portée », et lui prenant l'enveloppe, mais ne l'ouvrant pas, la gardant à la main tandis qu'à son tour il la dévisageait, de plus en plus ahuri, et elle : « Eh bien. Lisez. Je parie qu'il vous invite encore à dîner. Je parie... », puis, de nouveau, sans transition, changeant brusquement de ton, effectuant pour la troisième fois une de ces volte-face dont les jeunes filles ont le secret, éclatant de rire (de nouveau le son bref, frais, sauvage), disant : « Non. Ce n'est pas vrai. Naturellement. Je ne mets jamais les pieds par ici. C'est parce que je suis en mission. Oui : chargée de vous faire du charme. Quand papa a appris que vous aviez renvoyé le régisseur... », et lui la lettre toujours à la main, toujours debout dans son trench-coat qu'il n'avait même pas eu l'idée de déboutonner depuis qu'ils étaient entrés, et elle n'allant même pas jusqu'au bout, s'interrompant, éclatant de nouveau de rire, disant : « Non. C'est encore une blague. Papa ne m'a pas... C'est-à-dire qu'il n'a pas osé. Non. Je devais réellement la mettre à la poste. Mais ça m'a amusée de venir. La curiosité, vous comprenez ? », puis (et cette fois aussi ce fut comme si elle avait frappé du pied, quoiqu'elle n'eût pas bougé – seulement un imperceptible frémissement, une contraction des muscles, un bref et invisible sursaut de la poitrine sous le jersey, mais qu'il aperçut) disant en même temps : « Hé ! Vous dormez ? Je vous pose une question. Un rébus. Une devinette. Répondez : qu'est-ce que vous croyez qui est vrai ? Que papa m'a envoyée faire du charme ? Que j'ai voulu faire l'économie d'un timbre ? Que je passais par hasard dans le quartier ? Que je... », et lui alors paraissant se réveiller, se secouant, souriant, bougeant, disant gaiement : « Il me semble... C'est-à-dire : je pense que vous voulez simplement vous amuser, non ? » Pourtant il ne se rendit pas à la nouvelle invitation que contenait la lettre. Non par défiance d'ailleurs, ni mauvaise volonté, mais parce qu'entre temps (un ou deux jours plus tard) se produisit ce second fait, une seconde intrusion, mais celle-là pour ainsi dire de l'intérieur, non seulement du fait que, cette fois, le protagoniste était l'un des pensionnaires de l'hôtel, mais encore parce que celui-ci n'agit en somme que comme une sorte de catalyseur, de révélateur ; le personnage lui-même, ce Maurice qui par la suite devait jouer un si grand rôle dans toute cette affaire, des plus falots en apparence, du moins tel que Montès me le décrivit, avec ses cheveux frisés et cosmétiqués soigneusement peignés, son élégance laborieuse, affectée : un de ces jeunes vendeurs de parfumerie ou de nouveautés, pensa-t-il la première fois qu'il le vit, c'est-à-dire le remarqua, ou plutôt fut forcé par l'autre de le remarquer car, me dit-il, il y avait déjà un bon bout de temps qu'il était installé à l'hôtel et il ne l'avait même pas encore vu (ou ne se souvenait pas de l'avoir vu) quoiqu'il prît ses repas à quelques tables de lui (et sans doute, j'imagine, à la lumière de ce que l'on sut plus tard, l'observant depuis le début, l'épiant peut-être, le regardant – assis parmi les autres jeunes gens impécunieux et nonchalants qui se balançaient sur leurs chaises à la terrasse du café à l'heure de l'apéritif – tandis qu'il trimbalait ses deux gosses du manège au marchand de beignets et du marchand de beignets à la petite boutique où l'on vendait des bouts de réglisse, des baigneurs et des moulins à vent en celluloïd multicolore, et ayant probablement déjà essayé à plusieurs reprises de lier conversation, Montès répondant distraitement par oui ou par non, étant même capable, comme chaque fois qu'un visage ou un personnage ne retenaient pas spécialement son intérêt, d'avoir soutenu poliment un de ces longs dialogues sur le temps ou les difficultés de la vie sans y avoir prêté plus d'attention – c'est-à-dire méfiance éveillée, et même pas méfiance : étonnement, et même pas étonnement, même pas simple curiosité – qu'au chat de la maison ou à cette nourriture de gargote qu'il avait dans son assiette et se dépêchait d'avaler sans même savoir, sans même se demander si c'était bon ou mauvais, en pensant à autre chose). Et je voyais la scène : la salle de restaurant presque vide, la serveuse allant et venant, finissant de débarrasser les tables, Montès tournant sa cuillère dans son café, et l'autre en train déjà de lui parler depuis un moment par-dessus les deux ou trois tables qui les séparent, et Montès répondant comme d'habitude, sans même savoir quoi, et le type lui jetant de furtifs et rapides coups d'œil, et à un moment, entre deux questions et réponses sur la température ou le temps, se rapprochant prestement (la soucoupe de sa tasse à café d'une main, une espèce de mouvement de translation rapide, sans cesser de parler, sans se lever, faisant vivement passer ses fesses d'une chaise à l'autre), et tout à coup Montès le découvrant assis à côté de lui, sans même pouvoir dire ni quand ni comment cela s'est produit, dévisageant un peu éberlué le jeune homme déjà renversé sur sa chaise, parfaitement à l'aise, comme s'ils étaient de vieilles connaissances, auréolé d'une odeur de tabac blond, volubile, enjoué (et en même temps, dit Montès, on ne savait quoi de fébrile, d'inquiet, tirant de trop fréquentes bouffées de sa cigarette, la tapotant trop souvent de l'index au-dessus de la soucoupe pour faire tomber une cendre inexistante), lancé dans une sorte de monologue, de tirade, les paroles s'arrêtant parfois pour laisser place à de petits rires brefs, faux, comme fébriles aussi, puis reprenant aussitôt, disant : « Depuis le temps que nous mangeons l'un en face de l'autre... », disant : « Mais je m'excuse, je dois d'abord... », disant d'un ton amusé : « Faisons nous-mêmes les présentations... », disant alors ce nom que Montès n'entendit pas, n'avait jamais entendu, ne devait jamais se rappeler quoique le jeune homme semblât y attacher une grande importance, scrutant le visage de Montès d'un air inquiet, agressif, disant : « Avez sans doute entendu parler, non ? Le général ? », puis se détendant, comme à la fois soulagé et offensé, retrouvant ce ton enjoué, presque insolent, disant : « C'était mon père. C'était, oui : mort maintenant. Vous me direz qu'un général mort de plus ou de moins, aujourd'hui, hein... Mais ne meurent plus dans leurs lits. Ha ha ! Fin d'une légende, ça aussi. C'est-à-dire, pas tous. Parce qu'il y en a... Mais peu importe ! Une fois mort, hein, la façon dont ça vous est arrivé, qu'est-ce qu'on doit s'en f... Ha ha ! Je vous le demande : pulvérisé par un obus ou le caisson sauté d'un coup de revolv... Enfin mort, quoi ? Pas trente-six façons de l'être, je suppose, non ? Trente-six de mourir y compris celles qu'on appelle glorieuses, ou sans gloire, ou déshon...

Ha ha ! Bonne blague. Mais une fois passé de l'autre côté, hein ? Parce qu'après, non ? même chose pour tous : viande à vers. Ha ha ! Alors maintenant, je suppose, lui aussi : complètement bouffé par les bestioles, sauf naturellement les parties nobles et non comestibles de tout général : os, dentier, sabre, feuilles de chêne et étoiles en métal doré. Ha ha ! Sic transit... » Et Montès le regardant toujours, un peu reculé sur sa chaise, éprouvant, me dit-il, comme un vague malaise, quelque chose d'indéfinissable qu'il cherchait vainement à préciser sans parvenir à rien découvrir derrière le jeune visage triangulaire, pâle, pas antipathique, pas sympathique non plus, tandis qu'il écoutait se succéder les phrases, ou plutôt les embryons de phrases, le plus souvent laissées en plan avant la fin, et quelquefois en plein milieu, et quelquefois tout juste commencées comme si celui qui les prononçait essayait des pistes successives aussitôt abandonnées pour une qui lui paraissait meilleure et aussitôt abandonnée à son tour, ou comme s'il négligeait de poursuivre, donnant à sa conversation ce tour familier ou plutôt, en quelque sorte, ésotérique, comme entre personnes qui se comprennent à demimot, présupposant entre Montès et lui l'existence d'une espèce de complicité, d'égalité, de lien, puis il (Montès) comprit, pensant : « Mais ce n'est que le boniment. Il doit avoir quelque chose qu'il va essayer de me vendre... », puis plus tard : « Mais quoi ? Pas de la parfumerie en tout cas, il... », disant tout haut au même moment : « Non, je ne fume pas », disant

« Non merci, je ne... Non, je vous assure, pas pour moi, pas... », et l'autre appelant : « Rose ! », et lui de nouveau : « Non, je ne prends jamais... », puis la serveuse debout devant eux, au-dessus d'eux, et quoi qu'il évitât de la regarder devinant, me dit-il, l'expression de son visage tandis qu'elle attendait, lui essayant encore de répéter : « Non, je vous assure, pas pour moi, je... », et l'autre : « Deux fines, Rose, deux doubles », et la masse, l'ombre de la serveuse bougeant de nouveau, se détachant, lui ne la regardant toujours pas, s'éloignant tandis que l'autre se tournait maintenant vers lui, disant, la voix légèrement baissée : « C'est encore la seule chose convenable qu'on puisse avaler dans cette gargotte : parce qu'ils ne peuvent pas la fabriquer. Ha ha... », riant, disant de nouveau : « Quelle taule !... », et Montès pensant plus que jamais : « Mais qu'est-ce qu'il veut me vendre ?... » Et je me les représente tous les deux, la façon dont cela arriva, ce dialogue ou plutôt ce monologue, Montès sur la défensive, mal à l'aise, fixant de ce regard noir, lourd, inquiet, l'autre qui continuait à se balancer avec nonchalance sur sa chaise, disant : « Ah enfin ! », disant : « Elle en a mis un temps à venir, cette fine ! Qu'est-ce qui se passait : le patron la dédoublait ? », Montès regardant maintenant les mains de Rose poser devant eux les deux verres, les remplir du liquide jaune, redresser la bouteille, enfoncer le bouchon d'une tape, sans répondre, et Maurice : « Ça ne va pas aujourd'hui, Rose ? Vous... », puis la serveuse tournant de nouveau le dos sans répondre, Maurice laissant retomber sa chaise sur les pieds de devant, la suivant des yeux jusqu'à ce qu'elle ait refermé sur elle la porte de la cuisine, saisissant son verre, l'élevant, disant : « À la vôtre !... », se renversant de nouveau en arrière, buvant une gorgée, disant : « Cette Rose, c'est une rudement chic fille, hein ? Je vous vois souvent avec ses deux gosses, elles sont mignonnes comme tout... », puis attendant, observant Montès par-dessus le bord de son verre, et alors Montès ayant tout à coup la sensation que le temps se mettait à couler terriblement vite, comme si quelque chose venait brutalement d'ouvrir une vanne désormais impossible à refermer, entendant le bruissement liquide, puissant, du temps se précipitant, irréversible, impossible à endiguer, se ruant avec un fracas de désastre et d'irrémédiable, et pensant : « Maintenant il va me le vendre. Maintenant... », pensant : « Et même si je ne veux pas l'acheter il m'en fera cadeau. Et même si je n'en veux pas pour rien il me forcera à... », la voix de Maurice lui parvenait à ce moment comme de très loin, comme à travers des épaisseurs de coton, disant : « Je crois qu'elle a quelque chose qui gaze pas. L'autre jour, j'ai surpris par hasard... Je crois que c'est son type, vous comprenez ? », et clignant de l'œil (et là encore rien d'autre en somme que les propos que peuvent échanger deux clients d'un même hôtel en sirotant un pousse-café, et pourtant Montès maintenant muet, figé, évitant de regarder l'autre, fixant désespérément devant lui sur la nappe de papier le verre de fine auquel il n'a même pas touché, et l'autre de plus en plus nonchalant, tirant une bouffée de sa cigarette, avalant une nouvelle gorgée de fine, jetant un bref coup d'œil du côté de la porte de la cuisine, disant derrière un nuage de fumée : « Le gitan. L'ancien boxeur ! », et baissant encore la voix, laissant tomber négligemment sans cesser de se balancer d'avant en arrière, distraitement : « Je crois qu'il a fait un coup. Un sale coup, vous comprenez. Alors maintenant, elle a la trouille. Pour elle et les gosses... »).

V

Et sans doute faut-il essayer de se le représenter, seul, dans ce pays où il ne connaissait personne, où il n'était jamais venu auparavant, transporté ou pour mieux dire : transplanté sans transition de son patelin à huit cents kilomètres de là, une petite ville quelque part du côté de l'Aube ou de l'Yonne, un pays, me dit-il une fois, où les arbres poussent droits (et je n'avais pas besoin qu'il me la décrivît pour l'imaginer : une de ces agglomérations, ou plutôt agglutinations, ou encore archipels de toits comme on en voit de la fenêtre d'un rapide, dériver lentement sur les vertes campagnes, apparaissant et disparaissant parmi les rideaux de verts peupliers poussant le long des verts et lents méandres d'une rivière, avec sans doute l'inévitable vieux château sur une butte rocheuse, et l'église romane et une fabrique de quelque chose aux longs ateliers bas, aux deux ou trois hautes cheminées de briques portant un millésime du début du siècle, tournant lentement avec la ville entière, comme un plateau, au centre de la longue courbe que fait la voie : quelque chose d'intemporel, d'immodifiable et d'indestructible, y compris les deux ou trois façades de boutiques refaites à l'avant-dernière mode, la cité ouvrière en pierre meulière, les jardinets et la gare à la sonnerie grelottante traversée sans ralentir dans un envol affolé de papiers sales et de poussières, rapetissant, s'enfuyant comme aspirée dans les vertes profondeurs du temps lui-même, et disparaissant derrière l'accumulation des paisibles, omniprésents et omnisemblables rideaux de peupliers).

Et, en y pensant, il me semblait l'y voir, tel déjà qu'il était maintenant, béret, cache-nez et imperméable (avec cette seule différence qu'ils devaient être lavés, ou envoyés chez le détacheur, ou renouvelés un peu plus souvent) : une sorte d'uniforme pour ainsi dire, qu'il portait sans doute depuis sa quinzième ou seizième année sans avoir jamais eu l'idée d'en changer parce que la femme (sa mère) qui les lui avait choisis une première fois n'avait sans doute elle-même jamais eu l'idée qu'il pût s'habiller d'une façon qui, en dehors des pantalons longs, différât sensiblement de la tenue d'un boy-scout. Ou peut-être non. Peut-être les choses ne se passèrent-elles pas ainsi. Peut-être que ce fut lui, et non elle. Et non pas par manque d'idée, d'imagination, mais bien au contraire par l'effet d'un propos bien déterminé : une volonté, un goût, ou plutôt une prédilection, ou plutôt une incapacité, un vertige à se concevoir autre, et ceci une fois pour toutes, et non seulement lui-même mais ce qui l'entourait, et non seulement les vêtements, le décor, les choses, mais encore les personnes, les êtres, ainsi qu'il me l'avoua une fois, me racontant que là-bas il avait brusquement rompu avec une jeune fille le jour où il s'était rendu compte qu'il lui serait insupportable, intolérable, de la voir avec une autre coiffure et même une autre robe que celle qu'elle portait le jour où il l'avait rencontrée pour la première fois, disant cela avec ce même air moitié confus, moitié coupable, comme si, en même temps il s'excusait, se moquait de lui-même, s'en divertissait et s'en affligeait, comme si chaque fois qu'il parlait de lui c'était avec cette même sorte de gêne à la fois amusée et réprobatrice, assistant impuissant, navré et ironique au déroulement de sa propre vie ou plutôt de celle qu'un autre lui-même lui imposait sans qu'il fût possible de démêler si c'était avec ou contre son propre assentiment, et même s'il ne nourrissait pas pour cet autre, à la façon du cadet pour le grand frère ou le condisciple qui le martyrise, une sorte de secrète admiration n'excluant cependant ni la moquerie ni la critique, si bien qu'on peut se demander lequel des deux – le tortionnaire ou la victime – poussa l'autre, si ce fut une révolte ou encore un de ces abus de pouvoir : sa première impulsion, me dit-il, tandis qu'il regardait devant lui ce verre de fine auquel il n'avait pas touché (et à côté de lui, discourant toujours – mais il ne l'écoutait plus –, ce Maurice, ce type à l'allure de vendeur de nouveautés quoique, sut-il plus tard, il ne vendît ni cravates ni chemises mais, plus prosaïquement, des engrais, de ces poudres et produits pour la vigne dont il avait une représentation), sa première impulsion donc, ayant été de s'en aller, de monter faire ses bagages et quitter l'hôtel le soir même. « J'avais déjà suffisamment d'empoisonnements comme ça, vous comprenez, depuis que j'étais arrivé, et même depuis que j'avais reçu cette lettre du notaire (et, pensais-je, sans doute depuis bien avant cela, depuis qu'un homme et une femme qui n'étaient pas faits pour se comprendre s'étaient néanmoins suffisamment entendus pour, en une seule nuit d'accouplement, l'engendrer, après quoi chacun était reparti de son côté, lui grandissant sous l'emprise d'une femme outragée, haïssant à jamais l'ensemble des hommes dans la personne d'un seul, et qui s'était sans doute acharnée par tous les moyens à extirper de lui la moindre trace d'un souvenir détesté pour mettre à la place ce qu'il y avait en elle d'entier, de passionné et d'inflexible), et je ne tenais pas... » – « Mais vous êtes resté, dis-je, vous saviez bien déjà que vous aviez décidé de rester, non ? » Il me regarda, de nouveau de cet air interloqué, pensif, sincère. « Oui, dit-il à la fin. Je crois que je le savais. » Et il se mit à me parler de cette petite, l'aînée, Thérésa, avec son mince visage à la peau tendue, semblable à une de ces momies desséchées d'enfant inca, son petit nez court, presque réduit à l'os, ses yeux immenses, ses dents manquantes sur le devant, ses cheveux noirs, raides, luisants, et sans transition il me décrivit la femme, Rose, debout en face de lui dans la chambre (cela se passait un matin, le surlendemain du jour où Maurice lui avait parlé : quarante-huit heures, ce fut le temps qu'il mit à se décider – se déchirer entre son désir ou plutôt sa volonté, sa détermination de paix et ce qui le poussait à rester). Il me dit seulement qu'il était rentré un peu plus tôt que d'habitude ; il ne me dit pas s'il l'avait fait exprès ou si c'était par hasard : il monta l'escalier, poussa sa porte et la trouva là, penchée au-dessus du seau, en train de tordre la serpillère mouillée et par l'ouverture de son corsage il me dit qu'il pouvait voir la sueur perlant dans le creux blanc, nacré, entre la naissance de ses seins, et cette robe à fleurs violettes et jaunes dont le fond noir n'était pas exactement noir mais de ce vert sombre que prennent ces sortes de tissus bon marché en se fanant, et sous chaque aisselle deux larges demi-lunes couleur d'encre, et sous l'étoffe flasque et usée ce quelque chose d'inusable, d'indestructible, comme la paisible invincibilité de la pierre mutilée et polie par le temps, la fatigue, mais impossible à abattre. Et il me raconta qu'il pouvait sentir, respirer toute cette chair de femme, et percevoir la secrète pulsation du sang sous la peau transparente aux fines veines bleues, et encore l'éclatante lumière de midi pénétrant par la fenêtre ouverte, avec le vent qui faisait battre le rideau de fausse dentelle, comme si lumière et vent n'étaient qu'une seule et même chose, ou plutôt une absence de quelque chose : le vide, le néant, une sorte d'éblouissante vacuité au sein de laquelle il avait l'impression de se tenir, dépouillé, décharné, et même plus que décharné : désincarné, réduit à sa plus simple expression, c'est-à-dire même pas son squelette, même pas quelques os : un clou rongé, une brindille, rien, et au-delà de la femme dont la silhouette à contre-jour mordait en sombre sur le rectangle lumineux, au-delà des branches balancées du platane, il pouvait encore voir le terre-plein inondé de soleil, comme une sorte d'écran lumineux, jaune clair et flou sur lequel de petites taches floues aussi se déplaçaient, et plus tard il se rappela avoir pensé machinalement : « Bon : voilà midi. Voilà les gens, les gosses... » Puis il pensa aux gamines qui allaient rentrer de l'école, et dans le même moment il se rendit compte qu'il parlait, ou du moins qu'il devait parler, entendant sa propre voix comme détachée de lui, comme si elle lui parvenait de l'extérieur, floue elle aussi, de par-delà les images, répercutée en écho comme si elle résonnait avec un son métallique dans cette sorte de vide où ils se tenaient tous deux, de coque creuse, seulement remplie de lumière, de vent : mais rien que le son de sa voix, pas ce qu'elle disait, les phrases, les mots, cette espèce de matière gluante et malaisée dont il n'arrivait sans doute pas à se dépêtrer car tout à coup il perçut la voix de la femme, brusque, claire, intelligible celle-là, disant avec quelque chose d'impatient, d'excédé : « Qu'est-ce que vous dites ? Vous ne pourriez pas arrêter de bafouiller ? »

Et lui « Si, bien sûr. Attendez... Écoutez. Voilà : je voulais seulement... » Puis il vit le visage de la femme changer peu à peu d'expression, et alors, quoiqu'il eût toujours été incapable de répéter les paroles que ses lèvres prononçaient ou ne prononçaient pas, il pensa qu'il était arrivé à le dire. « Ou peut-être pas, me raconta-t-il plus tard, peut-être n'était-ce toujours qu'un lamentable bredouillis, mais peut-être n'ont-elles pas besoin des mots pour comprendre, peut-être peuvent-elles s'en passer... » ; suivant donc ou plutôt prenant connaissance de ses propres paroles au fur et à mesure que s'effaçait sur le visage de Rose cette expression d'étonnement, d'incrédule stupéfaction, peu à peu remplacée par quelque chose de dur, d'hostile, puis entendant de nouveau sa voix à elle, et dure aussi maintenant, farouche : « Des ennuis ? Qui est-ce qui vous a raconté ça ? »

Et lui : « Je... C'est-à-dire... »

Et elle : « Qui vous a raconté ça ? »

Puis, avant même qu'il ait pu répondre, comprenant, disant : « Le petit salaud ! Je m'en dout... » Elle ne termina pas. Elle ne le regardait plus maintenant, semblait réfléchir, l'œil fixe, comme si elle l'avait oublié (et dehors le vent balançant toujours les branches du jeune platane, promenant paresseusement les longues traînes de poussière d'un coin à l'autre de la place, et la buée grise, légèrement bleutée, sur le carrelage en train de sécher), et Montès faisant peut-être un geste de la main, se râclant la gorge, disant : « Si je... », puis sa voix s'éteignant de nouveau, cessant, la main s'agitant comme pour écarter quelque chose, comme si elle essayait d'exprimer ce à quoi les lèvres renonçaient, puis renonçant aussi, s'immobilisant, Montès restant là, stupide, trop grand, l'air coupable, malheureux, et à la fin la voix de la femme, toujours dure, hostile, quoiqu'elle évitât de le regarder, disant : « Vous croyez pas que vous feriez mieux de vous occuper de vos affaires, non ? », et à ce moment arrivant par l'escalier la voix de la gamine : « M... maaa ! »

Et Rose : « Oui ! »

Et Montès : « Écoutez, je... »

Et Rose : « Occupez-vous donc de vos affaires ! »

Et de nouveau dans l'escalier la voix de la fillette appelant pour la seconde fois : « ... maaaa ! » Et Montès pensant tout haut, disant bêtement : « Elles sont rentrées de l'école, elles... » puis entendant la femme tout près de lui, criant presque, quoiqu'elle n'élevât pour ainsi dire pas le ton, mais une véhémence, un désespoir : « Alors pourquoi ne va-t-il pas le raconter à la police, cette espèce de petit voyou, ce... », puis cette fois sa voix à elle manquant, et quelque chose aussi sans doute se mettant à manquer en elle, la trahissant, et il (Montès) me dit qu'il put le percevoir quoiqu'elle n'eût toujours pas bougé, pas fait un geste : autre chose d'intérieur qui craquait, cédait, un subit, un imperceptible relâchement des muscles, du corps, tandis que pour la troisième fois la voix de l'enfant leur parvenait : « Maa... maaaa !... », et elle : « Oui, je descends ! », mais ne bougeant pas, toujours appuyée contre le mur, la tête baissée, puis il entendit de nouveau sa voix, morne maintenant, sourde, disant très vite : « Après tout, puisque vous le savez... Pourquoi j'aurais pas confiance en vous ? Vous avez été gentil avec les petites. Et puis maintenant j'en peux plus. Je fais peut-être une connerie, mais je n'en peux plus. Je le lui ai dit. Je lui ai dit de ne pas me fourrer dans cette histoire de vol. Je le lui ai dit. Pas pour moi. Je m'en fous. Mais c'est pour les gosses... »

Et à ce moment, me raconta-t-il plus tard, il pensa que sa première impulsion avait été la bonne, qu'il eut mieux fait, quarante-huit heures plus tôt, de laisser ce type continuer à se balancer sur sa chaise devant son verre de cognac et de monter directement dans sa chambre pour y empiler ses quatre chemises dans sa valise, ramasser ses papiers, fourrer tout pêle-mêle dans la serviette et le rucksack, et filer à toute vitesse en évitant de passer par la salle de restaurant où il risquait de la revoir. Il ne me dit pas si dans le même moment il pensa aux peupliers qui poussaient bien droit, ou à cette jeune fille d'avec qui il avait divorcé avant même de l'épouser parce qu'il se sentait par avance non pas capable mais coupable de la répudier pour une boucle de sa coiffure roulée dans le mauvais sens, mais ce que je sentis, ce qu'il savait probablement lui-même en réalité, c'est qu'en dépit de sa raison qui continuait toujours à l'engueuler pour ne pas être déjà installé dans un autre hôtel de la ville (ou, mieux, d'une autre ville, ou mieux encore : chez lui, à huit cents kilomètres de là, au creux des vertes et paisibles collines), l'endroit où en réalité il voulait être, désirait être, ne pouvait qu'être, c'était là où il se trouvait.

« Mais qu'est-ce que vous espériez de lui ? dis-je. Qu'il allait... » Il me regarda et je me tus. « Oui, dit-il. Bien sûr. Mais ce n'était pas un vrai voleur. C'était seulement un gitan. Un ancien boxeur. Il paraît qu'il avait été assez bon il y a quelques années, à Marseille, mais maintenant il ne valait plus rien, et le seul argent qu'il pouvait gagner c'était quelques billets de mille en faisant par-ci par-là des combats truqués pour servir de tête d'affiche à ces réunions d'amateurs où les petits gars de la campagne et les apprentis tourneurs viennent gratuitement se faire mettre la figure en compote parce que c'est la seule façon dont ils peuvent espérer ne pas être condamnés à passer le restant de leur vie derrière une charrue ou un tour. Et probablement que lui aussi avait commencé de cette façon-là. Mais ce n'était pas un vrai voleur, vous comprenez ? Et la preuve, c'est que maintenant il ne savait même pas comment se débarrasser de ces bijoux. Il avait caché ce coffret chez elle et il l'y avait laissé. Chez elle, c'est-à-dire chez eux. C'est-à-dire cette chambre qu'ils avaient dans cette espèce de caserne désaffectée, de l'autre côté de la place, cette espèce d'Alcazar à moitié en ruine où elle rentrait coucher tous les soirs avec les deux petites, sans doute parce que chacun désire avoir un chez-soi, même infect, et aussi parce que la patronne de l'hôtel n'aurait jamais admis que le gitan couche sous le même toit qu'elle. Bon. Seulement, il avait un peu pioché dans le coffret. C'est-à-dire qu'il avait pris ce qu'il avait pensé le plus facile à vendre : de l'or, une vingtaine de louis qui se trouvaient avec les bijoux. Et maintenant il avait tellement peur pour lui-même que ça faisait dix jours qu'il n'était même plus venu coucher là, qu'elle ne l'avait plus revu. Et elle avec ce coffret qu'elle ne pouvait même pas porter à la police avec ce qu'il y manquait, et elle ne pouvait pas prendre sur elle ...

« Mais enfin... », commençai-je. Puis tout aussitôt je me tus. C'était bien plus tard qu'il me racontait tout cela, et le mieux, la seule chose que j'avais à faire, c'était d'écouter, et en premier lieu parce que c'était tout ce qu'il demandait de moi, et de toute façon ce n'était pas en parlant maintenant que je pouvais espérer changer quoi que ce fut à ce qui était arrivé, et même si j'avais pu parler à temps cela n'aurait non plus rien changé : d'abord parce que j'imagine qu'il m'eût écouté avec cette même attention ou inattention polie qu'il avait opposée au notaire, le laissant se fatiguer à débiter ses arguments frappés au coin de la logique et de la raison, sa décision à lui déjà prise dès avant son entrée dans l'étude, dès avant de monter dans le train qui devait l'amener ici, de sorte qu'aucune logique ni aucune raison ne pouvaient rien à l'affaire, et ensuite parce qu'il n'était nullement certain que la raison et la logique fussent de mon côté et non du sien, tout au moins (puisqu'il s'agissait là de passion) la logique et la raison de la passion et non pas la logique et la raison des notaires (celles qu'il est seul convenu de considérer comme raisonnables et logiques, parce que les notaires sont reconnus pour gens de bon conseil, possédant une expérience des choses, un jugement prudent et pondéré, du moins jusqu'au jour où emportant avec eux leurs conseils raisonnables et leur logique raisonnable, sans oublier non plus les dépôts de leurs clients, ils lèvent le pied).

VI

Plus tard il devait me décrire cette période de sa vie où (après s'être vu brutalement – comme si tous les événements l'assaillaient avec la violence de ce pays, de ce vent, de cette lumière à la fois démesurés et agressifs – hériter d'une importante propriété, exposé aux tentations de l'argent, puis de la chair, puis attaqué, violenté, à demi étranglé, puis, alors qu'il pensait avoir enfin trouvé une retraite, un semblant de tranquillité, épié, évalué, et, sans qu'il ait seulement eu le temps de comprendre comment, fourré dans une histoire louche), me dit-il avec cette sorte d'humour qui lui était particulière, il se faisait l'effet (tandis que jour après jour il regardait fondre ses maigres économies, avec cette propriété où il ne pouvait pratiquement même pas mettre les pieds, cette fortune qui ne représentait pour lui que des dépenses) d'être une sorte de mythe, à la fois réel et inexistant, comme (ce fut lui qui trouva la comparaison) l'un de ces babyloniens gratte-ciel du Nouveau-Monde édifiés entièrement à crédit sur un terrain lui-même acheté à crédit avec la garantie d'un troisième crédit accordé sur l'immeuble encore à l'état non pas même de plan mais de projet, Babylone menacée à tout instant de catastrophe s'il vient par hasard à l'idée d'un ouvrier pressé de demander seulement un dollar au contremaître pour aller acheter au comptant chez le quincaillier du coin une poignée de clous.

Et autour de lui, ces silhouettes floues, entr'aperçues, incomplètes (ces deux gamines, Rose, Maurice, et l'oncle, et cette fille-garçon qui venait effrontément jusque dans son hôtel le regarder sous le nez comme une bête curieuse entre l'essayage d'un nouveau tailleur et l'heure du thé à la pâtisserie, sans doute, me dit-il en riant, pour remplacer une visite au zoo, puisque la ville n'en possédait pas), se dessinant vaguement dans une durée elle-même floue, incertaine, car il n'y avait aucun lien dans son récit entre les différents épisodes ou plutôt tableaux qu'il évoquait, comme dans ces rêves où l'on passe subitement d'un endroit à l'autre, d'une situation à l'autre sans transition, le seul élément de continuité étant maintenant cette obscure et impérieuse obsession de quelque chose qu'il devait absolument faire à travers obstacles et empêchements, tout en ne pouvant imaginer quoi (à moins qu'il rusât, espérant ainsi se tromper lui-même, ou qu'une partie de lui essayât de filouter l'autre, s'efforçant de lui faire croire qu'elle ne savait pas ce qu'elle avait déjà décidé, résolu, et par conséquent par avance, irrémédiablement accompli), harcelé sans répit par cette furieuse et impuissante sensation d'urgence, du temps qui s'écoule, inexorable, menaçant, désastreux.

Et ainsi je pouvais le voir, comme il me le raconta, hypnotisé, fasciné par cette tache de soleil en train de ramper lentement mais irréversiblement sur le mur, changeant peu à peu de couleur et de forme, tandis que le jeune représentant en phosphates, engrais et poudres cupriques recommençait pour la vingtième fois à lui expliquer toute la sympathie qu'il éprouvait pour lui. Il ne me dit pas comment il y était venu. Il me dit seulement qu'il y était. Sans doute l'autre le rencontrant, le croisant – et peut-être pas par hasard – dans le couloir ou l'escalier de l'hôtel, s'exclamant, l'assaillant avec cet étrange mélange d'excessive cordialité, d'insolence et d'humilité, le prenant d'autorité sous le bras, le poussant dans une chambre à peu près semblable à celle qu'il occupait lui-même, aussi minable, aussi exiguë, mais dans un incroyable état de désordre, s'excusant, ouvrant précipitamment la fenêtre pour chasser l'odeur de fumée, s'empressant, avançant une chaise (mais Montès ne s'asseyant pas), tendant un paquet de cigarettes (mais Montès n'en prenant pas), s'excusant de nouveau, fauchant d'un revers de main (toujours sans cesser d'observer Montès, de le guetter) une poignée de cravates à la traîne sur la barre de cuivre du lit et les envoyant sans ménagement avec une paire de chaussettes rejoindre un tas de linge sale au fond de l'armoire, et dans la glace du battant repoussé d'un coup de pied Montès pouvant se voir, un instant, entraîné avec le minable décor où il se tenait debout dans une giration étincelante, météorique, qui s'arrêta sur un angle de la table, un de ces cendriers-réclame de café débordant de mégots, deux cartes postales représentant des pins au bord de la mer fixées au mur, le tout tremblotant quelques dixièmes de secondes et finalement s'immobilisant, cependant que la voix de Maurice disait : « ... parce que j'ai tout de suite vu que vous n'étiez pas comme les autres ici je ne parle même pas de cette ignoble taule je veux dire ce cochon de pays où ils sont tous plus ou moins levantins, arabes ou espagnols, mon père parce qu'il faut vous dire que nous ne sommes pas d'ici nous sommes d'une vieille famille bretonne, il a été envoyé ici, enfin je vous expliquerai mais il disait qu'ils se prétendent latins, ils en sont tous tellement fiers ils n'ont que ce mot-là à la bouche la civilisation latine l'héritage de la culture latine, et tout autour de leur Méditerranée de cette espèce de mare croupie ce ne sont que les descendants des marchands grecs qu'ils soient maltais corses ou napolitains parce qu'il fallait être marchand grec pour être capable d'inventer à la fois la table de Pythagore et cette religion de dieux de déesses et de saints basée sur les impérissables principes du troc et de l'échange donnant donnant c'est-à-dire volant volant c'est le plus roublard qui gagne est-ce que vous connaissez la fameuse prière de la pieuse jeune fille italienne disant Sainte Vierge qui avez conçu sans pécher et qui pouvez tout faites que j'ai péché sans concev... »

Et Montès : « Écoutez, je... je dois... »

Et Maurice : « Vous devez ?... » S'interrompant, le regardant maintenant ouvertement (et non plus caché, dissimulé pour ainsi dire derrière le tapage de sa voix débitant le flot d'aphorismes bouffons, trop vite, presque fébrile, trahi par cet éternel rictus, cette espèce de contraction à la fois nerveuse et ironique tiraillant sans cesse le coin de sa bouche), répétant : « Mais vous n'êtes pas si pressé, je... »

Et Montès : « Non, je dois... C'est-à-dire : j'ai à faire... » C'était la fin de l'après-midi sans doute, car il me dit que le vent avait cessé. Le soleil bas, jaune foncé, glissait presque horizontal dans la chambre, projetait sur le mur la tache marbrée virant lentement du citron au chrome, puis du chrome à l'orangé, tandis qu'elle se déplaçait insensiblement, et du dehors (tintement des brocs des femmes à la fontaine, appels, et un murmure las, multiple, épuisé) parvenaient les bruits du soir. Comme une exhalaison du jour fané, révolu. Puis un frémissement, un long cri de soie déchirée fendant l'air, se répétant, et Montès pensant : « Déjà. Les hirondelles. Elles sont déjà... » Et maintenant la barre du soleil comme du bronze en fusion glissant semblait-il de plus en plus vite, au point qu'il pouvait presque suivre sa lente dérive, la lente terrifiante, et irrémédiable dérive du temps. Et toujours cette chose qu'il savait qu'il devait faire, ou qu'il voulait faire, ou qu'il fallait faire, répétant maintenant : « Non, je vous dis qu'il faut que je parte. Excusez-moi. Je dois... »

Puis il y fut – un autre repère dans ce temps flou, un autre décor – (il me dit qu'il avait vu l'affiche dans un café du centre, collée sur la glace derrière le bar ou à une vitre de la terrasse, entre celle du prochain match de rugby et l'annonce d'un bal de quartier, « Et sans doute, dit-il, était-elle collée partout et avais-je dû la lire trois ou quatre fois avant de reconnaître son nom, et encore trois ou quatre fois avant de voir ces deux lignes en toutes petites lettres dans le bas pour inviter les gens à aller le voir s'entraîner, et probablement font-ils ça comme les parades des cirques : pour attirer le public au match, parce que ce n'était même pas payant, et c'est alors que j'ai compris quelle sorte de boxeur c'était maintenant... », n'osant pas entrer, regardant entre les têtes d'un groupe agglutiné dans la nuit tombante à la porte d'une sorte de remise les deux silhouettes qui sautillaient dans l'éclairage cru de trois ampoules électriques pendant au bout de leurs fils.

Il ne s'était pas attendu à cela. Bien sûr, il n'aurait pas pu dire ce qu'il s'imaginait trouver. « Mais pas cela, me dit-il : c'était simplement le sous-sol du cinéma, pas un gymnase, même pas un endroit arrangé spécialement, à moins qu'on ne considère comme un arrangement ces quatre cordes qui étaient censées délimiter un ring et cette espèce de sac d'engrais ou de sulfate en grosse toile rempli de sable probablement ramassé à la rivière et sur lequel l'autre lourdaud s'acharnait à coups de poings comme s'il avait été persuadé que c'était ce sable qui l'empêchait de réussir dans la vie et l'obligeait à conduire un dix tonnes au lieu de la voiture américaine à laquelle il pensait avoir droit... » Et il me décrivit la scène : ce local qui servait aussi de garage à vélos, encombré de caisses, de cartons vides, à demi occupé par un énorme amoncellement de gravats, et contre un mur deux ou trois de ces grands châssis sur lesquels on colle les affiches des films au-dessus de la porte d'entrée, et les murs eux-mêmes, comme les quatre colonnes auxquelles étaient accrochées les cordes, en ciment gris, grumelleux, portant encore l'empreinte des planches du coffrage dans lequel on l'avait coulé, et les ombres noires de la petite foule des spectateurs se découpant sur les murs. « Et personne ne disait rien, me raconta-t-il, pas plus les boxeurs que les gens, les types venus là en sortant de leur travail parce qu'ils avaient dû lire l'annonce sur l'affiche ou dans le journal, ou parce qu'ils passaient par hasard dans la rue, et avec encore sur eux l'odeur de la sueur, de la fatigue, les vêtements de travail, des bleus, et un avec la casquette des conducteurs de trams, et la seule chose qu'on entendait, c'était le souffle des deux hommes, le gros qui continuait à bourrer de coups ce sac de sable, et le gitan qui dansait au milieu des quatre cordes. » Car il l'avait tout de suite reconnu : pas à la figure, me dit-il, qu'il tenait baissée sur sa poitrine, le menton collé au sternum, et que l'éclairage avare et dur des trois ampoules laissait dans l'ombre, mais les cheveux, l'épaisse tignasse frisée, presque crêpue, débordant de chaque côté des oreilles, sautant à contre-temps à chacun de ses mouvements, chacun des coups brefs qu'il lançait dans le vide, avec seulement chaque fois ce bruit du souffle, de l'air passant par brèves saccades.

Et rien d'autre. Et au bout d'un moment, quelqu'un, un bonhomme qui se tenait dans un coin avec une montre au creux de sa main, dit un mot, et en même temps le gitan et le gros type s'arrêtèrent, exactement comme ces boxeurs en carton que les camelots vendent dans la rue, passant sans transition du mouvement à l'immobilité, restant là, l'œil absent, le regard inexpressif, appuyés aux cordes, attendant, tandis que la sueur coulait lentement le long de leurs membres, et il me dit que c'était comme s'il pouvait sentir cette sueur, celle des deux hommes comme celle enfermée dans les vêtements des spectateurs, cette sueur triste, morne, refroidie, qui était comme l'odeur du local lui-même, du ciment brut, des affiches violentes et déchirées, et au bout de la petite rue (c'était en plein dans le centre) on pouvait voir les lumières scintillantes, les magasins, les voitures, les gens, mais là c'était le silence et la sueur : seulement cette vingtaine de types dans leurs vêtements imprégnés de sueur qui regardaient sans rien dire les rigoles couler le long des membres nus et bruns du gitan (il ne portait qu'une petite culotte violette et un tricot de corps gris-bleu et troué), et c'était encore comme si on pouvait percevoir le temps en train de sourdre, de s'écouler avec la sueur, le bourdonnement du temps confondu avec celui du sang se précipitant sous la peau brune du gitan et trop blanche de l'autre, se ruant en mugissant dans les ramifications astucieuses et compliquées des artères comme une plante déployée, un arbre délicat et bleu dessiné à l'encre sur le papier buvard.

Et plus tard c'était toujours cela qu'il voyait, me dit-il (cette fragile végétation s'irradiant, ce bouillonnement, cette nudité malmenée, triste, forcée, l'éclat blanc, bref, des dents de loup, et à la fin la somptueuse défroque, le vieux et royal peignoir orange revêtu, toujours sous les yeux avides de la petite foule, le visage brun toujours impénétrable, absent, puis, un moment après, le gitan réapparaissant, ressortant de derrière un des châssis démantibulés, vêtu maintenant de son costume défraîchi mais repassé de frais, avec la chemise éblouissante de blancheur, et les chaussures elles aussi éblouissantes, et s'en allant, toujours sans un regard pour ceux qui étaient là, comme s'il quittait seul un endroit vide, tandis que derrière lui on éteignait les lumières), tandis qu'il les suivait de loin, le gitan, le gros homme et un troisième personnage, s'efforçant de se dissimuler (cela non plus il ne l'avait jamais fait) dans les rues maintenant presque désertes, restant longtemps immobile, guettant les trois silhouettes arrêtées sur la place, devant le tribunal, tandis que le ciel au-dessus d'eux passait peu à peu du vert au roux, puis au mauve, puis au bleu profond du crépuscule sur lequel se découpa bientôt en noir la statue de bronze du rond-point et les lourdes palmes immobiles (le vent avait tout à fait cessé) et dans l'éclairage jaune citron des deux réverbères symétriques le fronton du tribunal avec ses fausses et maigres colonnes corinthiennes et ses deux statues allégoriques ou mythologiques, aux yeux bovins, sans prunelles, comme des abstractions, des entités aveugles, stupides et sereines dans la sereine conscience de leur inexistence, de leur absurdité marmoréenne, monumentale et grecque.

Il me raconta qu'il était resté là, caché derrière son kiosque à journaux, à les regarder palabrer jusqu'à ce qu'ils se quittent – et à ce moment les premières étoiles, vertes, diamantines, aiguës, commençaient à clignoter –, le gros homme partant de son côté, le gitan et le troisième personnage (c'était aussi un gitan, Montès n'aurait pu dire au juste pourquoi, mais il le savait : à trente mètres de distance, et la nuit, il était déjà capable d'en reconnaître un aussi sûrement que s'il l'avait vu en plein jour, et de face) de l'autre. Puis ils se trouvèrent tous trois (lui toujours à une quarantaine de mètres derrière eux) hors de la ville, ou plutôt dans ces confins hybrides où toute ville semble se fractionner peu à peu, éclater, s'émietter en une poussière de morceaux : fragments de rues bordées par des maisons d'un seul étage, puis sans étage, puis les maisons elles-mêmes se dessoudant, se séparant, s'espaçant, avec tout à coup entre deux d'entre elles un terrain nu, ou même un champ, ou même une vigne, et tout à coup aussi, au bord de ce qui n'est déjà plus un faubourg quoique pas encore une route, un poste à essence rutilant de peinture rouge sous la neige racoleuse des projecteurs, puis un trou noir, puis encore un carrefour, des maisons regroupées, des lumières, puis le noir de nouveau, et l'herbe remplaçant peu à peu le trottoir, comme les baraques maintenant remplaçaient les maisons et la tôle ondulée les briques, puis ils y furent, c'est-à-dire qu'il vit ou plutôt devina les deux silhouettes disparaissant sur le côté dans une vague rue formée de masures basses où tremblotaient d'obscurs lumignons.

Il avait maintenant trois bons kilomètres à faire pour revenir. Et la nuit complètement tombée, et de rares voitures passant sur la route, lancées à toute vitesse, découpant un instant dans l'éblouissement des phares sa maigre et noire silhouette cheminant sur le bas-côté. Puis la rivière de nouveau (plus rien à cette heure que quelques flaques de lumière attardée, condensée, verte, opaline, stagnant dans le ténébreux et trop vaste lit de galets), puis les maisons se regroupant peu à peu, le premier cinéma (ils n'étaient pas encore ouverts quand il était passé un peu plus tôt), minable, dans le long faubourg, avec une seule ampoule éclairant l'étroite façade barbouillée de rouge, l'affiche violente, ses personnages aux postures violentes, passionnées, ses couleurs violentes et aigres, puis plus loin un autre, celui-là avec un hall étincelant, des portes aux vitres miroitantes, puis il fut de nouveau dans le centre aux rues brillantes, avec les brillantes devantures illuminées, les rues emplies de cette brève animation d'après-dîner où les puissantes voitures des négociants, des expéditeurs et des fils de famille glissaient sans bruit, avec, à l'intérieur, des types à têtes de paysans rusés ou de jeunes centurions romains, et des femmes semblables à des oiseaux, portant des robes d'oiseaux, irréelles, éphémères, qu'on aurait dites peintes derrière les glaces avec leurs ravissants, élégants et froids visages d'oiseaux, ou plutôt dessinées au pastel, illusoires, comme si aux mains essayant de les saisir elles n'étaient capables de laisser qu'une impalpable et décevante poudre aux teintes suaves et brouillées. Et il me semblait le voir passer, traversant les zones d'ombre et de chatoyantes lumières sans rien voir lui-même, efflanqué, plus voûté que d'habitude, son visage ridé penché vers le trottoir, contemplant on ne savait trop quelle vision, peut-être toujours celle du sous-sol poussiéreux, de la sueur, de la chair dure, pitoyable, brutale, tragique.

« Cette espèce de truqueur ! dit-elle. Qu'est-ce que vous croyez ? Est-ce que par hasard vous vous figurez qu'il pourrait faire maintenant un véritable combat ? Est-ce que vous vous figurez qu'il accepterait seulement de monter sur un ring sans savoir d'avance qui sera le vainqueur ? Un type qui dans toute sa vie de boxeur et même quand il valait encore quelque chose n'a peut-être pas fait dix combats qui n'aient pas été d'abord arrangés dans les vestiaires... »

Elle se tut, chercha à voir son visage dans l'ombre. Il me raconta qu'il était maintenant assis à côté de la serveuse sur un des bancs de la place, et autour d'eux c'était la paisible nuit de printemps, et de l'autre côté de la place la terrasse de l'hôtel encore allumée, projetant sur le trottoir et la chaussée un trapèze de lumière, et çà et là quelques fenêtres posant leurs touches orangées dans l'obscurité, et parfois, sur le pas d'une porte, ou invisible, une femme criarde appelant un enfant, et de temps en temps un souffle, un frémissement agitant sur le mur l'ombre déchiquetée des jeunes feuilles des platanes projetée par le réverbère.

« Un truqueur ! ragea-t-elle, une espèce de sale truqueur qui n'a jamais rien pu faire convenablement de sa vie : même pas voler... » Elle était toujours vêtue de la même robe à fleurs qu'elle portait le matin, avait simplement jeté sur ses épaules un tricot. Et tout à coup il entendit la voix brusquement changée, amère, presque mauvaise, disant avec un ricanement : « Ça doit vous paraître drôle, hein ? »

Et lui : « Drôle ? Voyons. Je... » Cherchant à deviner son visage, mais ne pouvant rien distinguer tandis que de l'ombre sortait seulement de nouveau le même rire bref, ironique, sans joie : « Vous arrivez, vous ressemblez à une espèce de cloche, vous payez des bonbons aux gosses, on vous donnerait deux sous dans la rue, et puis maintenant je me mets... » Encore une fois, elle fit entendre le même rire. « Bon Dieu ! Je me demande... Tenez, donnez-moi une cigarette.

– Une...

– C'est vrai. J'oubliais. Comme si vous pouviez en avoir ! Dites : est-ce que vous avez seulement jamais fumé de votre vie ? Même quand vous étiez gosse, vous savez ? Rien que parce que c'est défendu, et même rien que parce qu'on trouve ça mauvais, mais parce que c'est défendu ? » Il ne répondit pas, la regarda se lever, traverser la place (il me dit que quand elle se mouvait c'était aussi comme une jument – non, pas une de ces pouliches des pesages, une de ces énervées qui dansent en rond sur les pointes en levant haut la tête, l'œil à demi fou et un lad nain suspendu au bridon : une poulinière, une de celles comme on voit dans les haras, avec leurs flancs larges, leurs longs cils, leur regard tranquille et noir où semblent englouties les futiles visions des galops passés, le futile tonnerre des vaines clameurs et des vains triomphes –, cette démarche en même temps harmonieuse et lourde, puissante, paisible, avec ce déplacement alterné du poids de la chair, ce lent balancement fourbu, infatigable), pénétrer dans l'hôtel, en ressortir un moment après, laissant derrière elle quand elle passa sous le globe une bouffée bleue, puis, comme elle revenait vers lui, de nouveau dans l'ombre, la pastille rouge de la cigarette à hauteur de sa bouche invisible, disant en s'asseyant : « Je vous demande pardon. Je ne sais pas pourquoi je vous dis comme ça des choses désagréables. »

Et lui : « Oh, ça ne fait rien. Je vous comprends. Quand on... »

Et elle : « Je me serais bien faite putain. » On aurait dit qu'elle ne l'avait pas entendu, n'écoutait pas, poursuivait pour elle seule un monologue commencé depuis longtemps. Elle fit entendre de nouveau le même rire amer : « Mais même ça je n'ai pas pu. C'est pourtant à la portée de la première venue, je croyais, mais moi non. Il n'est même pas capable de faire un voleur, ni moi une putain. Non, ce n'est pas ce que vous pensez : il ne me l'a pas demandé. Ce n'est pas lui, c'est moi. Et si je pouvais je le ferais : je prendrais mes gosses, je ficherais le camp d'ici, et j'irais faire la putain. Mais je ne peux pas. C'est plus fort que moi. Je ne peux être qu'à un homme. Je vous dégoûte, hein ?

Et lui : « Non. » Sa voix ferme, sans équivoque. De nouveau elle chercha à deviner son visage. Mais il se tenait sans bouger dans l'ombre, assis droit, un peu raide, et tout ce qu'elle put sans doute distinguer, ce fut son profil se détachant en noir sur la façade, immobile, mort. Plus tard, lorsqu'il me raconta la scène, il me semblait exactement les voir : tous les deux assis sur ce banc dans l'obscurité, avec, éparpillés sur eux, les confettis de lumière déchiquetée qui leur tombaient dessus à travers le jeune feuillage vert cru, assis donc parallèlement, avec, entre eux, au moins la place nécessaire à une personne, et parlant non pas comme s'ils s'adressaient l'un à l'autre, mais au vide, à l'ombre qui s'étendait en face d'eux, et elle répétant encore (cette fois cependant tournée vers lui, quoiqu'elle ne pût toujours rien distinguer, mais comme si elle doutait d'avoir bien entendu sa première réponse) : « Je ne vous dégoûte pas quand je vous dis que si je le pouvais je me ferais putain ? »

Et lui de nouveau : « Non. » Et quoiqu'il sût qu'elle le regardait maintenant, ne détournant pas plus la tête, la voix cependant tout aussi ferme, tout aussi catégorique (sans sécheresse, sans brutalité : calme) que l'instant d'avant. Et après cela n'ajoutant rien, soit qu'il jugeât trop compliqué de lui expliquer, ou inutile, ou qu'il n'en eût pas envie, ne s'en souciât point, ou encore s'en souciât trop pour le faire. Et ainsi restant là, tandis que de temps en temps un léger souffle agitait les feuilles, brouillait les taches lumineuses glissant sur ses épaules, ses mains immobiles, jusqu'à ce que la voix de la serveuse se fasse de nouveau entendre (et sans avoir besoin de la regarder il sut qu'elle avait cessé de l'observer, parlait de nouveau en quelque sorte parallèlement à lui), disant à présent : « Mais je suis trop gourde pour le faire ! »

Et lui : « Mais il les aime bien ? »

Et elle : « Qui ? »

Et lui : « Les petites. »

Et elle : « Écoutez... »

Et lui : « Elles l'aiment aussi, non ? »

Et elle : « Vous savez, Thérésa je l'ai eue avant... »

Et lui se mettant alors à parler très vite, mais elle aussi, et tous deux parlant et se répondant à toute vitesse ou plutôt parallèlement, toujours comme si chacun ne s'adressait qu'à la place déserte et que ce fût seulement une question de vitesse de débit, comme une course où ils auraient cherché à se dépasser :

« Je ne voulais pas

– Il l'a reconnue, c'est pour ça qu'elle porte son nom maintenant mais je l'ai eue avant lui, je

– Qu'est-ce que ça peut faire

– Je vous le dis c'est tout

– Mais il les aime toutes les deux non

– Tous les gitans aiment les gosses ça dépend ce qu'on appelle aimer

– Il ne les aime pas

– Pour jouer avec pour rigoler pour en faire plus tard des putains des vraies alors ce sera des vraies...

– Mais vous

– Quoi

– Comment quoi

– Vous avez dit mais vous

– Ah je ne sais plus qu'est-ce que c'est que cette heure qui sonne

– Lui et moi c'est ça que vous voulez dire

– Une demie non les trois-quarts non je voulais dire je ne sais plus

– Qu'est-ce que vous vouliez dire

– Il doit être tard je me demande est-ce que vous avez une idée de l'heure qu'il p

– Pourquoi faites-vous l'idiot

– Je ne fais pas l'idiot je disais seulement »

Et elle alors : « Oh Bon Dieu ! Bon Dieu Bon Dieu Bon Dieu !... » Jetant sa cigarette d'un geste rageur et lui, me raconta-t-il, restant là toujours sans broncher, à regarder dans l'ombre à leurs pieds le point lumineux qui continua un moment à rougeoyer puis s'éteignit, prenant garde à ne pas bouger, sachant qu'elle l'observait, qu'à défaut de pouvoir distinguer l'expression de son visage elle épiait, était à l'affût du moindre tressaillement de son corps, disant enfin (et au son de sa voix de nouveau, comme plus proche, il sut qu'elle parlait la tête maintenant tournée vers lui, s'adressait maintenant à lui d'une façon directe, précise) : « Qu'est-ce que vous croyez donc que je suis ? »

Et lui : « Je ne crois rien. Je n'ai rien à croire. » (Pensant peut-être – cela il ne me le dit pas, je l'imaginais, j'essayais moi-même de comprendre – : « Je ne lui demande rien. Je n'ai rien à demander. Aucun droit. Qui l'aurait. Et même si je l'avais. Alors »), disant encore : « Écoutez, il doit être tard, nous... »

Et elle : « Non. »

Et lui : « Si. Je suis un peu fatigué, je... »

Et elle, la voix dure maintenant, comme raidie, hérissée, méchante : « Très bien : une chienne. Voilà. Une... »

Et lui : « Allons, voyons. »

Et elle : « Pauvre type ! »

Et lui : « Voyons. »

Et elle : « Pauvre type ! »

Et lui : « Nous ferions mieux de rentrer, nous... »

Et elle : « Je me fiche de votre bonté, vous entendez. Je ne vous ai rien demandé. Personne ne vous a rien demandé. Si vous ne vouliez pas... » Puis la voix changeant brusquement de ton, absente, neutre : « Allez donc vous coucher, tenez, ça vaudra mieux. »

Mais il ne bougea pas.

« Qu'est-ce que vous attendez ?

– Vous voulez que je m'en aille ?

– Je croyais que vous étiez fatigué.

– Vous voulez que je vous laisse ?

– Comme vous voudrez. Oui. Non, restez. Écoutez : Bon Dieu ! est-ce que vous ne pouvez pas rester cinq minutes sans rien dire ni bouger ? »

Au bout d'un moment elle alluma une seconde cigarette. Mais, me dit-il, au moment d'approcher l'allumette de son visage, détournant la tête, non pour protéger la flamme contre le vent, le faible souffle qui faisait à peine frissonner les jeunes feuilles, mais de telle sorte et dans un dessein si évident que, de lui-même, il détourna les yeux. Et après quelques bouffées seulement elle la jeta. Ensuite sa voix reprit, mais calme de nouveau, morne, disant : « Vous feriez mieux de laisser tomber. »

Et lui : « Non. »

Et elle : « C'est pas des histoires pour vous. J'ai eu tort de... »

Et lui : « Non. »

Et elle : « Qu'est-ce que vous croyez faire ? Vous vous imaginez que vous y changerez quelque chose ?

Et lui : « Vous avez dit que si on trouvait ça chez vous on vous arrêterait et que les petites seraient envoyées à l'Assistance, vous savez que c'est, ce qui arrivera, vous le savez, vous l'avez dit vous-même. Alors ? »

Maintenant, c'était un chuchotement, à peine perceptible :

« Je m'en fous tout ce que je voudrais c'est crever

– Ne dites pas de bêtises

– Vous ne savez pas de quoi vous parlez vous n'êtes pas pauvre je ne parle pas de cette affaire de cet héritage mais même avant ça vous n'avez jamais été pauvre être pauvre c'est avoir envie tout le temps c'est ça est-ce que vous savez ce que ça veut dire avoir envie avoir envie si un pauvre gagne à la Loterie il va tout de suite dépenser son argent pour s'acheter tout ce qu'il a toujours eu envie mais vous je parie que si on vous mettait dix millions devant vous sur une table vous n'iriez pas seulement vous acheter un autre imperméable

– Il ne s'agit pas de moi mais de vous

– Je vous dis que je m'en fous je me fous de tout croyez-vous que je ne sais pas où il est en ce moment non pas au faubourg là où vous l'avez suivi tout à l'heure là il va seulement voir sa mère mais ce n'est pas là qu'il couche et où il couche et avec qui il couche je le sais ce n'est pas seulement la trouille de venir par ici mais je ne lèverais pas seulement le petit doigt »

De nouveau elle se tut, resta immobile, les fragments de lumière verte et déchiquetée jouant sur elle, entrecroisant leurs taches, se mouvant sur son dos, ses épaules immobiles ni plus ni moins que si c'eût été une chose, un objet inanimé, et sortant sans bruit de la nuit un chien noir, silencieux, les oreilles flasques et pendantes, tourna une fois à distance autour du banc, puis s'approcha, la renifla sans qu'elle bougeât, tendant le cou avec cette sorte de curiosité, de circonspection à la fois peureuse, distraite et insolente que semble leur avoir apprise l'expérience héréditaire de milliers de coups de pied, et repartit, trottinant sur ses pattes molles, englouti de nouveau par l'ombre dont il semblait issu, et alors Montès entendit la voix de la femme, sonore maintenant, rieuse, disant brusquement : « 'Core heureux qu'il ne nous ait pas pissé dessus, hein, comme deux cloches sur ce banc, il aurait...

Et lui : « Hein. Quoi ? Vous... »

Et elle riant toujours : « Il aurait pu se tromper et nous arroser, non ? »

Et lui : « C'est vrai. Je... »

Et elle : « Vous me trouvez vulgaire n'est-ce pas ? Vous... »

Et lui du même ton dont il avait déjà répondu l'instant d'avant : « Non. »

Et elle : « Je ne suis qu'une boniche, vous savez. »

Et lui évitant de répondre, et quelque part du côté de la pompe un bruit de seaux entrechoqués, et le flac clair de l'eau comme une étoffe liquide déchirée, puis une porte se refermant, puis plus rien, et de nouveau sa voix à elle, de nouveau brusquement changée, sans préavis, sans lien avec ce qu'elle venait de dire : « Je le déteste je devrais prendre tout ce bazar et aller le flanquer à la rivière et faire comme j'ai dit prendre mes deux gosses et me faire putain et je ne le fais pas et je ne le fais pas pauvre idiote mais ne croyez pas que c'est parce que j'ai peur de lui il m'a dit qu'il me tuerait mais je m'en fous voilà je

– Allons

– Allons quoi j'ai trente ans qu'est-ce que vous voulez que j'espère

– Trente ans ce n'est pas

– Et deux gosses tenez allez-vous-en laissez-moi. »

Mais même alors il ne bougea pas. Plus tard il me raconta qu'il avait senti se produire en lui quelque chose de bizarre. « Comme si, dit-il, je passais, ou plutôt ma conscience passait alternativement au-dehors et au-dedans de moi. C'est-à-dire comme si tantôt il me semblait être nous deux, assis là ou plutôt trônant dans une sorte de solitude de statues tandis que l'univers extérieur se réduisait à un décor lointain, semblait se rapetisser, s'enfuir, s'effacer dans le néant, et aussitôt après, sans transition, ou plutôt dans le même moment, je pouvais nous voir tous les deux, minuscules, insignifiants, misérables et perdus sur ce banc du terre-plein, la surface déserte éclairée de place en place par les ronds de lumière jaune des trois réverbères, et tout autour les façades obscures, la ville, et dans les maisons d'autres êtres comme nous, minuscules et insignifiants, occupés aux actes simples du soir, préparant le café pour le lendemain, ou se dévêtant, étendant leurs corps fatigués, ou déjà couchés, morts, certains s'acharnant dans la sueur, les soupirs et les râles, au plaisir, à cette impossible et contradictoire tentative de se nier et de se survivre, et encore, au-delà des maisons, de la ville, la campagne, les chemins, les trains, et encore les autres villes, et de tout cela il me semblait aussi qu'on pouvait entendre comme une respiration, comme celle de sa chair à elle, cette même palpitation secrète, multiple, mystérieuse, parce que la chair du monde est femelle par ce fait qu'elle est capable d'engendrer et de créer pour ainsi dire sans même s'en apercevoir... » Et il me raconta qu'il était resté là, se taisant, regardant, de l'autre côté de la place cette dernière boutique encore allumée, insolite dans la nuit, trop loin pour qu'il pût entendre, saisir autre chose que cette fraction muette de vie s'inscrivant dans le rectangle lumineux que découpaient les vitres de la devanture par laquelle il pouvait voir d'abord la boutique elle-même, le vert cru des légumes, des salades dans les cageots, le lourd régime de bananes suspendu, les oignons, les cubes empilés de savons de Marseille et l'énorme réfrigérateur tout blanc avec une cage à oiseaux peinte en bleu posée dessus, et, derrière, un rideau à larges raies rouge foncé, lavé tellement de fois que le rouge avait déteint sur le fond blanc maintenant d'un rose vineux, et dans l'ouverture du rideau, tout au fond, un autre rideau bleu ciel à fleurettes masquant une porte, un buffet dressoir en bois jaune, et une femme en robe bleu outremer assise sur une chaise tenant dans ses mains une petite auto rouge qu'un gosse impatient en face d'elle cherchait à lui prendre des mains, et à droite, devant le buffet, une table ronde recouverte d'une nappe en toile cirée à fond jaunâtre orné de dessins rouges et, assise derrière, une autre femme dont il n'apercevait que le buste vêtu d'un tricot violet et d'une veste vert pomme.

Cela. Comme, dit-il, une boîte, une sorte de petit théâtre lumineux au sein de la nuit, avec ses personnages muets, dessinés et coloriés avec cette absurde et minutieuse précision des détails qui contribuait à les rendre irréels, privés d'atmosphère, ciselés. Puis, renversant la tête, découvrant par-dessus le faîte des maisons le lent cheminement du ciel pommelé, argenté par une invisible lune, dérivant, glissant sans hâte, silencieux aussi, inquiétant, vaste et métallique, par-delà les toits, les cheminées sombres, comme un lent troupeau paissant les mornes et froides étendues, et alors pour la troisième fois (d'abord chez Maurice, suivant des yeux la barre jaune du soleil horizontal, puis pendant que les boxeurs reprenaient souffle) il éprouva cette angoisse, me raconta-t-il plus tard, jusqu'à la panique, avec une sorte de terreur, d'horreur, de révolte de tout son corps, la déchirante nostalgie du temps s'écoulant, impossible à retenir, comme le sable, l'eau entre des doigts d'enfants, s'enfuyant, inexorable, définitif ; et tout à coup, le surprenant, le faisant sursauter lui-même, sa propre voix, disant : « Mais enfin pourquoi ne le quittez-vous pas, pourquoi ne... »

Mais il ne finit pas, s'arrêta (et plus qu'un arrêt : comme si battant frénétiquement des bras et des jambes dans le vide il essayait de se rattraper, de revenir en arrière « Vous savez, me dit-il : comme ces types dans les films comiques, entraînés par un tapis roulant, et qui gesticulent d'une façon grotesque ou tentent de courir en sens inverse avec de grands moulinets de bras, et terrifiés, et qui ne réussissent qu'à se ficher par terre et être emportés encore plus vite... ») tandis que le silence nocturne continuait à s'écouler, épais, noir, vertigineux, et quand elle parla, me dit-il, il n'y avait même pas de colère, même pas de défi dans la voix, un peu sourde, calme, disant :

« Et mon cul alors est-ce que vous vous figurez que, qu'est-ce que vous... », puis quelque chose qui força la gorge à avaler, déglutir plusieurs fois – dans le silence il l'entendit distinctement – avant de pouvoir à nouveau laisser passer la voix, maîtrisée, de nouveau calme, peut-être un peu plus dure, disant : « Écoutez je m'en fous je ne l'aime pas peut-être même que je le déteste est-ce que vous êtes capable de comprendre ça mais il peut revenir ce soir s'il veut ou demain ou même dans dix jours ou même dans... », et une nouvelle fois s'interrompant, faisant entendre ce rire bref, dur lui aussi, sans joie, qui était même le contraire du rire, et soudain, en face, une fenêtre s'éclaira, une silhouette se pencha, et avant que les volets se fussent refermés Montès eut le temps de voir à côté de lui le masque blanc exhumé de l'ombre, l'espèce de visage de morte, les joues barrées de deux traînées luisantes, et alors il comprit ce que la gorge s'était désespérément efforcée de ravaler. Et il eut tout le temps de le voir. Car elle ne bougea pas, ne se détourna pas, ne chercha pas maintenant à lui dissimuler ce qui pouvait la trahir, parce que peut-être était-elle maintenant au-delà de toute trahison, de toute dissimulation. « Ou peut-être m'a-t-elle oublié ? », pensa-t-il lorsqu'il l'entendit de nouveau, parlant comme pour elle-même, aussi insoucieuse d'effet, de celui qui l'écoutait, que le visage figé de morte l'était des regards, de la lumière : « Parce que nous ce n'est rien que notre cul vous comprenez seulement notre cul pour faire la putain ou des gosses et c'est tout rien d'autre rien tant pis si ça vous choque qu'est-ce que vous imaginez que c'est la vie hein quand on n'a que ses mains pour se gagner de quoi bouffer et son cul pour le seul plaisir qu'on ne soit pas obligée de payer alors qu'est-ce que... » Et cette fois la voix lui manqua tout à fait, flancha dans un gargouillis, et de nouveau il put l'entendre faire des efforts désespérés pour essayer d'avaler, et à la fin elle renifla, se moucha plusieurs fois, bruyamment, roula le mouchoir en une petite boule qu'elle replaça dans la poche de son tablier. « Pour quoi vous prenez-vous, dit-elle. Pour un saint ? »

Il n'y avait plus trace de faiblesse dans la voix. Pas exactement de l'hostilité. Pas de sympathie non plus. Maintenant il pouvait la sentir qui le dévisageait tandis qu'en proie à une sorte d'affolement, le visage brûlant, il bégayait de plus belle, essayait de relever la tête, découvrait dans la pénombre le reflet brillant des deux yeux, rebaissait aussitôt la tête, et finalement renonçait, se taisait, restait là, irrémédiablement perdu, regardant stupidement à ses pieds les ombres noires des branches faiblement remuées.

« Mère de Dieu ! » dit-elle. Elle cessa de le regarder. Au bout d'un moment elle émit de nouveau le même rire, navré, sans joie, amer : « Bon. Quelle heure est-il ? Depuis qu'on est là assis sur ce banc comme deux idiots... » Mais elle ne bougea pas, et lui pas plus qu'elle. Il ne me dit pas plus tard quelles sortes de pensées il remuait à ce moment dans sa tête. Peut-être était-il parvenu à un point situé au-delà de toute pensée. Ou peut-être avait-il pris le parti d'en rire, de se moquer une fois de plus de lui-même, de cette étrange soirée, de cet étrange et nocturne duo d'amour où l'ombre protectrice et complice du sapin wagnérien était remplacée (comme la lune par un reverbère) par celle d'un des maigres platanes du terre-plein. Car ce fut en définitive la dernière chose dont il me parla, avec cette méticulosité dans le détail, l'insignifiant – ou du moins ce qui, pour tout autre, paraissait insignifiant – qui faisait hausser les épaules aux gens, s'attachant à me décrire le bruit cartonneux des feuilles froissées par le souffle de la nuit, les formes des feuilles semblables à des étoiles découpées et le va-et-vient sporadique des branches rigides, raides. « Comme toujours à cette époque de l'année, me dit-il, quand elles ne sont encore presque pas chargées de feuilles, quand le poids n'est pas encore suffisant pour leur donner ce port lourd, les mouvements lents, majestueux et paisibles de l'été. »

VII

J'avais fait sa connaissance peu de temps auparavant, chez le photographe qui agrandissait les clichés destinés à illustrer l'ouvrage auquel je travaillais à cette époque, dans les moments de liberté que me laissaient mes heures de cours au lycée, parcourant avec ma moto les routes et les chemins de la région pour réunir ma documentation sur les chapelles romanes qui parsèment les collines caillouteuses et grises, bâties ou plutôt surgies comme une excroissance même du sol, de la pierraille sèche, parfois à l'ombre de quelques maigres et gris amandiers, ou d'un bois de chênes-lièges, ou près d'un torrent, jalonnant de loin en loin la fantomatique théorie de pèlerins et de pillards morts, de moines, de soudards, de hordes migratrices qui foulèrent ces mêmes collines pelées, les mêmes terres couleur de brique, le même rivage plat le long duquel, entre la mer et les étangs infestés de moustiques courent maintenant les cars de la Compagnie Routière du Littoral, s'arrêtant dans les villages pour laisser monter ou descendre quelques paysans à têtes craquelées de hittites, de latins, de wisigoths ou d'arabes : échantillons laissés par chaque passage de peuple, chaque invasion, retenus pour ainsi dire par la terre (ou les femmes, ce qui est la même chose), prélevés par elle (ou par elles) comme un droit de péage, une rançon, chaque vague d'envahisseurs engrossant, fertilisant les hectares de fertiles cuisses ouvertes au vainqueur, comme pour lui dérober avec sa semence d'importation et par un procédé plus efficace que l'immolation et l'ingestion du guerrier, ses forces vives. Donc issu d'elle (la terre) et lié à elle, un produit humain constituant pour ainsi dire le plus grand commun diviseur d'un peu tous les peuples de la Méditerranée (et d'ailleurs) : bas sur pattes, râblé, vif, la nuque épaisse et craquelée comme de l'argile séchée au soleil, violent, palabreur, et obstiné : ceux que l'on peut voir, le samedi ou le lundi, faire patiemment la queue (les types avec des casquettes neuves posées bien droites sur leurs têtes terreuses, le col de chemise propre fermé par un énorme bouton de cuivre, et les femmes en fichu noir, et les filles en robes de soie trop voyantes), bien avant l'ouverture, devant les portes géantes en Plexiglas des Galeries Modernes, les vitrines aux mannequins hermaphrodites proposant leur camelote en matière plastique, les soieries en matière plastique, la porcelaine en matière plastique, l'argenterie en matière plastique, avec leur indéfectible sourire lui aussi en matière plastique de même que leurs cheveux, leur charme et leur sex-appeal à l'usage il faut croire de cœurs, de sexes et de cerveaux en matière plastique comme sans doute ceux de l'espèce nouvelle qui installe, fabrique et vend vitrines, mannequins et camelote : sorte de ver blanc et mou de fabrication récente, issu – ventre, appétits, cupidité, insolence et paresse – non de l'Histoire, du Temps, de la chair fécondée, mais selon toute apparence du coït entre l'automobile et le radiateur de chauffage central, totalement inapte à se mouvoir autrement qu'à l'aide d'un moteur, à se distraire qu'en technicolor et à se concevoir qu'en monnaie-papier.

Et je me rappelle cette première rencontre avec Montès : le photographe me clignant de l'œil, me désignant d'un regard complice, au milieu des pin-up en maillot de bain, des couchers de soleil rapportés de Venise et des bébés couchés sur les coussins, la silhouette que je voyais alors pour la première fois, penchée sur le comptoir lumineux, examinant des négatifs à l'aide d'une loupe collée à son œil et qui le faisait ressembler, avec son long corps maigre, son visage ridé, ses mains osseuses, à l'un de ces amateurs de timbres-poste, un de ces personnages que l'on dirait sortis de Daumier, du type échassier, poussiéreux et râpé ; il se releva, déploya un mouchoir à carreaux, essuya longuement l'œil trop longtemps collé à la loupe tandis que l'autre errait, vague, sur le décor qui l'entourait, passant, semblait-il, sans rien voir sur les pin-up, les bébés, les couchers de soleil de voyages de noces et moi-même avec mes agrandissements ; puis je le vis tressaillir, comme s'il avait fallu un temps, un délai, pour que se transmettent à son esprit à travers une série de relais compliqués les images enregistrées, puis il fut sur moi, bredouillant distraitement de vagues formules d'entrée en matière auxquelles il ne se donnait même pas la peine d'essayer de faire croire, penché de nouveau maintenant, non plus sur ses négatifs, mais sur les photos qu'il m'avait prises des mains, se relevant pour me questionner tandis qu'il me dévisageait de ce regard ardent, sous les sourcils se rejoignant à la base du nez, et un peu plus tard nous étions dehors, arrêtés tous deux, ou plutôt lui me tenant arrêté, dans le soir tombant, continuant à m'interroger sur mon bouquin, les absides romanes, le pays, toujours avec ce même mépris, ou refus, ou ignorance des conventions, ou convenances (je crois qu'il ne m'avait même pas demandé mon nom, n'avait même pas jugé utile de se présenter lui-même), puis, tout à coup, regardant sa montre, agitant son énorme serviette, disant : « Un instant. Vous permettez. Je reviens. Rien qu'un instant, je... » me plantant là, se dirigeant vers un café illuminé à la porte duquel, sur le point d'entrer, il se retourna, faisant dans ma direction un geste impérieux de la main, signifiant sans doute : « Tout de suite ! Je reviens. Ne bougez pas... » Je le vis passer, voûté, son visage émacié et douloureux encadré par les longs cheveux noirs dépassant du béret mis à la diable, à travers la musique saxophonique, les lumières, les groupes de jeunes gens agglutinés autour des tables magiques où les avions, les ballons, ou encore les soutiens-gorge et les slips couleur de berlingot de baigneuses elles-mêmes semblables à des berlingots s'illuminaient et s'éteignaient par rafales au gré des petites billes rebondissantes, tandis que, toujours insensible semblait-il au monde qui l'entourait, le visage toujours absent, il achetait un jeton, pénétrait dans une cabine dont il ressortait le moment d'après, une expression soulagée détendant ses traits, presque hilare tandis qu'il fonçait de nouveau sur moi, disant : « Voilà, c'est fait, maintenant je... nous avons tout notre temps... », aussi certain d'avance que j'étais prêt à lui consacrer le mien (et en fait je l'étais) que pas un instant il n'avait douté, en me quittant pour aller téléphoner, de me retrouver là quand il ressortirait et sans qu'une seconde l'idée lui fût venue, ne l'eût même effleuré, que j'aurais pu profiter de l'occasion pour m'échapper, le planter là, lui, son insistance accapareuse, ses photos (il me les fit voir par la suite) et ses questions. Mais il m'avait déjà séduit, ou plutôt accroché, ou intrigué, ou subjugué, je ne sais pas ; peut-être y a-t-il là encore une explication de tout ce qui arriva par la suite : cet incompréhensible attrait qu'il exerçait sur les gens à son insu, cet ahurissement, cette exaspération, cette fascination par lesquelles on passait successivement, ou que l'on pouvait aussi bien éprouver simultanément dès l'instant où il vous était apparu pour la première fois, ce qui fit dire à certains qu'il eût mieux valu pour lui et les autres qu'il n'y eût jamais eu de première fois c'est-à-dire qu'il n'eût jamais dû sortir de chez lui, de sa petite ville là-bas dans le Nord, son pays planté d'arbres verticaux, où, là du moins, les gens avaient pu s'habituer à lui peu à peu, d'année en année, au point de finir par ne pas plus le remarquer que l'ivrogne du patelin ou la fontaine sur la place. Mais ce n'était qu'une supposition : ce pays lointain et inconnu, et ici ces jours, ces heures inconnues hors desquelles il apparaissait à nos regards comme un acteur surgi de derrière un rideau, puis disparaissait de nouveau – parfois, je restais plus de quinze jours sans le voir –, réapparaissant à l'improviste (devenant entre temps quoi ? allant où ? faisant quoi ? éprouvant quoi ? : ce que les ragots rapportèrent ? ce que lui-même m'en raconta ? ou crut pouvoir m'en raconter ? ou put vouloir se rappeler ? ou crut pouvoir se rappeler ? ou simplement se rappela ?), apparitions, ragots, souvenirs, récits, à travers quoi nous ne faisions qu'entrevoir (et de même lui pour les autres : Rose, l'enfant, le boxeur, le régisseur congédié, son oncle, le notaire, Maurice ?) une sorte de plésiosaurique réalité reconstituée de bric et de broc à partir de deux vertèbres, un frontal, un demi-maxillaire et trois métacarpiens pêchés dans la grise vase du temps et assemblés au petit bonheur des goûts et prédilections de chacun, et alors peut-être en fin de compte tout cela n'a-t-il été que la vulgaire et idiote aventure d'un vulgaire idiot, comme ils le dirent tous, capable tout juste d'écrire : Arrivé le, et : Venant de, et même pas : Tombé amoureux de, et encore moins : Ayant l'intention de, et encore moins : Dans le but de, et encore moins : Se refusant à, et encore moins : S'obstinant à, et encore moins que moins : Se rendant compte que...,

Peut-être. Pourquoi pas ? Et quelle importance après tout ? Car ce n'était pas pour prouver quelque chose qu'il était là. Il était là. Voilà tout, et les choses étaient arrivées ainsi, et maintenant il se trouvait à peu près dans la position d'un garçon livreur de tartelettes pris au milieu d'une course de stock-cars, avec cette différence qu'au lieu de se contenter d'essayer de tenir son plateau à bout de bras le plus haut possible au-dessus de sa tête et d'éviter la bagarre, il avait fait en sorte de se lancer en plein dedans, et même de la corser, et même pas par esprit de lutte ou de contradiction, peut-être même (et même sûrement) sans s'en rendre très bien compte : parce qu'il était comme ça, parce qu'il ne pouvait sans doute pas s'empêcher d'aller à contre-courant, de se précipiter d'une manière ou d'une autre dans les sens interdits en pensant probablement que c'étaient les bons, ou même sans rien penser du tout : parce qu'il ne pouvait, ne savait pas faire autrement.

« Parce que, me dit le notaire, en admettant que je sois un imbécile et qu'un type qui n'a jamais vu de toute sa vie un pied de vigne de plus près que de huit cents kilomètres soit capable d'apprendre à des gens comme nous qui sommes nés et avons toujours vécu ici, et dont les pères sont nés et ont vécu ici, dans ce pays où on a toujours fait de la vigne... Parce que, tenez : ceux qui viennent vous parler maintenant d'arrachage obligatoire, ça me fait bien rire : qu'ils viennent donc planter et faire pousser ici autre chose que...

– Vous disiez qu'en admettant qu'un type comme lui soit capable de quoi ? dis-je.

– De quoi ? Écoutez : est-ce que vous vous figurez qu'on remonte comme ça une propriété dans l'état où l'a laissé son père ? Bon. Moi je veux bien. Mais qu'est-ce qu'il a cru ? Qu'on voulait le rouler ? Que je... Écoutez Monsieur : la Chambre des Notaires a des statuts qui sont...

– Mais bien sûr ! dis-je. Voyons. » J'étais entré en rapport avec lui à peu près à cette époque (je veux dire celle de la rencontre avec Montès dans le magasin du photographe) à propos d'une bicoque, une ancienne bergerie dans la montagne que je m'étais mis en tête d'acheter et d'aménager pour y monter les dimanches et l'été. Ce fut ainsi que, périodiquement, j'entendis comme une sorte de chœur antique – car le notaire avait cette particularité, ce don, ou si l'on préfère cette infirmité, de ne pas exister en quelque sorte par lui-même, d'être seulement une espèce de médium qui semblait parler non pas en son nom propre mais au nom de toute une ville, ou du moins de ce qui (non pas à proprement parler une classe – puisque certains enrichis de fraîche date n'y sont pas reconnus –, ni non plus une caste – puisque de vieilles familles financièrement déchues n'y figurent plus –, plutôt un certain milieu, et dans l'acception pleine du terme en ce sens qu'un ensemble de règles assez obscures parait présider au calcul d'une sorte de moyenne proportionnelle dans l'établissement de laquelle à la fois l'ancienneté et le chiffre de la fortune figurent comme éléments déterminants, la force de l'un pouvant racheter la faiblesse de l'autre et vice-versa, mais pas absolument) se considérait comme la ville à l'exclusion de toute autre catégorie de personnes comptées pour nulles (non pas même méprisées ou regardées de haut, mais simplement ignorées, tenues – commerçants, postiers, ouvriers-peintres ou plombiers – pour objets, meubles meublants, puisqu'il faut bien tout de même qu'une agglomération (pierres, briques, béton et tuiles) capable d'abriter une centaine de milliers d'hommes, de femmes et d'enfants soit – outre les vingt ou trente familles qui en constituent, à leur avis, l'essence – habitée) ; donc eux avec leurs hectares de vignes, leurs bureaux, leurs entrepôts, leurs caves, leurs wagons-foudres ou frigorifiques, leurs villas au bord de la mer, leurs chalets de montagne, leurs autos, leurs bateaux à voile, à moteur, cela en tout ou en partie, et net de tout crédit ou au contraire hypothéqué jusqu'à la dernière tuile, et le grand-père ou l'arrière-grand-père indifféremment général d'Empire, préfet ou cireur de bottes, (ou contrebandier, ou changeur d'eau en vin ayant abandonné les pénibles colportages par nuits d'hiver et grand vent de quelques litres d'Anis del Mono ou le mouillage à la chandelle de quelques tonneaux pour les mêmes opérations mais pratiquées d'une manière moins artisanale et plus rentable c'est-à-dire au grand jour, au su et au vu de tous, et par centaines de tonnes ou d'hectos), et apparemment de la même espèce que les autres créatures pourvues d'une tête, de deux bras et deux jambes, et comme elles uniformément fabriquées de génération en génération entre deux paires de draps mais sans doute non pas dans le haletant gémissement de la chair passionnée et nue mais avec un bruit ressemblant plutôt à celui que fait une pièce introduite dans la fente d'une tirelire, ce pourquoi sans doute il est maintenant avéré que l'Histoire n'est pas inscrite dans les lointains échos des batailles et des vaines clameurs de foules mais dans les poussiéreuses et hymalayennes montagnes de contrats et d'actes rédigés sous la dictée d'innombrables Pères Goriot par l'obscure et victorieuse armée d'innombrables notaires semblables à celui, et au prédécesseur de celui, et au prédécesseur du prédécesseur de celui, et au prédécesseur du prédécesseur du prédécesseur de celui en face de qui j'étais assis dans ce même fauteuil où Montès revenait lui aussi de temps en temps, où s'asseyait sans doute aussi cet oncle, c'est-à-dire ce gros homme qui s'intitulait son oncle et qu'il avait vu faire irruption, le deuxième ou troisième jour suivant son arrivée en ville, dans la chambre du premier hôtel où il était descendu, pour l'inviter à dîner dans cette maison dont, apparemment, le décor n'avait pas été sensiblement modifié depuis au moins le Second Empire, avec ses murs tendus de drap autrefois rouge, maintenant passé et rongé de mites, et ses courbes sabres de cavalerie accrochés en panoplies poussiéreuses où, lentement rongée par le temps et la rouille, la gloire des charges passées (ou supposées) semblait, elle aussi, s'effriter peu à peu, comme un vestige même plus décoratif, oublié et bête, figurant là pour mémoire, car depuis longtemps plus personne n'y faisait attention sauf peut-être les nouveaux venus, peut-être surpris, se retournant, le regardant, lui (le maître de maison, l'oncle), dans un de ses éternels costumes de tweed style gentleman-farmer, avec son ventre, son visage congestionné de gros mangeur, sa moustache en balai, son épaisse chevelure grise coupée en brosse, et surtout cet air à la fois grossier, rogue et couard de ceux qui perçoivent peut-être confusément la terrifiante artificialité de cette sorte de cordon ombilical qui leur permet non seulement de vivre (nourriture, lit, toit) dans l'acception physique du terme, mais encore de pouvoir se figurer qu'ils existent : l'argent. C'était du moins ce que racontait la chronique de la ville. Prétendant même qu'il (ou plutôt son père agissant pour lui, car on ne lui concédait même pas cette sorte de capacité) avait utilisé les derniers restes de prestige – les sabres, les armes damasquinées, les portraits d'ancêtres, la particule, le vieil hôtel poussiéreux – pour ravir le consentement, non de la principale intéressée, la jeune fille, mais des parents (d'anciens jardiniers, disait-on, qui avaient arraché de leurs mains à la terre dans l'espace d'une vie à peu près l'équivalent de ce que les généraux sabreurs, leurs descendants et leurs intendants avaient, en cent ans, dilapidé en dettes de jeu, chevaux, femmes, ou plus sûrement encore, dans de mirifiques affaires) ; appareillant donc (son père) un couple dont les mauvaises langues dirent qu'il avait dû y avoir erreur dans les inscriptions à l'état-civil le jour de leur naissance en ce sens qu'elle semblait, elle, descendre d'une comtesse et lui de culs-terreux, et plus tard faisant (les mêmes mauvaises langues) la comparaison entre lui et les filles, supputant, pariant sur la proportion de sang du père et de la mère qu'elles charriaient dans leurs veines, ou de la mère et d'un autre prétendirent certains lorsqu'elle (cette fille de jardiniers qui ressemblait à une comtesse mariée à un palefrenier) fut allongée sous les trois ou quatre tonnes de marbre qui recouvraient déjà au cimetière les os du général d'Empire et de sa descendance, les gens chuchotant un nom, se racontant l'histoire du vieux docteur qui s'était levé de la table de jeu lorsque le veuf avait fait sa réapparition au cercle et d'une glaciale nuit d'hiver pendant laquelle certains prétendaient avoir vu aller et venir sur l'un des balcons du vieil hôtel devant la croisée fermée la fantômatique silhouette d'une femme vêtue de sa seule chemise. Mais ce n'étaient là que des racontars. Car par la suite on ne trouva rien à relever contre lui, du moins de ce genre de choses qui alimentent habituellement la chronique parlée, c'est-à-dire qui se distinguent de celles couramment admises. Et même celles-là que l'on eût tolérées il ne se les permit pas, ou peut-être n'en eut-il pas l'audace, ou peut-être simplement le goût : on ne lui connut pas de maîtresses, on ne le surprit même jamais en train de se glisser en douce dans un des quatre ou cinq bocards de la ville qui, dès lors, cessa de s'occuper de lui, voyant seulement d'année en année sa silhouette s'épaissir, son visage rogue se congestionner peu à peu en même temps qu'il introduisait avec plus de difficulté sa masse obèse et maladroite dans les successives et identiques grosses voitures noires ponctuellement renouvelées tous les deux ans et sur la banquette arrière desquelles se tenaient les deux enfants, puis, plus tard, une jeune fille et une fillette, puis (lorsque l'aînée se fut mariée) une adolescente seule, et plus tard encore, lorsqu'elle fut en âge de faire comme il lui plaisait (celle-là dont on disait que si l'aînée avait hérité en même temps que de la beauté de sa mère de la morgue du gros homme, elle, la seconde, ne tenait rien de lui) plus personne. Et en supprimant les costumes modernes, l'auto, le téléphone, la petite moustache à l'américaine du notaire, tout cela – le vieil hôtel, la massive porte aux cuivres astiqués, la façade secrète, les panoplies rouillées, le mystère de la morte, le veuf, les deux filles – ressemblant assez à une de ces pièces à l'espagnole, un de ces trucs de Calderon ou de Lope de Vega, une de ces comédies-drames à multiples journées réparties dans, ou plutôt exhumées, émergeant sporadiquement hors d'un temps vague, d'une incertaine durée trouée d'épisodes burlesques ou macaroniques : quelque chose où il y aurait des pauvres dans le fond, les sempiternels mendiants psalmodiant, la main en sébille, dans le pan d'ombre d'un porche, et tout autour cette sacrée ville, avec ses faubourgs pouilleux et poussiéreux, ses magasins, ses cafés rutilants de néon, ses murs couleur de pain cuit, son ciel trop bleu, ses rues ramonées par ce cochon de vent du nord deux cent soixante-cinq jours de l'année et les cent autres suintantes d'humidité, puant le moisi, le cadavre, la brique pourrie ; et au premier acte la scène représenterait une place avec, à gauche, le lourd porche tarabiscoté d'une de ces cathédrales baroques, et à droite la maison de Don Eusebio, le riche veuf, et entrant d'abord le notaire, tout de noir vêtu, l'air vaguement d'un ecclésiastique, demandant à parler d'urgence au veuf pour une affaire de la plus haute importance, une affaire d'argent – qu'est-ce qui peut avoir de l'importance pour un notaire ou Don Eusebio en dehors de l'argent ? –, un héritage, et quand il quitte la scène en compagnie de l'intendant – ou peut-être du régisseur – la plus jeune fille du veuf et son fiancé entrent par l'autre côté, cédant bientôt la place pour la scène suivante à la première fille, l'obéissante, celle qui est déjà mariée selon les vœux de son père et fait beaucoup d'enfants, la statue à figure de Junon, au port imposant et noble, puis apparaît le cousin pauvre ou plutôt riche puisque c'est lui qui vient d'hériter, ce qui en fait le principal sujet des conversations et de l'intérêt général, non seulement du riche veuf et de sa famille mais encore d'un certain nombre d'autres personnages se rencontrant, ou manquant de se rencontrer, ou s'évitant, ou se recherchant dans une suite d'actes, de scènes, de chassés-croisés, de quiproquos, sans oublier même l'épisode bouffon, salace, vert, et même scabreux, plus élisabethain à vrai dire que castillan, plus digne de Ben Johnson que de Calderon, et que tout le monde racontait en ville, depuis l'amie à laquelle elle (la Junon, l'altière déesse de la fécondité à côté de qui Montès s'était trouvé assis à ce fameux et unique dîner auquel l'avait invité son oncle et qui lui avait parlé, me dit-il, sans même paraître le voir, avec cette sorte de politesse lointaine et glacée, son inexpressif visage de déesse, son ventre parvenu au septième mois d'une grossesse dont on devinait que c'était là pour elle non un état accidentel, passager, mais en quelque sorte un but en soi, une fonction pour ainsi dire sacrée – c'était la quatrième fois en cinq ans de mariage – : concevant, portant, mettant au monde, allaitant et concevant de nouveau dans une sorte d'orgueilleuse sévère et imperturbable béatitude) l'avait elle-même raconté jusqu'aux garçons des salons de coiffure qui la tenaient des clientes se la hurlant confidentiellement d'une cabine à l'autre dans le tiède vrombissement des séchoirs, et j'essayais de l'imaginer, telle que Montès me l'avait décrite, son orgueilleux ventre enflant au-devant d'elle la longue chemise de nuit (et peut-être une lampe quelque part, à contre-jour, découpant en ombre chinoise difforme sous la soie transparente les contours de son corps dans sa tranquille et hautaine impudeur), insoucieuse aussi bien de sa nudité que de son état, du ridicule, du tisonnier pris à tout hasard et que sa main tient encore, inutile, pendant le long de sa cuisse, tandis qu'elle parle – et toujours le même calme, la même absence de peur, de doute, faite non pas de courage mais de cette indynamitable certitude d'être physiquement et moralement hors d'atteinte et qui lui permet de se tenir ainsi, presque ou plus que nue, et dans cet état qui pour tout autre serait une disgrâce, et en plein milieu de la nuit, dans la chambre de bonne attenante à celle de ses enfants –, disant : « Qui êtes-vous ? Qu'est-ce que vous faites là ? », regardant sans le voir le corps, entièrement nu, de l'homme debout en face d'elle, brun, bosselé de muscles, avec, au milieu, cette espèce de tenon, de potence, de bourgeon de chair érigé de la touffeur fauve et moite, et la fille, la boniche, essayant de se couvrir sous le drap, mais sans doute elle (Hélène) ne la voyant pas plus que l'homme, c'est-à-dire dans leur réalité physique, violente, priapique, pensant seulement sans doute : « Ainsi ils étaient en train de faire ça. Elle a un amant. Et sous mon propre toit, à quelques mètres de mes enfants, et avec un de ces gitans... » Non qu'elle ait reconnu, identifié la race de celui qui se tient devant elle, qu'elle ne regarde pas en tant qu'homme, même pas en tant que personne humaine, dont elle ne serait capable, après coup, que de donner un de ces signalements passe-partout et vague que fournissent habituellement les témoins d'un vol ou d'un meurtre, mais parce que pour elle un gitan c'est seulement un terme générique pour désigner tous ceux qui sont capables de s'introduire nuitamment dans des poulaillers ou chez des gens pour y rafler l'argenterie ou coucher avec la bonne, ou les deux à la fois. Et non pas même indignée ou furieuse, encore moins scandalisée en découvrant que la fille a un amant, ne pensant pas « Je m'en doutais. Je m'y attendais ! », tellement ce genre de choses va pour elle de soi, fait partie des éventualités auxquelles on doit s'attendre, les bonnes, comme toutes les personnes au-dessous d'une certaine condition sociale, étant naturellement paresseuses, voleuses et vicieuses, c'est-à-dire postulant paresse, vol ou vice comme le nuage postule la pluie ou l'œuf son jaune, la question n'étant pas de s'indigner qu'une bonne ait un amant, ou vous vole, mais de veiller à limiter les inconvénients qu'entraîne le fait d'être obligé d'employer pour se faire servir des gens fonctionnellement vicieux et malhonnêtes. Et peut-être le type était-il simplement le garçon boucher du coin ou un livreur quelconque. Mais pour elle c'était de toute façon un gitan, et de toute façon la bonne n'avait pas besoin de pleurer, pas plus que d'essayer de se couvrir les seins ou le ventre avec le drap, parce que de toute façon elle n'existait déjà plus, c'est-à-dire en tant que sa bonne à elle, était renvoyée dès le moment où elle avait pénétré dans la pièce et les avait découverts, tous les deux nus comme des vers, en train de faire ça à deux pas des lits de ses propres enfants. Mais cela sans colère, sans indignation, sans même sans doute éprouver ce secret triomphe d'avoir déjoué, démasqué, débusqué le mal, pas plus qu'elle n'éprouvait gêne ni honte à se trouver elle-même en chemise, avec son ventre de sept mois devant un homme dans le plus simple appareil et dans un état pour ainsi dire faunesque car (racontait-on, avait-elle raconté – ou laissé entendre, ou permis de supposer, ou d'imaginer – à l'amie qui l'avait raconté aux autres amies qui se le confiaient à tue-tête sous leurs mitres-séchoirs) il ne paraissait nullement intimidé, laissant sangloter la boniche sous son drap, répondant, lui, avec hauteur, insolence, ne se démontant pas (disaient-elles, criaient-elles, à travers les tièdes et lascives senteurs du salon de coiffure, insistant avec de bizarres accents dans leurs voix sur le sous-entendu, le double sens), lui tenant tête, de sorte que ce fut ainsi que le mari les trouva, ce mari dont Montès disait, sur ce ton d'humour ambigu qui lui était particulier, qu'il fallait bien sans doute qu'elle en ait un puisqu'on n'a pas encore inventé jusqu'à présent, sauf pour les bovins, d'autre moyen légal et sanctifié d'emplir un ventre (parce que tout de même fallait-il qu'elle fasse cela aussi, qu'elle condescende, se résigne à abandonner sa dignité pour se mettre aussi sur le dos dans cette docile impudique et danaesque position de réception, d'accueil, guidant en elle – l'épouse, l'auguste et calculatrice matrone retrouvant le geste de la putain dans cette phase qui même au plus fort de la passion, du tumultueux désordre de la chair, oblige les deux partenaires à suspendre la furieuse ruée des corps pour une sorte d'ajustage où la femme – c'est en général elle – se mue en l'attentif et précis exécuteur d'un travail de serrurerie – guidant donc en elle l'ancestral et aveugle bélier). Et comment expliquer, autrement que par cette sorte de mépris, de dédain (et même plus : d'ignorance, et même plus : d'oubli, comme d'un objet vain, sans emploi et même embarrassant en dehors de sa destination utilitaire et limitée), que contrairement à ce qu'eût fait toute autre femme dans la même situation elle ait négligé de le réveiller (son mari), se soit levée, dirigée seule, armée de ce seul, dérisoire et absurde tisonnier, vers l'endroit où elle avait entendu le bruit ? À moins que ce ne fût quelque chose comme une sollicitude, quelque chose de maternel, de protecteur (et tout aussi injurieux, humiliant, que l'oubli, sinon plus) et qu'il dut ressentir : cela et encore autre chose – stupeur, colère, indignation – en les découvrant ainsi face à face, comme deux de ces statuettes nègres à la précise et sauvage obscénité, violentes, barbares, elle comme une de ces déesses archaïques de la fécondité, lui avec ce membre indomptable, orgueilleux, triomphant, dont l'idée, l'image, l'évocation, faisaient s'infléchir les suaves voix des femmes dans l'air vicié et saturé de parfums, se répondant d'une cabine à l'autre, disant : « Mais qu'est-ce qu'il... qu'est-ce que... », disant : « Mais non, il n'a pas appelé la police, il », disant : « Mais cet homme, ce... », et l'autre : « D'un seul coup, oui : un seul. Et même... », et plus tard leurs maris, les courtiers en vins, les expéditeurs, les négociants réunis autour des tables à l'heure de l'apéritif, ou l'éternelle brochette des vieux jeunes gens entre vingt et soixante-dix ans éternellement en train de s'ennuyer sur le balcon du cercle, disant : « Un direct du droit. À moins que ce n'ait été un crochet au foie...

– Non sans blague ? Lui ? Mais je croyais que c'était seulement un mari pour...

– Justement. C'est sans doute pourquoi il s'est contenté d'encaisser. Et c'est probablement aussi pourquoi ils n'ont pas porté plainte. Parce que sans doute a-t-elle considéré qu'un coup de poing de gitan...

– Parce que c'était décidément un gitan ?

– ...ou de garçon pâtissier, ou de commis-livreur, ne comptait pas plus, ne tirait pas plus à conséquence qu'un regard de gitan ou de chien sur son ventre ou qu'un...

– Mais ils ont tout de même renvoyé la bonne ?

– S'ils ont... Sans blague ? Vous n'auriez tout de même pas voulu qu'ils lui donnent une augmentation ? »

VIII

Je me rappelle que brusquement, sans transition, il se mit à faire chaud. Alors que les arbres n'avaient même pas achevé de verdir. Et en même temps que la chaleur, les mouches, tout à coup là, comme par l'effet d'une génération soudaine et spontanée : nuées noires s'élevant, tourbillonnant, vagues et macabres relents de choses en train de se décomposer, se corrompre (fleurs fanées, trognons de choux, détritus, dans les caniveaux du marché : exhalaisons sures, tenaces, lourdes, immobiles dans l'air immobile et lourd, et cette soudaine torpeur). Et je peux voir cette cour de l'ancienne caserne, là où Rose habitait : le soleil immobile, figé, piquetant à travers le feuillage transparent les arcades de briques, et la brique violacée, effritée, et les linges multicolores en train de sécher sur les cordes tendues d'un pilier à l'autre des galeries, et peut-être dans un des coins une femme en train de laver, et les rigoles d'eau noire, croupie, et quelque part dans une cage un canari lançant de loin en loin ses trilles à travers le temps mort, opaque, stagnant, et les deux fillettes, dans leurs robes trop lavées, avec leurs cheveux bien tirés, leurs petites tresses huilées, comme deux anses de paniers tenues par les nœuds de rubans (c'était leur seul luxe, me raconta Montès, et Rose en avait une collection inépuisable qui séchait en permanence à leur fenêtre), accroupies, les genoux au menton, dans cette posture simiesque et dans laquelle peuvent seuls se tenir durant des heures les nègres et les enfants, absorbées par leur jeu silencieux, alignant en jardins imaginaires des bouts de verre bleu, noir, rose, vert pâle, et au bout d'un moment la plus petite se rendant compte que l'aînée ne joue plus – quoiqu'elle n'ait pas bougé, pas quitté cette position de singe, pas dit un mot –, et relevant alors la tête, regardant sa sœur, puis dans la direction où celle-ci regarde elle-même, et découvrant alors Montès se dirigeant vers elles, avec ses yeux au charbon, son imperméable boutonné en dépit du soleil, sa dégaîne et son sourire ridé et navré de vieil Auguste.

Il ne me dit pas si c'était lui ou Rose qui avaient eu l'idée de le faire accompagner par l'enfant. Il ne me dit pas non plus s'il lui acheta des bonbons. Peut-être parce qu'effectivement, comme le prétendait le notaire, il en avait un stock dans ses poches. Tenant donc sa main dans la sienne il refit à l'envers le chemin qu'il avait parcouru au retour la veille au soir, descendant de la haute ville dans les quartiers neufs, traversant les rues du centre avec, à cette heure, leur lente foule déambulante de femmes de la campagne traînant devant les vitrines des magasins, leurs éternels jeunes gens vautrés devant les guéridons vides

des terrasses de cafés, et sur les bancs des squares leurs groupes de vieillards en pardessus râpés qui les regardaient passer, lui et la fillette promenant devant elle son petit visage brun de momie inca, impassible, posant son regard sombre sur les vitrines, les gens, se contentant de secouer négativement la tête quand il se penchait pour lui demander si elle était fatiguée, et de temps en temps dégageant la main qu'il tenait dans la sienne pour porter à sa bouche un des bonbons détaché de l'amalgame gluant renfermé dans le sac que tenait son autre main, puis la replaçant dans celle de Montès.

Maintenant il y avait des lavandières agenouillées dans les éclaboussures de lumière au bord du filet d'eau qui serpente dans le vaste lit de cailloux blanchis. Puis ce fut de nouveau, mais en plein jour cette fois, cet éclatement, ce fractionnement progressif de la ville, les pavillons à jardinets, les postes à essence, et ces nouveaux cimetières pour humains ou autos, désertiques étendues parsemées de carcasses rouillées ou de tombes achetées sur catalogues, sans même un cyprès, parce qu'il faut sans doute plus de temps pour faire pousser un arbre que pour usiner, tailler et graver à la machine une tonne de marbre et mettre un mort dessous, et même l'oublier, et entre les cimetières, et les postes à essence, et les maisons, la terre osseuse réapparaissant, par plaques, par lambeaux de plus en plus vastes, plate, dure, desséchée et caillouteuse.

Ils s'arrêtèrent. La veille, dans la nuit, il lui avait semblé deviner une sorte de rue perpendiculaire à la route, bordée de constructions basses. Maintenant il pouvait les voir au grand jour : c'est-à-dire même pas des baraques, même pas des cases, mais une sorte de mur fait de briques creuses (et les briques elles-mêmes étaient inégales, mal cuites, ébréchées, de celles qu'on ramasse parmi les rebuts des chantiers) dans lequel s'ouvraient ou plutôt béaient non des portes mais des sortes de caries, des trous noirs aux formes irrégulières, la plupart même pas obstruées de rideaux, et dans la fin d'après-midi le sol défoncé de la rue – car, me dit-il plus tard, héberlué, ahuri, il y a même une plaque, figurez-vous, avec un nom : administrativement c'est donc une rue, du moins quelque chose portant un nom que vous pouvez toujours essayer de vous amuser à écrire sur une enveloppe, et ensuite timbrer l'enveloppe, et enfin la mettre à la poste, rien que pour essayer de voir si ça arrivera – étincelait au soleil, et en avançant il découvrit que ce miroitement aveuglant était fait de milliers de bouts de verre, comme si quelqu'un, quelque décorateur fou ou idiot, avait patiemment pilé un monceau de bouteilles et en avait soigneusement répandu les éclats, à seule fin sans doute de permettre aux ribambelles de gosses crasseux et les fesses au vent qui couraient là pieds nus de devenir plus tard tout naturellement fakirs ou avaleurs de sabres. Ici aussi il y avait du linge pendant sur un fil de fer entre deux poteaux : des loques roses se détachant en transparence au-devant du ciel jaune-vert, et, sur une sorte de place carrée à laquelle aboutissait la rue, trois ou quatre de ces vieilles roulottes à la peinture déteinte, aux roues qui ont depuis longtemps oublié les chemins, ou même sans roues du tout, montées sur une pile de briques ou de chevrons, et à demi enlisées (roues ou cales) dans le tas d'ordures, de tessons de bouteilles et de boîtes de conserves rouillées.

Puis il se retrouva étendu par terre, exactement comme une de ces vieilles carrioles, me dit-il en riant : « Comme si je m'y trouvais moi-même depuis des temps et des temps puisque tout d'abord je n'arrivais même pas à me rappeler ce que je faisais là... », étendu de tout son long parmi les tessons et les détritus, avec au-dessus de lui, se détachant sur le ciel (avec cette différence que celui-ci n'était plus jaune-vert, comme il croyait pourtant bien se rappeler l'avoir vu encore l'instant d'avant, mais orangé maintenant, s'assombrissant, tournant au bistre), une barrière de petites jambes nues et brunes entre les plaques de crasse, et audessus les petits ventres ronds de garçons et de filles seulement vêtus de chemises ou de tabliers qui ne leur couvraient même pas le nombril, et plus haut encore une rangée de tignasses qui n'avaient jamais connu le peigne et sous lesquelles une rangée d'yeux noirs ou blancs phosphorescents le regardaient, curieux et perplexes tandis qu'il essayait de se rappeler comment tout cela était arrivé, ne souffrant pas encore, essayant de raccorder l'une à l'autre les images qui se reformaient peu à peu : tout d'abord le gitan, Jep, celui autour duquel, comme Rose le lui avait raconté, les gens se pressaient autrefois dans les bars chic pour avoir le droit de lui taper sur l'épaule en l'appelant « Champ' », assis dans son complet élégant et râpé, mais la chemise toujours immaculée, sur le marchepied d'une antique bagnole aux tôles cabossées, aux ailes repeintes, quelque chose comme une vingt-cinq ou quarante chevaux encore capable de faire environ du trente à l'heure en palier, fumant comme une locomotive, avec une roulotte en remorque et à l'intérieur, sur les banquettes à têtières de filet, une pleine cargaison de faces noiraudes (et présentement à demi enlisée aussi dans l'épaisseur d'immondices qui recouvrait le sol, et l'un des montants de portières servant de point d'attache à une corde à linge), et, assis sur le marchepied à côté de Jep en train de fumer un de ses petits cigares bruns, un autre type au semblable visage basané, aux semblables dents éblouissantes, aux semblables frisottis noirs derrière les oreilles, et vautré sur la banquette arrière, la tête renversée sur la têtière de filet, encore un troisième exemplaire du même style râclant une guitare et chantonnant, et sur les genoux du second un enfant tout nu : « Un de ces petits dieux bruns, vous savez : qui ont l'air d'arriver tout droit de l'Inde ou de quelque part par là, juste sorti du four par un autre dieu majeur chargé de les fabriquer avec un peu de terre, cuits à point, couleur de pain d'épice et dodus ; parce qu'ils sont tous ainsi, parce qu'ils sont vêtus de loques et habitent ces espèces de caries de la brique et courent toute la journée les fesses au vent et pieds nus sur ces tessons de bouteilles, mais ils ne manquent de rien, du moins pas de ce qui se mange, et sans doute parce que les vêtements ou un toit ça se paye tandis que je suppose que le reste doit leur tomber du ciel, comme la manne, et que le seul travail que font ces types, c'est de se baisser pour la ramasser et peut-être aussi la faire cuire, parce qu'en dehors des femmes qui ont l'air de passer leur temps à laver et faire sécher ces loques, vous ne pouvez même pas imaginer que l'un d'eux lève le petit doigt pour quelque chose qui serait susceptible de le faire suer, et sans doute...

– Je sais, dis-je. Je n'ai moi-même jamais très bien compris comment ils font. Sans doute est-ce ce que vous dites. La manne. Sans doute quelque chose de ce genre. Mais, si renversant que cela soit, ce n'est tout de même pas ce qui vous a étendu de tout votre long d'un coup de poing ?

– Non, fit-il. Bien sûr. Quoique le coup de poing, c'était peut-être ça. Je veux dire que c'était ça qui m'a donné le coup de poing et pas lui. Je veux dire qu'il ne pouvait pas ne pas me frapper et que j'en aurais fait probablement autant à sa place si j'avais vu un type s'amener là et venir essayer de me parler de ce qu'il considère probablement comme la manne ou du moins de la même essence... »

Et il me raconta la suite, ou plutôt me décrivit cette succession, cette bousculade d'images confuses, bigarrées, cacophoniques, qui s'ordonnaient peu à peu dans sa tête au fur et à mesure que la douleur se réveillait tandis qu'il s'efforçait de se mettre debout, titubant comme un homme ivre, toujours contemplé par le cercle curieux des petits dieux en pain d'épice avec leurs semblables ventres nus et ronds, leurs semblables coulées de morve verte et leurs tignasses vierges de coups de peigne se détachant en hérissons sur le ciel du crépuscule : de nouveau l'éblouissante rangée de dents dans le visage du boxeur apercevant Thérésa, puis le même visage tout à coup rembruni en le découvrant lui, Montès, derrière la fillette, et alors, sans transition, le corps l'instant d'avant étendu, vautré dans sa pose nonchalante, se dressant, bondissant, et la chose (pas le poing – Montès n'eut pas le temps de le voir arriver, non pas seulement pour pouvoir l'éviter mais l'identifier) rapide, noire (c'est-à-dire qu'aussitôt tout fut noir) lui arrivant en pleine figure, et c'était tout, et ensuite se retrouver là, en train maintenant de s'épousseter tout en s'efforçant, maintenant qu'il avait réussi à remettre son corps d'aplomb, d'en faire autant avec ses idées.

Autour de lui, au-delà du cercle de gamins, il pouvait voir les allées et venues des femmes vaquant aux occupations du soir, passant à côté de lui sans paraître le voir, sans détourner la tête, sans même paraître savoir qu'il existait. Deux fumées s'élevaient lentement dans le soir roux, droites, paisibles, dressant leurs colonnes parallèles dans le ciel incendié et déjà les flammes des feux se détachaient de l'ombre.

Il chercha Thérésa des yeux mais ne la vit pas. Ni Jep. Ni non plus la grosse auto cabossée qui quelques instants auparavant était encore enlisée dans sa litière d'immondices et servait de support à l'extrémité d'une corde à linge. « Parce qu'ils avaient même réussi à la faire partir, me dit-il. Je croyais qu'elle avait pris racine là, qu'ils l'engraissaient à pleins tombereaux d'ordures dans l'espoir peut-être de la voir se mettre à pousser, grandir jusqu'à ce qu'elle soit devenue suffisamment vaste pour y planter une cheminée et y loger une tribu entière, mais ils avaient tout de même réussi à la faire partir. » Ce ne fut qu'au bout d'un moment qu'il s'avisa qu'il n'avait pas encore vu un seul des hommes. Tout d'abord il pensa qu'ils s'étaient peut-être tous attelés à la vieille quarante chevaux pour remplacer ceux-ci, emporter Jep dans une sorte d'apothéose, d'antique triomphe, la cohue des gitans courant sur la route en tirant à grands cris derrière eux le carrosse de vieilles tôles et, dedans, trônant sur les coussins à têtière, leur champion victorieux. Puis il comprit.

Il se mit en marche. Les gosses s'écartèrent sans rien dire. Il retraversa la place, suivit la rue, traînant après lui son cortège de fesses nues et de tignasses en balais. Puis le dernier des gamins l'abandonna, repartit sur la route vers les feux allumés, ses petits pieds nus aux orteils retroussés courant sans bruit dans la poussière.

Ce fut un peu plus loin qu'il l'aperçut, immobile, debout sur le bas-côté de la route, droite, tenant encore dans une de ses mains le sac de bonbons, et un instant il vit ses yeux brillants qui le regardaient venir, noirs, profonds, énigmatiques, puis elle ne fut plus qu'une ombre mince et frêle dans le crépuscule tandis qu'il essayait de parler, se râclait la gorge, disant : « C'est toi. Tu étais... Tu m'as... », puis sa voix s'enrouant de nouveau, manquant, refusant de franchir la gorge et sans répondre la fillette se détournant, se mettant en marche en direction du faubourg, sans l'attendre, et ensuite tous les deux cheminant sans dire un mot jusqu'à ce qu'ils fussent arrivés en ville, et au moment de remonter vers le vieux quartier lui s'arrêtant, disant : « Je pense... enfin c'est-à-dire : je crois que je vais pas rentrer tout de suite. Tu sauras... C'est-à-dire : maintenant je pense que tu peux revenir toute seule jusqu'à l'hôtel, je... », et arrêtée à quelques mètres de lui la fillette le regardant, et lui : « Bon. Alors va vite », et elle le regardant toujours, et lui : « Allez. Va. À tout à l'heure », et elle ne bougeant toujours pas, et lui : « Écoute. Tu diras à ta maman que je ne rentrerai pas dîner, que je la verrai demain. Tu... Enfin je veux dire : ce n'est pas la peine de lui raconter tout ça, tu comprends ? Ce n'est rien. Il n'a pas voulu... Enfin c'est-à-dire il a voulu... Enfin c'était pour rire quoi... il... », puis se taisant, reculant, cherchant à dégager sa main sur laquelle l'enfant s'était penchée, puis sentant ses lèvres, leur contact bref, comme une brûlure sur le dos de sa main, tandis qu'elle le lâchait, se détournait et partait en courant.

IX

Il ne me dit pas quelles sortes de réflexions il remua dans sa tête pendant les trois heures qu'il passa après ça sur ce banc de square avant de regagner lui-même l'hôtel. En général, ce sont des choses que même un type comme lui n'aime pas trop confier aux autres. On peut à la rigueur raconter sans gêne excessive qu'on s'est fait mettre K.O., il est plus difficile, serait-on un saint, d'avouer ce qui se passe dans votre cerveau pendant les heures qui suivent. On peut imaginer qu'il resta donc là pendant tout ce temps, assis dans un des coins les plus noirs qu'il put trouver, à tâter sa mâchoire tout en remuant des pensées pas spécialement drôles, et on peut peut-être imaginer aussi qu'il éprouvait comme n'importe quel autre homme dans une circonstance semblable une certaine difficulté à essayer de penser juste, non qu'il ressentît à ce moment colère ou haine contre Jep (« Parce que, vous comprenez, dit-il plus tard, c'est sans doute tout ce qu'il savait faire, tout ce qu'on lui avait jamais appris à faire : frapper et s'enfuir. J'ai été idiot : je me suis amené comme ça... Il a cru que j'étais de la police. Il m'avait vu arriver à l'hôtel un peu après qu'il avait fait ce coup, et sans doute qu'il m'avait vu aussi à la salle d'entraînement, et alors il a dû s'imaginer... Vous comprenez : parce que pour lui la seule solution aux situations difficiles, qu'il se fasse surprendre en pleine nuit dans une chambre de bonne ou qu'... – Ainsi c'était bien lui, dis-je. Vous ne m'aviez pas dit que vous connaissiez aussi cette histoire. Est-ce que Rose... – Peu importe. Si vous voyiez ça : ces femmes avec des vieilles vestes d'hommes trop grandes dont les manches leur tombent plus bas que le bout des doigts, et toute cette ribambelle de gosses à moitié nus comme il en a été un lui-même ; et alors c'est seulement à force de donner et de recevoir des coups de poing qu'il a réussi à... – Pas recevoir, dis-je : au temps de sa gloire il avait la réputation d'avoir un jeu d'esquive sensationnel. – Enfin, je veux dire : c'est seulement en donnant des coups de poing qu'il... – Mais il ne désirait pas vraiment en sortir, dis-je. Pas plus que les autres que vous avez vus occupés à râcler cette guitare en prenant bien garde d'éviter de suer. Ce en quoi ils ne sont foutre pas à blâmer. Mais n'allez pas vous figurer... – Je ne me figure rien. Du moins j'essaye de ne rien me figurer. Sauf que tout ce qu'il a jamais appris, c'est de donner des coups, de poing. – Et à frapper le premier, dis-je, et sans avertissement, et le plus fort possible. Vous vous en êtes aperçu, je crois ? »), non qu'il éprouvât donc colère ou haine, mais parce que les coups sont les coups et que la chair, qu'elle désire, souffre, ou tente de se nier, reste la chair, fragile, pitoyable et révoltée. Et quand il se décida à rentrer, se souvint qu'il fallait, qu'on avait coutume de passer la nuit sinon à dormir, du moins couché, étendu à l'intérieur d'une boîte (se fustigeant, forçant son corps indigné à se mouvoir, faute de quoi, pensa-t-il, le petit matin le trouverait encore assis sur son banc, comme un de ces épouvantails, dit-il encore, dont les moineaux n'ont même plus peur et sur quoi ils viendraient en piaillant se poser et se bousculer : « Ce qui, me dit-il plus tard, ne serait somme toute pas si mal, parce que tout bien pesé, servir de perchoir aux petits oiseaux peut être même considéré comme une enviable fin dernière pour un punching-ball, non ? »), ce fut en tout cas assez tard pour qu'il pût être à peu près certain que Rose avait fini son service et qu'il ne risquait plus de la rencontrer.

Ce retour, il me semble voir cela : la lampe jaunâtre de l'unique et trop faible ampoule du vestibule éclairant d'en bas la cage de l'escalier, projetant sur le mur en même temps que l'ombre allongée de la rampe la caricature étirée et grotesque de Montès s'élevant en même temps que lui par degrés, démesurée, bossue, déformée en diagonale, et dans le silence nocturne le seul grincement des marches, et peut-être le bruit insolite de sa respiration trop courte, le passage bruyant et difficile de l'air dans son nez obstrué par les caillots, et, peut-être aussi encore, parvenant du dehors, le frottement intermittent et soyeux sur les tuiles du toit des premières rafales du vent en train de se relever, s'essayant, le vent noir, hésitant, retombant harassé sous son propre poids dans un long gémissement de membrures et de poutres fatiguées.

Et au-dessus, sur le palier plongé dans l'ombre, l'autre en train de grelotter dans son mince pyjama (sautant brusquement du lit l'instant d'avant au bruit de la porte d'entrée, bondissant avec l'agilité d'un chat, éteignant la lumière de sa chambre, courant sans peut-être même prendre le temps d'enfiler ses pantoufles, et maintenant) à demi penché, retenant son souffle, reculant au fur et à mesure que sur le mur l'ombre difforme poursuivait son ascension solitaire avec une sorte de pathétique et lent acharnement, d'obstination têtue, tragique. Puis, lorsqu'il fut parvenu au premier palier, pivotant tout d'une pièce, et Maurice pouvant le voir alors de face, éclairé par en dessous comme un acteur par les feux de la rampe, avec ce côté clownesque, insolite, cette figure sans âge, désolée, barrée maintenant par les deux traînées noires qui s'écoulaient des narines, et Maurice pensant : « Ouais : Grock fait de la boxe. Mince ! Ce coup-ci il a l'air d'en avoir son compte. Mince ! Je me demande... », puis se ressaisissant, regagnant en quelques enjambées la chambre, refermant la porte sur lui, toujours sans plus de bruit qu'un chat, et là, insoucieux des frissons qui le secouaient dans son mince pyjama, restant immobile, attentif, l'oreille collée au panneau de bois tandis que le bruit des pas gravissant les dernières marches se rapprochait, passait dans le couloir tout près de lui, s'arrêtait un peu plus loin, faisait place à celui d'une clef tatonnant dans les ténébres. Puis celui de la porte refermée, puis plus rien, tandis que, toujours grelottant, il rallumait, passait en hâte la vieille robe de chambre jetée au pied de son lit, enfilait une paire de babouches au cuir lui aussi à bout de course, nouait un foulard autour de son cou et se glissait de nouveau sans bruit dans le couloir.

Sans doute avait-il dû remettre en ordre ses cheveux avant de frapper car, me dit Montès, lorsqu'il lui apparut dans l'entrebâillement de la porte, il avait l'air d'un type qui vient tout juste de sortir d'un salon de coiffure et pas du tout de son lit, et encore moins d'être resté une dizaine de minutes l'œil collé à une serrure en essayant d'imaginer d'après les bruits et les fragments d'images ce que l'étroit champ de vision ne lui permet pas de voir. Parce que, raconta plus tard Montès, ce fut cela : la voix articulant machinalement, presque comme si elle n'y prenait pas garde (ou plutôt comme si son possesseur prenait garde à ce qu'elle n'y prît pas garde), quelque chose de vague, une de ces formules prétextes auxquelles ni l'un ni l'autre des interlocuteurs n'est censé prêter attention, encore moins accorder un sens, à moins que ce ne fût quelque chose de volontairement impudent qu'il fit exprès de proférer de cet air détaché, comme une concession à la politesse, quelque chose de volontairement insolent, éhonté, disant peut-être avec aplomb : « Est-ce que vous êtes malade ? J'ai cru... Il m'a semblé entendre gémir... », et Montès : « Gémir ? », et Maurice continuant par-dessus son épaule à inventorier le contenu de la chambre, repérant la serviette rougie sur le bord du lavabo, le robinet coulant encore, l'imperméable taché, disant : « Mais qu'est-ce qui vous est arrivé ? Un accident ? », et Montès s'efforçant toujours de maintenir la porte entrebâillée contre la pression patiente mais continue de son visiteur : « Ce n'est rien. Je vous remercie. Je m'excuse de vous avoir dérangé. Bonne nuit. Je... » Puis (non que Maurice ait réussit à pousser beaucoup plus la porte, mais, raconta Montès, on n'aurait jamais cru qu'il fût possible à un homme adulte de passer, se glisser par une ouverture aussi étroite que celle qu'il maintenait) il doit se retourner pour lui faire face car il est maintenant non plus dans le couloir mais derrière lui, planté au beau milieu de la minuscule chambre dans son ambitieuse et minable robe de chambre aubergine, avec son cache-col prétendant à l'élégance, ses cheveux pommadés, sortant de sa poche un étui à cigarettes, le tendant, n'attendant même pas le geste de refus de son hôte pour en prendre une, se la ficher dans le bec et l'allumer, disant entre deux bouffées ou plutôt dans une bouffée tandis qu'une de ses mains désigne le linge ensanglanté : « Voyons, vous auriez dû m'appeler, je...

– Écoutez, commence Montès (cette fois il a ouvert tout grand la porte et sa voix tremble de colère), je... » Puis il sent de nouveau quelque chose de chaud et sucré qui coule le long de sa lèvre supérieure et une tache rouge apparaît soudain sur le devant de sa chemise. Il se dirige vers le lavabo, trempe une extrémité de la serviette et se penche. Quand il se retourne, maintenant d'une main la serviette sous son nez, la porte est refermée et assis sur son propre lit, les jambes ballantes, Maurice l'examine sans vergogne. « Mince, dit-il. Vous auriez le nez cassé que ça ne m'étonnerait pas. C'est pour ça que vous respiriez comme un phoque en montant cet escalier... » Il se redresse, envoie sa cigarette à peine entamée dans le seau de toilette, souffle la fumée par les narines : « C'est le champion qui vous a arrangé comme ça ? » dit-il brutalement.

« Le... » fait Montès. Il bredouille, bégaye. Puis tout à coup sa voix change tandis que son visage rougit violemment : « Écoutez, je ne vous permets pas... » Il a presque crié. Il ne finit pas, s'arrête comme effrayé, honteux, reste debout, la serviette maintenant au bout du bras qui a esquissé le geste énergique de désigner la porte, planté là dans la lumière crue de l'ampoule électrique avec son air malheureux et indigné, sa chemise ouverte sur un buste maigre, dépourvu de poils, étrangement blanc, et, suspendue au bord de sa lèvre supérieure barbouillée de rouge, une tremblotante goutte de sang.

« Vous allez réveiller les gens », dit Maurice. La voix est neutre, impersonnelle : elle constate. Puis soudain elle change – pas ironique, plutôt agacée, sans grossièreté pourtant –, disant : « Si vous croyez que c'est comme ça que vous allez arrêter ce sang ! », en même temps qu'il se lève d'un bond, disant : « Attendez je vais... Je sais ce qu'il f... », disant : « Allons, faites pas l'idiot ! », tandis que Montès se débat, essaye, tant bien que mal de se dégager, sans cesser de maintenir sous son nez la serviette mouillée de sous laquelle parvient en sons inarticulés comme une confuse et véhémente protestation, reculant devant les mains qui le cherchent, jusqu'au moment où, le creux de ses genoux rencontrant le rebord du lit, ses jambes cèdent et, déséquilibré, il tombe assis à peu près à la place que son visiteur vient de quitter, mais seulement un instant, le plafond basculant tout à coup à la verticale et tournoyant en même temps que ses pieds quittent le sol, ses chevilles solidement enserrées par les mains qui leur font subir une demi-rotation ascendante, de sorte qu'il se retrouve allongé, aveuglé par l'ampoule électrique dardée là-haut comme un œil épineux et au-devant de quoi viennent s'interposer, penchés sur lui, le buste et la tête de Maurice, comme découpés dans une feuille de carton d'un brun foncé, au moment même où il entend de nouveau la voix lui tombant maintenant dessus d'en haut, comme vomie par un de ces haut-parleurs perchés au sommet des mâts qui jalonnent les terrains de sport, tonitruants, jupitériens et péremptoires, disant : « ...bien renversé en arrière. Là ! Et surtout ne bougez pas, restez absolument immobile, c'est le seul moyen... »

Et il cesse de lutter. « Parce que, me dit-il, la seule chose à laquelle il soit impossible de résister, c'est la parole, en tout cas lorsqu'elle est utilisée comme flytox. Alors je restai là, résigné et impuissant, à me demander ce qu'il pouvait bien me vouloir, le regardant aller et venir dans sa robe de chambre prétentieuse et minable, avec son cache-col de soie autour du cou comme il avait dû voir, sur les photographies des magazines, qu'en portent dans l'intimité les hommes chic ou les écrivains à la mode. Tout ce que j'espérais, c'était que ce sang allait s'arrêter de couler et que je pourrais alors me lever et le mettre à la porte. Mais pour le moment ça continuait. Et puis j'étais fatigué, sans force. Vous comprenez, c'était trop. J'en avais déjà suffisamment fait et vu pendant cette journée et maintenant j'étais dans cet état où l'on supporterait n'importe quoi pourvu qu'on n'ait pas à bouger ni à faire d'effort. C'était en réussissant à me faire allonger qu'il m'avait eu. Et sans doute le savait-il, et savait-il que c'était le moment d'en profiter et il en profitait, mais tout ce que je pouvais faire c'était de me tenir le plus tranquille possible en espérant que de cette façon, comme il l'avait dit, ça s'arrêterait bientôt. Donc je le laissai parler. Et même aujourd'hui encore je me demande si ce soir-là tout ce qu'il voulait faire ça n'était pas seulement parler, s'il n'avait pas des insomnies ou quelque chose comme ça et s'il n'avait pas tout simplement bondi sur la première occasion en m'entendant rentrer. En tout cas, c'est ce qu'il réussit tout d'abord à me faire croire, et peut-être était-ce d'ailleurs en partie vrai, comme ces types qui avec une femme savent bien qu'il faut d'abord éviter de parler de la seule chose qui les intéresse et pour quoi ils sont avec elle au lieu d'être en train de jouer au billard ou de blaguer avec leurs copains, et qui cependant tout en parlant d'autre chose avant d'aborder le principal se prennent au jeu et se passionnent pour les boniments qu'ils débitent. Parce qu'il doit bien y avoir quelque chose comme ça, sans quoi on ne comprendrait pas ce qu'un homme peut raconter si longtemps à une femme avant qu'elle se décide à lui donner ce qu'il...

– Eh, dis-je. Vous m'avez l'air d'en savoir plus long là-dessus qu'on ne...

– Oh, ce n'est pas bien difficile à imaginer. (Je le regardai en coin, mais il ne broncha pas, ne sourcilla pas, ne parut même pas se douter qu'il venait de dire la dernière chose que l'on pût attendre de lui. « Mais sans doute, pensai-je, serait-il capable de raconter une histoire salée à faire rougir un corps de garde de ce même ton naturel sur lequel il peut indifféremment parler du meilleur écran à employer pour photographier un ciel d'orage, des aventures du héros d'une bande dessinée, ou de la dernière bataille du Conseil municipal à propos de l'emplacement d'une pissotière qu'il a lue dans la chronique locale du journal. Mais déjà il continuait :) Ou alors c'est qu'il était prodigieusement malin...

– Qui ça ? dis-je.

– Lui, dit-il, Maurice. Parce que sa voix avait quelque chose de geignard à ce moment, de pitoyable, tandis qu'il était en train de me parler de cette vieille tante qui lui arrêtait ses saignements de nez quand il était tout petit, et de son enfance, et de leur vieux manoir breton historique, et après ça... Oui, peut-être était-il terriblement rusé, et pourtant...

– Les gens ne sont pas simples, dis-je. Mais d'une façon générale, ils ne sont jamais si formidablement malins que quand ils ne pensent pas à l'être, ni si formidablement stupides que quand ils s'efforcent d'être rusés. » Et il me semblait les voir, tous les deux enfermés dans cette chambre en plein milieu de la nuit – il devait bien être minuit passé à ce moment-là – et au-dehors les intermittentes rafales de vent raclant les murs, et la lumière blafarde de l'ampoule, et l'autre, le Brummel au rabais, arpentant les trois mètres carrés de carrelage laissés libres entre le lit et l'armoire tandis que, se déplaçant à sa suite, les pupilles de Montès allaient et venaient, et quelque chose d'impuissant et d'indigné dans ce qu'on pouvait apercevoir du visage au-dessus de la serviette que continuait à presser la main décharnée, et plus tard encore – à ce moment ce devait être la seule, l'unique fenêtre allumée, comme un refus, un ultime témoignage de vie, comme l'orgueilleuse et invincible affirmation d'une invincible conscience parmi les dociles sommeils, les dociles morts nocturnes – cette conversation, cet ahurissant dialogue qu'il (Montès) me rapporta (car l'autre avait fini par arriver sinon à ses fins – qui peut le dire, qui les connût, si tant est qu'il les connût lui-même ? – du moins à celle-ci : qu'il (Montès) le tolérât, l'admît, en tout cas au point de l'écouter et de lui répondre, assis maintenant tous les deux côte à côte sur le bord du lit, Maurice se levant de temps à autre, lui prenant d'autorité la serviette des mains, allant au lavabo, la rinçant et la rapportant toute humide d'eau fraîche, reprenant le dialogue à l'endroit où il l'avait laissé l'instant d'avant, disant) : « Cette espèce de brute mais ce sont tous des brutes ici ils vous diront que c'est un gitan mais les autres et ces femmes qui ne peuvent pas dire un mot sans hurler on croirait toujours qu'elles sont en train de se disputer de s'injurier ou de déclamer un passage d'une tragédie grecque en maudissant la vie les dieux ou la fatalité alors qu'elles sont simplement en train d'appeler leur gosse pour la soupe ou raconter à la voisine le prix auquel elles ont payé les haricots verts le matin au marché... », et Montès : « Je vous répète que je suis simplement tombé c'est en descendant de ce tram que... », et lui : « Mais oui j'avais cru d'abord parce qu'un type comme lui est capable de mais je vous crois vous pensez bien je n'ai jamais été imaginer que c'était votre genre d'aller vous battre dans la rue avec le prem... », et Montès : « Voilà ça ne coule plus maintenant je crois que je vais pouvoir... », et lui : « Non écoutez restez un moment encore comme ça sans bouger autrement ça pourrait recommencer écoutez je suis votre ami je vous l'ai déjà dit mais vous ne me croyez pas je ne sais pas ce qu'on a pu vous raconter sur moi vous avez tort de ne pas me croire moi dès la première fois où je vous ai vu j'ai tout de suite senti que vous n'étiez pas un de ces types comme on a l'habitude d'en voir par ici dans cette espèce de gargotte et... », et Montès riant : « Oh vous savez c'est déjà presque trop cher pour ce que je peux dépenser je... », et lui : « Mais ce n'est pas l'argent c'est justement parce que vous parce qu'ici ils ne pensent tous qu'à ça ils ne connaissent que ça toutes ces cloches ici qui courent après quatre sous aussi bien les fauchés que ceux qui en ont à ne savoir qu'en faire et tous prêts à n'importe quoi pour en avoir encore plus les femmes à se vendre et les hommes aussi n'importe quoi y compris tuer Bon Dieu l'argent si je voulais il me suffirait mais je préfère me taire... », et Montès : « Que voulez-vous dire ? », et Maurice : « Rien ce n'est pas mon genre écoutez tout ça est répugnant c'est une cochonnerie mais pas moi mon père ne croyez surtout pas que je m'imagine qu'être le fils d'un général j'en sais trop pour avoir encore des illusions de ce genre mais cependant mon père... », et Montès : « Mais de quoi parlez-vous ? », et lui : « Parler je n'aurais qu'à ouvrir la bouche pour que mais tout ça ne peut pas vous intéresser ce genre de choses d'ailleurs pour des gens comme vous et moi... », et Montès le regardant, éberlué maintenant, comme s'il le voyait pour la première fois, là, en train de parader dans son ridicule et ambitieux accoutrement (mais, pour l'instant du moins, cela n'avait plus d'importance, comme il me le dit plus tard : parce que sans doute il ne pouvait pas s'en passer, s'en empêcher, pas plus que de jeter un coup d'œil dans la glace en rectifiant son nœud de cravate avant d'entrer quelque part ou d'adresser la parole à quelqu'un, à une fille comme à un des clients de son hypothétique marque d'engrais), et au-dessus du foulard l'étroit visage triangulaire, blafard dans l'éclairage blafard, et les cheveux pâles, et cette espèce de regard malheureux, anxieux, qu'il avait dans ce moment, à la fois ardent, pathétique et suppliant comme s'il quêtait, quémandait quelque chose. « Mais pas que je puisse lui donner en payant », pensa Montès. Pensant de nouveau : « La première fois j'ai cru qu'il voulait me vendre quelque chose, et peut-être, certainement même, tout à l'heure encore, m'a-t-il attendu sur le palier, s'est-il introduit de force ici avec un dessein de ce genre, et avant d'en sortir y reviendra-t-il. Mais pour l'instant il n'y pense plus, quoique de toute évidence il cherche à obtenir quelque chose de moi, seulement d'un autre ordre. » – « Mais quoi ? » se demanda-t-il de nouveau. Pensant encore avec une espèce de surprise, presque de gêne, avec presque une envie de détourner charitablement la tête autant par pudeur que par discrétion, comme s'il était témoin malgré lui d'un spectacle qui n'était pas fait pour être vu : « Il est malheureux. Il souffre. Mais de quoi ? », tandis qu'il écoutait l'autre continuer, sans paraître se soucier de l'heure, à mélanger pêle-mêle la tragédie grecque, ses vagues et incompréhensibles sous-entendus, son père le général, la voix tour à tour pleurarde, passionnée, véhémente, puis de nouveau dégagée, confidentielle, comme s'ils s'entretenaient d'égal à égal, sur un ton de conversation mondaine entre deux personnes d'un même milieu social se comprenant à demi-mot, fourvoyés par erreur dans un endroit, un milieu indigne aussi bien de l'un que de l'autre.

Car il semblait attribuer quelque chose d'infâmant au fait de vivre dans ce quartier, d'habiter cet hôtel, comme à sa profession officiellement déclarée de représentant en engrais. Quelque chose qui déchaînait chez lui une sorte de rage, d'inexpiable amertume, quoiqu'il s'efforçât de paraître au-dessus de ces contingences, de les ignorer, comme il s'efforçait d'ignorer les taches qui maculaient l'ambitieuse robe de chambre et, ostensiblement, le prix des coûteuses cigarettes de tabac blond qu'il fumait l'une après l'autre, négligemment tenues entre l'index et le médius, négligemment envoyées d'une chiquenaude l'une après l'autre dans le seau de toilette où elles s'éteignaient avec un bref grésillement.

Et plus tard encore, vers une heure du matin peut-être : à ce moment, lui debout et Montès toujours assis, ne passant plus à présent la serviette sous son nez qu'à de rares intervalles et par un geste machinal, comme par acquit de conscience, car l'hémorragie avait tout à fait cessé ; et tellement épuisé maintenant, harassé, qu'il lui semblait, raconta-t-il plus tard, voguer ou plutôt flotter entre deux eaux, la chambre lui apparaissant comme une sorte de glauque aquarium dérivant lentement à travers une immensité de temps noir, dans l'infini duquel erraient elles-mêmes absurdement les sporadiques rafales de ce vent noir et sans but – seulement vacuité, violence et désordre –, et eux-mêmes, dit-il, lui et Maurice, avec leurs semblables gueules de papier mâché de types au-delà du sommeil, le faisant penser à deux poissons morts continuant quand même, le ventre en l'air, à faire semblant d'être vivants. (« Car somme toute il était aussi mal en point que moi, dit-il. Bien sûr, pas pour les mêmes raisons, mais ça se valait à peu près »), lui (Montès) à s'essuyer toujours machinalement le nez comme un idiot et l'autre en train de lui expliquer (il avait maintenant repris de l'assurance et sa voix avait de nouveau ce ton hautain, fanfaron et méprisant, et ce fut en l'entendant, plus encore qu'en écoutant ce qu'il racontait, que Montès comprit qu'il revenait à ce qui le préoccupait), en train donc de lui expliquer que cette Méditerranée, ce lac, cet étang, cette mare (disait-il) devait être fatiguée de servir de cloaque, d'égout collecteur à l'Histoire, tellement encombrée depuis deux mille ans que les plus vieux peuples du monde y déversaient leurs sanies, au point qu'elle commençait maintenant (disait-il) à puer plus que de raison et que c'était sans doute pourquoi (attirée par cette infection) l'Histoire revenait chaque fois là pour laver son linge sale – c'était le mot – au milieu de sa puante population de vieux peuples installés là tout autour au premier rang des places de ring (Napolitains, Levantins, Gitans, Grecs, Catalans, Maltais) comptant les coups et faisant les poches des types venus du Texas ou de plus loin encore et qui avaient traversé un océan, et d'autres qui avaient, eux, traversé un continent, pour venir (l'Histoire les poussant dans ce marécage où elle retourne depuis la création du monde comme le chien à son vomissement) barboter et s'étriper dans la mère (il souligna le mauvais jeu de mots par un rire bref, amer, désagréable) de tous les hommes et de tous les dieux, puisque ses mercantiles peuplades riveraines avaient, à titre d'objets d'exportation comme les tapis de Smyrne et les pâtres en marbre de Carrare, pensé à inventer un échantillonnage complet de dieux pour satisfaire tous les goûts, depuis les déesses fornicatrices jusqu'aux solitaires et noirs prophètes du désert. Et, arrivée là, la voix suspendue, marquant un léger temps d'arrêt, tandis qu'il jetait un rapide coup d'œil vers Montès, guettant, espérant sans doute le sursaut, la réaction, le démenti, l'indignation, car maintenant il en était probablement à ce stade : celui pour ainsi dire du viol, de l'agression, dans cette quête avide de la seule chose que Montès fut précisément incapable de lui manifester, non qu'il la lui eût refusée, tout au moins ainsi, a priori, s'il avait été en mesure de la lui accorder – lui qui n'aurait pas refusé une caresse à un chien, même galeux – mais parce qu'il ne le pouvait pas, et cela pour la bonne raison que s'il en connaissait sans doute le nom – comme on connait, comme on a appris dans les livres l'existence des galaxies, de Rockfeller et des virus – elle lui était aussi étrangère, à lui qui se fichait, ne se souciait même pas de se ficher, de ce que quiconque, homme ou femme, pouvait penser de lui. Et au fur et à mesure qu'il me racontait la scène il me semblait maintenant la vivre mieux que lui-même, ou du moins pouvoir en reconstituer un schéma sinon conforme à ce qui avait réellement été, en tout cas à notre incorrigible besoin de raison, pensant : petit truqueur, pauvre type, un de ces déchets comme en laisse derrière elle toute guerre et auprès desquels les morts peuvent se considérer comme des chançards, déclassé – du moins à ce qu'il pensait –, déchu de sa situation, et à la fois trop intelligent pour ne pas se mépriser lui-même d'éprouver cette sorte de honte et pas assez intelligent (ou fort) pour pouvoir s'en foutre ; donc tourmenté, rongé par ce besoin, cette soif éperdue de considération coûte que coûte et pour quoi (s'il l'eût obtenue) il eût probablement renoncé à ses minables combines, n'eût pas poussé plus loin ses machinations de Machiavel à la manque auxquelles il ne se résignait peut-être qu'en désespoir de cause ; car cela, cette considération, lui était sans doute à ce moment devenue plus nécessaire que la nourriture même ou l'argent, et si finalement il opta pour celui-ci peut-être fut-ce encore comme on se résigne à un pis-aller : non pas un but, une fin, mais seulement le dernier moyen de se procurer – parce que finalement tout s'achète – ce qu'il lui avait été impossible de tirer, même avec l'aide de la fatigue et du sommeil, de la seule personne qui ne détenait pas cette marchandise ; imbécile d'avoir précisément choisi entre toutes cette personne, ou peut-être non, pas tellement : suffisamment sensible au contraire pour estimer la tentative (et l'éventuelle réussite) à son juste prix, à savoir que s'il obtenait ce qu'il cherchait de celui-là (Montès) auprès duquel l'entreprise représentait le maximum de difficultés, il l'obtiendrait aisément ensuite de n'importe qui d'autre (non une caution : un test), et donc mettant successivement en œuvre (jusqu'à la sincérité y comprise, et non feinte :

laissant voir sa réelle angoisse, son réel désarroi) tous les moyens, sortant le grand jeu, la douche écossaise, le brio, l'insolence, et ensuite de nouveau les pleurnicheries, les protestations, et puis de nouveau le détachement, l'enjouement, en étant arrivé maintenant aux ultimes ressources : le scandale, l'agression morale, disant, après l'imperceptible attente : « Mais ne croyez pas que je fasse une déclaration d'athéisme, sapristi non... », attendant de nouveau, hésitant une demi-seconde, et cette fois, au-dessous de lui, Montès avait sursauté, relevait la tête, le considérait de ses yeux ahuris, tristes, comme quelqu'un de réveillé en sursaut, un peu ébloui par l'ampoule nue, un peu effaré, disant : « Quoi ?... », et Maurice : « Naturellement, puisque tant d'hommes y croient, comment n'existerait-Il pas ? », et Montès : « Vous voulez dire que c'est simplement... », et lui : « Naturellement. Mais j'ai tort. Enfin, je me suis mal exprimé, ce n'est pas une question de nombre : même s'il n'y avait qu'une seule personne pour croire en Lui, ce serait un fait indéniable... », et Montès : « Un fait ? Une croyance ? Rien qu'... », et Maurice : « N'est-ce pas évident ? », et Montès : « Ev... », mais ne pouvant même pas finir, se taisant, très rouge, l'air malheureux à son tour, fixant toujours Maurice de ce même air effaré, et j'imagine celui-ci à ce moment, sentant cette chaleur, l'allègre vague du triomphe se gonfler, monter en lui, tandis qu'il pensait probablement : « Touché ! », pensant encore : « Un point. Enfin ! », et dans le même moment (et sans doute se méprenant sur le regard toujours fixé sur lui avec cette insistance sombre, muette, navrée) : « Alors, maintenant, l'estocade ! », reprenant à présent, fort de son assurance retrouvée, de sa faconde : « Mais naturellement ça ne peut pas se prouver, se démontrer. Pas plus que la croyance dans le bonheur, le progrès et ces autres nobles inventions. C'est pourquoi tous ces types sont tellement ridicules. Non, pas les politiciens, je ne parle pas d'eux : c'est un moyen comme un autre de gagner sa croûte et pour ça on n'a pas le droit d'être dif... Non : mais ceux qui veulent à toute force démontrer qu'ils ont raison ; savez : ces espèces de professeurs à complexes, ces types qui délayent des théorèmes sur trois cents pages pour démontrer scientifiquement quelque chose d'aussi scientifique que l'existence du petit Jésus ou le droit de l'ouvrier à manger tous les jours du poul... Mais il ne s'agit pas de ça. Après tout je n'ai rien contre le petit Jésus ni contre le poulet rôti et personnellement je trouve que l'ouvrier a bougrement raison de... Mais il ne s'agit pas de ça, je... », et Montès sans cesser maintenant de le dévisager, disant : « Écoutez. Je... Mais... Enfin de quoi s'agit-il ? », et alors Maurice pivotant brusquement dans un envol de pans de robe de chambre, puis s'immobilisant, lui faisant face, le dévisageant à son tour, légèrement penché en avant, ramassé sur lui-même, comme un animal prêt à bondir, puis disant : « De qu... », puis tirant une longue bouffée de sa cigarette, rejetant la fumée par les narines, toujours sans cesser de fixer son interlocuteur, et, toujours les yeux dans les yeux, comme s'il connaissait la chambre par cœur, allongeant le bras, atteignant à tâtons sur la table le cendrier dont Montès ne se servait que comme presse-papiers et cette fois, au lieu de projeter sa cigarette dans le seau de toilette, l'écrasant avec soin, quoiqu'elle ne fût qu'à moitié consumée, à petits coups du poignet jusqu'à ce qu'elle ne fût plus qu'un informe et minuscule accordéon de papier, renfournant alors sa main devenue libre dans la poche de la robe de chambre et, les deux bras maintenant collés au corps, restant encore un moment dans cette posture théâtrale (et peut-être pendant ces quelques secondes, en réalité, hésitant, pas si sûr que ça après tout, dans cette position morale et physique de l'homme ramassé sur le bord du plongeoir et s'apprêtant à sauter), disant enfin d'une voix changée, presque suppliante de nouveau comme si déjà il cherchait à intercéder en sa propre faveur, à prendre une assurance avant le risque : « Je vous ai dit que j'étais votre ami, non ? Mais vous ne voulez pas me croire, vous... », puis (« Maintenant il avait sauté, raconta plus tard Montès. Il ne l'avait peut-être pas fait exprès. Peut-être hésitait-il encore au moment où il avait ouvert la bouche et cherchait-il encore alors à se défiler, à se bluffer lui-même, mais il devait avoir mal calculé, s'était trop avancé, et d'ouvrir la bouche avait suffi à lui faire perdre l'équilibre, et maintenant il tombait pour de bon, et tout ce qui lui restait à faire à présent c'était de tâcher, entre la plate-forme et l'eau, de se mettre le plus vite possible dans la meilleure position pour bien se recevoir », et c'est pourquoi quand il rouvrit la bouche la voix avait encore une fois changé, presque insolente maintenant, avec quelque chose de protecteur, d'ostensiblement apitoyé presque un ricanement, disant) : « De quoi il s'agit ? Vous voulez le savoir ? Vous... », puis, avec la même brusquerie, haussant les épaules, pivotant une nouvelle fois, traversant rapidement la chambre, se baissant, tirant de sous l'armoire la vieille valise de Montès, faisant jouer les serrures, l'ouvrant, se relevant, tourné à nouveau vers Montès, tendant à bout de bras un paquet d'à peu près la grosseur d'une brique et enveloppé de vieux journaux, disant de la même voix cinglante, sarcastique et apitoyée : « S'ke vous n'êtes pas un peu cinglé par hasard ? S'ke cette fille vous a à ce point rendu idiot pour que vous mettiez ce truc-là dans le premier endroit où n'importe quel flic irait tout droit le cher... Nom de Dieu vous avez de la veine que... », Montès regardant la brique de journaux maintenant en l'air, décrivant une courbe sur et venant tomber à côté de lui sur le lit où elle roula sur elle-même tandis que les journaux se défaisaient, laissaient voir le métal bruni d'un coffret qu'il regarda avec une sorte de désespoir, de muette désolation, tandis que la voix triomphante, chargée du même insondable mépris, de la même insondable commisération, disait : « Cinq ou six cents mille francs de bijoux dans une valise de cloche, dans un hôtel pour cloches, et comme ça ni elle ni son Jules ne risquent... Et à propos : comment se fait-il qu'il se soit juste trouvé à l'arrêt du tram ? », et Montès (cessant de regarder le coffret, hagard, plus ahuri, plus noyé sauvé des eaux que jamais, balbutiant) : « Ce... Quoi, qu'est-ce que vous dites ? De quoi voulez-vous parler, je... », et l'autre : « Ce poing sur lequel vous êtes tombé et qui vous fait saigner le nez ? », et Montès esquissant le geste de porter à nouveau la serviette à sa lèvre, puis se rappelant, laissant retomber sa main, restant sans répondre, regardant le vide, le mur droit devant lui, pendant que l'autre allume une nouvelle cigarette, le guettant du coin de l'œil à travers la fumée, jetant l'allumette sans même cette fois se préoccuper de viser le seau, se redressant, disant même avant que la question soit venue : « Quoi ? Comment je... Mais il suffit de prendre la clef. Elles sont toutes en bas accrochées au tableau, et cette valise j'ai même pas eu besoin d'essayer long... Mais Bon Dieu d'où sortez-vous ? On assassine tous les jours des gens pour quelquefois moins qu'un billet de mille et vous laissez votre chambre... Bon Dieu !... Alors est-ce que vous allez me croire maintenant quand je vous dis que je suis votre ami ? »

Ce qui tira Montès de sa torpeur, me raconta-t-il plus tard, ce fut le bruit de la cigarette grésillant de nouveau dans le seau de toilette, et alors seulement il se rendit compte du temps qui s'était écoulé, et en relevant les yeux il vit Maurice, toujours drapé dans sa robe de chambre, les deux mains de nouveau dans les poches, mais appuyé maintenant du dos contre le mur. « Et sans doute n'avait-il pas cessé de m'examiner pendant tout ce temps, et à ce moment je devais avoir tout à fait l'air d'être à ramasser à la cuillère, K.O., comme on dit, pour la deuxième fois de la journée, ou plutôt en quelques heures puisque ça devait être déjà le lendemain, et cette fois pour de bon, sans quoi je suppose qu'il n'aurait tout de même jamais osé... »

Car cela se passa très vite : la voix de Maurice s'élevant dans le silence sans qu'il fît un geste, bougeât, nonchalante (la voix), en accord avec la pose nonchalante, traînant avec nonchalance sur les mots, plus fatiguée qu'insolente semblait-il, comme lourde d'ennui, d'étonnement las, disant : « Mais Bon Dieu, pourquoi s'ke vous couchez pas un bon coup avec elle ?... », et Montès sursautant, relevant la tête, disant : « Quoi ?... Que je... », bafouillant, interdit, ne comprenant pas encore, hésitant à croire qu'il avait bien entendu, s'y refusant même, jusqu'à ce que la voix de Maurice s'élevât de nouveau (maintenant il avait bougé, s'était détaché du mur, toujours nonchalant, ennuyé, tirait une nouvelle cigarette de l'étui, la tassait, une moue aux lèvres, semblant ne même pas se rendre compte de la présence, des bégayements de Montès), disant comme pour lui-même, sur ce même ton désinvolte, ennuyé : « C'est vrai qu'elle a plutôt un gros cul. Pour mon goût je préf... », puis, sans transition, mais la voix tout à coup tout autre : « Hé, qu'est-ce qui vous prend ? Qu'est-ce qu... », et Montès debout maintenant : « Sortez ! », et Maurice :

« Mais qu'est... », et Montès de nouveau : « Sortez d'ici ! », et Maurice : « Allons quoi mon vieux vous... », puis : « Hé attention. Merde, c'était ma dernière vous n'êtes pas un peu cing... Bon Dieu où est-ce qu'elle... Poussez-vous un peu que je... », puis : « Hé ! Non mais sans blague vous... », puis le bruit silencieux de lutte, les deux souffles plus rapides, et les mains de Maurice battant l'air, rencontrant quelque chose de maigre, de dur, apparemment aussi dénué de vie, aussi étranger à la violence qu'un bâton, mais également aussi invincible (j'en avais moi-même fait l'expérience, ramenant un jour Montès chez moi pour lui montrer quelques nouvelles photos, m'effaçant pour qu'il franchît le premier la porte, sur quoi s'était engagée une de ces luttes ridicules et courtoises, celle de mes mains qui essayait de le pousser par l'épaule rencontrant l'imprévue résistance d'une force frêle, intraitable et raidie, contre quoi j'eus vite fait de comprendre qu'il était inutile d'insister), à quoi il tenta d'abord de s'agripper, luttant pour repousser le bras, se débarrasser de l'étreinte refermée sur l'épaule de sa robe de chambre, arc-bouté, raidi, tandis que pied à pied il cédait, faiblissait sous l'inflexible poussée, dans cette posture grotesque et peu glorieuse de l'enfant qu'on traîne au cabinet noir, lançant maintenant au hasard poings et pieds en furieux moulinets qui venaient se perdre sur la carcasse apparemment insensible, puis, sans avoir encore très bien compris comment c'était arrivé, ce ne fut plus les côtes, la maigre cage thoracique où les coups sonnaient creux, que ces poings rencontrèrent, mais le panneau de bois, la porte refermée sur lui et contre laquelle il se mit à tambouriner, sacrant et jurant dans l'obscurité du couloir, criant : « Imbécile ! », criant : « Pauvre crétin ! Elle vous a bien eu. Ils se sont bien foutus de vous ! Oui : lui et elle. Tous les deux. Je les ai vus. Il n'y a pas une heure. Il était là. Il... », jusqu'à ce que, d'une chambre, parvint le son d'une voix, protestant, à laquelle Maurice répondit par une bordée d'injures, puis il cria encore : « Cocu ! », puis, me dit Montès, on entendit sa porte claquer, puis plus rien : « Seulement, dit-il, ce vent que j'avais oublié et qui maintenant secouait comme des pruniers les platanes sous ma fenêtre et balançait la lumière du lampadaire sur l'esplanade vide. Je me demande ce qui m'a pris. Après tout il n'avait peut-être voulu que plaisanter. C'est peut-être parce que je n'en ai pas l'habitude. Parce que je sais qu'entre hommes ces choses-là... enfin je veux dire : ce sont des plaisanteries qui ne...

– Des plais... Je vous en fous ! dis-je. Et ce qu'il a fait ensuite, vous appelez ça aussi une plaisanterie ?

– C'est-à-dire : je me demande si ce n'est pas ma faute. Du moins en partie. Vous comprenez : en le sortant comme ça, je l'ai mis en colère. Peut-être que si j'avais... Mais j'étais dans un drôle d'état vous savez, j'étais à bout, et pas seulement les nerfs : tout. Parce que je me rappelle que je me suis endormi comme un plomb. Je crois même que je n'ai pas eu le courage de me déshabiller. Et puis tout à coup, sans intervalle, c'était le jour, j'étais en train de me raser, et elle était là, à l'endroit même où il s'était tenu...

– Qui ça « elle », dis-je, Rose ? »

Il me regarda, les yeux vagues, interloqué : « Rose ? fit-il. Non. Vous savez : cette jeune fille : Cécile... »

X

Non, ce n'était pas le fait de son récit, de l'apparente incohérence de sa mémoire : tout cela dut effectivement, je pense, se dérouler pour lui d'une façon presque irréelle, le temps se télescopant, s'immobilisant ou se dilatant tour à tour, cela non pas tellement à cause de sa fatigue, de la nuit blanche (en fait il avait dormi, et longtemps : il s'en rendit compte, jetant un rapide coup d'œil à sa montre tandis que les joues encore à demi barbouillées de savon, honteux, bégayant de nouveau, il recouvrait précipitamment le lit : il était près de midi) que de son inaptitude fondamentale à prendre conscience de la vie, des choses, des événements, autrement que par l'intermédiaire des sens, du cœur (inaptitude que nous corrigeons d'ordinaire, à laquelle nous remédions par un effort de l'esprit qui s'emploie à calfater les séquences de temps échappées à notre perception, comme dans ces exercices de vocabulaire pour classes enfantines consistant à remplacer dans une phrase les pointillés par le mot approprié, de sorte que selon la paresse, le manque d'imagination, ou l'extrême lassitude du moment, le même événement pourra, les vides une fois remplis, se présenter aussi bien sous le rassurant aspect d'une terne banalité, du déjà vu, ou au contraire d'un angoissant chaos). Et encore ceci : cette constante façon qu'il avait d'employer sans autre précision les pronoms « il » ou « elle » pour désigner n'importe quel homme ou n'importe quelle créature féminine dans une sorte de constante confusion des personnes, comme si le monde lui apparaissait à travers une sorte de myopie, peuplé d'imprécises silhouettes de bipèdes seulement différenciées par le port d'une jupe ou d'un pantalon (ainsi pour nous les noirs, les sombres, identiques formes nues, aux identiques cambrures, aux identiques crânes laineux, coulées, fondues à haute température dans un moule unique ou plutôt spontanément engendrées comme son complément, son contraire, par l'air en fusion, l'aveuglant poudroiement de lumière, et que nous pouvons voir sur les photographies ou les films des explorateurs, ne se différenciant que par le candide et orgueilleux étalage d'organes sexuels – mamelles, génitoires, pénis – impudiquement exhibés, ou plus impudiquement encore signalés à l'attention par de succincts, rituels et symboliques accessoires – cela du moins jusqu'à ce que missionnaires et trafiquants arrivent, les baptisent, et les revêtent dans les eaux même d'un Jourdain pudibond et mercantile d'informes cotonnades payables en échéances sans fin de sueur et de prières), comme si l'hostile et dangereux univers extérieur était divisé en deux grammaticaux et ésotériques principes mâles et femelles, chacun d'eux porteur, ou détenteur, ou doué, de vertus opposées et complémentaires tenant moins aux diverses individualités qu'à leur appartenance à un genre, une désinence.

Et plus encore : le genre humain réduit (réduit par lui, ramené, classifié, cloisonné tout entier) à une série de mythes, masculin et féminin se subdivisant d'abord dans le sens vertical : enfance, âge mûr, vieillesse (et de là peut-être ses photos, cette collection passionnée de visages de gosses, les lisses ébauches des futurs visages d'adultes, encore intacts, frais, laiteux ou grêlés de taches de rousseur, ou brun foncé et lippus comme ceux qu'il avait trouvés ici, mais tous vierges, purs, sinon des barbares et primitifs instincts – cruauté, violence, possession – du moins de leur conscience, et par conséquent du mal), et, dans l'autre sens, probablement en sortes de castes (prêtres, juges, soldats, marchands) jusqu'à ce que la totalité des êtres vivants soit enfin rangée en boîtes, étiquetée et numérotée, pourvue de fonction, de rôles précis – jusque sans doute et y compris voleurs et bourreaux – jusqu'à ce que le monde hasardeux et compliqué cesse de tournoyer sans trêve et sans bruit, s'organise, s'ordonne et s'immobilise enfin.

Et tandis que j'étais là à l'écouter me raconter son histoire, je regardais ce visage ridé, ces yeux malheureux et doux de chien battu, pensant : « Il y a quelque chose que ce type-là déteste par-dessus tout », pensant encore : « Mais quoi ? », et encore : « Pas déteste. Non. Parce qu'il est incapable de haïr. Même le mal.

Mais pire que détester : craindre, redouter », et de nouveau : « Mais quoi donc ? », et encore : « Et plus que craindre, plus que redouter : crever de peur. » C'est pour ça qu'il est précocement vieux, qu'à trente-cinq ans il a l'air d'en avoir cinquante quoiqu'à ce qu'il paraît, à ce qu'il reconnaît lui-même, il n'ait jamais fait la guerre, ni exercé un métier pénible ou malsain, ni même jamais été gravement malade, en tout cas de ces maladies dont on guérit – ou meurt – avec l'aide de piqûres, sérums ou bistouris, et pourtant il vit en permanence dans cet état de terreur comme quelqu'un qui redouterait non pas un danger limité dans le temps ou l'espace dont il est possible de s'éloigner par moment, qu'il est possible d'oublier, mais un danger accroché à lui, inséparable de lui, comme un chancre, un cancer, de sorte que cette obsession, c'est celle de son contraire, comme les voleurs ont l'obsession de l'honnêteté, les putains de la respectabilité, ou cette espèce de petit salaud, ce Maurice, de la considération. Parce qu'ils sont précisément l'opposé de tout cela, comme il est (lui, pensai-je, vaguement en colère maintenant, lui, sa douceur, sa catastrophique candeur, sa catastrophique bonne volonté, son catastrophique don d'attirer à lui les emmerdements comme d'autres attirent les chiens ou l'argent, de communiquer, de répandre autour de lui ce trouble, ce chaos, cette confusion, sa façon non seulement de se mouvoir mais de vous entraîner avec lui – comme le nageur en perdition noie celui venu à son secours – dans cette atmosphère gluante, ses histoires insolubles, ses discours entortillés, filandreux) exactement le contraire de cette volonté d'ordre, de stabilité, de cette conception obstinément boy-scoutesque et optimiste du monde à quoi il s'accroche, qu'il cherche à toute force à préserver, à tenir pour vraie contre l'évidence même...

Et puis j'y fus de nouveau, entraîné malgré moi, comme par le noyé (quoique je n'eusse rien du sauveteur : simplement j'étais passé à portée de son bras et il m'avait agrippé), tiré moi aussi à sa suite, placé dans la perspective de ce temps qui s'allongeait comme un mur gris sans commencement ni fin, décrépi, avec ses vieilles affiches déchirées aux pans soulevés par le vent, leurs couleurs fanées, ou quelquefois encore vives, criardes, leurs caractères délavés, leurs fragments de textes sans commencement ni fin non plus, sans suite, se juxtaposant, se contredisant, apparaissant entre deux déchirures comme les visages de leurs personnages réclames amputés d'un œil, d'une joue, d'un côté entier (et parfois réduits à une joue, un œil vous regardant, vous dévisageant, énigmatique au fond du temps énigmatique entre deux lambeaux de papier comme entre deux portières écartées) : et ainsi lui, avec ses traits tirés, ses paupières rougies, sa mousse de savon mal essuyée encore accrochée aux lobes d'oreilles, son air effaré, engagé maintenant dans une lutte manifestement inégale contre les manches de la veste qu'il essayait d'endosser, et elle (cette Cécile, cette jeune fille qu'il n'avait vue en tout et pour tout que deux fois : la première comme convive au solennel et funèbre dîner dans la solennelle et funèbre salle à manger de la maison aux panoplies poussiéreuses, et la deuxième lorsqu'elle était venue dans cette même chambre d'hôtel le regarder, l'examiner comme une bête curieuse, un animal en cage, comme pour bien se convaincre que la première fois elle n'avait pas rêvé, et maintenant de nouveau là, le regardant se démener, son visage – le dur et délicat visage de garçon sous la tignasse rouge, drue, sauvage, coupée comme celle d'un garçon, le front têtu de garçon, avec dans tous ses traits quelque chose de brusque, de volontaire, d'impulsif, appartenant plus à un adolescent qu'à une fille – empreint tout d'abord non plus de l'expression incrédule et curieuse qu'il lui connaissait, mais d'une sorte de perplexité, comme si pour la première fois elle avait perdu de son assurance, puis, peu à peu, tandis qu'il continuait à se battre ridiculement avec sa veste, incertitude et perplexité se transformant en une rage froide, contenue) disant à la fin :

« C'est un numéro de cirque ? »

Puis, lui toujours aux prises avec l'hostile inertie du vêtement, ce non-vouloir, cette sournoise méchanceté – une revanche, une vengeance – de la chose inanimée, et elle (quelles que fussent les raisons qui l'avaient amenée là, poussée pour la deuxième fois à monter les rues en pente de la vieille ville dans les bourrasques, parmi les mouches et les odeurs de sardines en train de griller en plein vent, sur les trottoirs, avec les femmes en peignoir accroupies à côté, éventant la braise et s'interpellant d'un seuil à l'autre, et ensuite (poussée) à pénétrer dans cet hôtel, suivie par les regards silencieux, réprobateurs et troubles des inamovibles vieillards aux cartes crasseuses, et pour finalement se trouver en face d'un type incapable d'arriver à passer les manches de sa veste) ne se contenant plus : « Vous le faites exprès ? » et, tout de suite après, comme si elle renonçait, passait outre, cessait de s'intéresser et même de voir la ridicule bataille, la voix claire, décidée, rageuse, lançant : « C'est aussi exprès que vous avez oublié cette invitation ? »

Et lui alors, ayant enfin réussi, mais pétrifié, la regardant, la manche à moitié enfilée : « Cette...

– Invitation. Oui. À dîner. À moins que j'aie rêvé, que je ne sois pas venue, que je ne vous aie pas remis moi-même... » Puis la voix cédant, cessant, comme étouffée par sa propre violence, ou peut-être une pudeur, une fierté réussissant alors à se rétablir, trouver un ton léger, enjoué, même pas sarcastique, disant : « Au juste, à quoi est-ce que vous jouez ? »

Et lui « À quoi je... Qu'est-ce que vous voulez d... »

Et elle : « Qu'est-ce que c'est que cette comédie, quoi ? »

Et lui : « Comédie ? »

Et elle : « Que vous jouez, oui : de vous rendre ridicule à plaisir, de vous habiller comme un clown, de venir habiter un hôtel borgne... »

Et lui : « Borgne ? Mais ce n'est pas... Je vous as... »

Et elle : « Enfin craspect, quoi. Dégoûtant. Quand vous savez très bien que maintenant n'importe qui vous prêterait tout ce que... »

Et à ce moment, du couloir, parvint le bruit de balais et de seaux, et Montès la vit jeter un bref coup d'œil tandis que la voix continuait seule, prenait soudain cet accent, cette sonorité particulière, creuse, comme si elle se séparait d'elle, dit-il plus tard, comme si voix et personne faisaient deux, chacune se mettant à vivre d'une vie indépendante, autonome, la première courant pour ainsi dire sur sa lancée, mettant bout à bout mots et phrases suivant une syntaxe, un ordre machinal et d'ailleurs sans importance – l'important étant la non-cessation du son, du bruit – puisque ni celle qui parlait ni celui auquel elle était censée s'adresser n'y prêtaient maintenant attention, guettant seulement un bruit de seaux et de pas à quelques mètres d'eux, derrière un simple panneau de bois, et lui en train de se demander par quel phénomène d'osmose, de transmission de pensée, les femmes savent, sentent certaines choses, sans même avoir besoin d'un service d'information, pensant : « Elle l'a peut-être simplement vue en bas, croisée, ou peut-être la patronne lui a-t-elle... Mais ce n'était probablement pas nécessaire, parce qu'elles... » Puis il cessa même de penser, me dit-il, de s'interroger, clignant des yeux dans l'opaque poudroiement de lumière, vacillant sous la fatigue, les paroles, ce que disait maintenant la jeune fille ne lui parvenait même plus, et par contre, la vision très nette, isolée – élytres nacrés, corselet, et la tête en forme de tête d'épingle triangulaire, d'un brun rougeâtre – de la mouche posée sur le front lisse, un instant immobile, puis avançant de cette démarche brusque, faite d'à-coups, d'absurdes arrêts et d'absurdes changements de direction, puis non pas la main mais le passage flou du geste agacé, et le front nu, un instant, et de nouveau la tache noire réapparue, sans même qu'il ait vu le vol, ressurgie, comme indélébile, ou encore comme ces animaux, ces objets que les illusionnistes semblent effacer d'un passage de main et restituer au retour ; puis, le hâlo se rétrécissant, se refermant, cessant même de voir quoi que ce fût, quoiqu'il se tînt toujours, exténué et attentif, comme au centre d'une sorte de vide, de mirage où s'agitait non les souvenirs de la soirée ou de la nuit passée mais un indistinct grouillement, quelque chose comme ces fourmilières dispersées d'un coup de pied, ou la fameuse boîte de Pandore renversée, laissant s'échapper, déchaînant le dérisoire et incohérent désordre de millions de dérisoires tragédies, de viols, de meurtres et de pleurs dérisoires ; puis le temps ressurgissant, reprenant corps, réalité, l'interminable mur gris, le vent jaune agitant, exhumant du néant les lambeaux d'affiches, les lambeaux de phrases, et maintenant lui, très rouge, criant presque :

« Un saint non pas un pourquoi qu'est-ce que ça signifie pourquoi est-ce que vous aussi » (pour la deuxième fois en moins de quarante-huit heures, une bouche de femme, mais cette fois celle d'une jeune fille, et d'à peu près quinze ans plus jeune que l'autre – et non pas seulement quinze années, quinze mesurables révolutions d'astres, mais la chair dure, impérieuse, intacte, vierge non seulement du contact, de l'assaut de l'homme, mais surtout de l'indélébile flétrissure des défaites, ignorant même jusqu'à l'idée de défaite, ignorant que toute vie n'est, à partir des éphémères gloires de l'adolescence, qu'un acheminement de défaites en défaites jusqu'à la décrépitude finale, jusqu'au désastre final et définitif, ce pourquoi sans doute religions et philosophes s'efforcent de travestir la souffrance en bienfait et la pourriture finale en délivrance, ou tout au moins en avatar sans importance – une bouche de femme donc lui lançant avec le même accent de colère, d'exaspération, exactement les mêmes mots) « je ne me prends pour rien à la fin vous commencez tous à m'... »

Puis la voix brusquement autre, quoiqu'il fût encore très rouge, cramoisi même, reprenant, disant : « Excusez-moi, je... J'ai passé une très mauvaise nuit, je suis un peu fatigué, c'est ridicule... » Et elle maintenant ahurie, suffoquée à son tour de cette violence, de cette brusque explosion, retrouvant un instant ce regard incrédule, le souffle coupé, jusqu'à ce qu'elle réussît à se ressaisir, et alors Montès pouvant voir dans ses yeux la colère revenir, refluer, monter à toute vitesse...

« Mais enfin, dis-je, elle n'a pas commencé à vous engueuler là, de but en blanc, j'imagine. Elle n'est pas entrée dans cette chambre, refermant la porte, s'adossant à elle, et se mettant tout à trac comme ça, la troisième fois qu'elle vous voyait, à vous faire une scène comme si... »

Un moment il me regarda, de son air doux, surpris, puis sans doute toute la masse du temps lui revint dessus, le ressaisit (et à ce moment il me fit l'effet du naufragé à quatre pattes dans les tourbillons baveux du reflux, essayant de reprendre pied, de se remettre debout, et sur lequel revient, s'abat avec le grondement de l'écume, des galets tourbillonnants, la montagne liquide) : « C'est-à-dire... fit-il enfin. C'est-à-dire qu'elle avait rompu ses fiançailles, vous comprenez alors...

– Qu'elle... Ah, dis-je. Je vois. Elle était venue vous porter le faire-part, hein ? Sans doute faisait-elle comme cela la tournée de ses amis et connaissances...

– Le faire-part ? Mais il n'y a pas... on n'envoie pas... » Puis il comprit, commença à esquisser ce sourire qui se moquait de lui-même, mais aussitôt son visage se fit soucieux, se plissa, comme si de nouveau il essayait de résoudre le même problème, la même énigme, perplexe, alarmé, me regardant comme il l'avait sans doute regardée, elle, pendant que se déroulait ce dialogue, ou plutôt cette espèce de passe d'armes – si toutefois l'on peut donner ce nom à un assaut au cours duquel l'un des adversaires porte botte sur botte tandis que l'autre se contente tant bien que mal de parer les coups et d'encaisser – et sans doute, j'imagine que tout de même, en dépit de son audace, de cet état d'excitation – ou peut-être de dépression – dans lequel elle se trouvait probablement, il lui resta assez d'emprise sur elle-même (ou peut-être simplement l'habitude, l'instinct, les inconscients réflexes) pour trouver, retrouver – tout au moins pendant les premières répliques – ce ton désinvolte, détaché, prodigieusement insolent, prodigieusement futile (comme s'il s'agissait d'un événement, d'une nouvelle sans importance, communiquée en passant, entre autres, par occasion, à quelqu'un sans importance) :

« ...rompu mes fiançailles, je...

– Vous avez...

– Oui : rompu mes fiançailles. Ma sœur...

– Vos...

– Oui, quoi ! Rompu, cassé : fini, quoi. Comprenez pas ?

– Si, bien sûr, mais...

– Bien sûr, voilà.

– Je veux dire...

– Vous voulez dire : bien sûr. »

Puis son rire. Mais, dit-il plus tard, sonnant faux, bizarre, le contraire d'un rire plutôt, si bien qu'il lui semblait encore l'entendre longtemps après qu'elle fut partie, pendant le reste de cette journée qu'il passa, me dit-il, à essayer d'éviter Rose (à son tour épiant, guettant le moment où pouvoir sortir de sa chambre, descendre en vitesse l'escalier et se glisser hors de l'hôtel sans qu'elle le vît, pour aller déjeuner de quelques biscuits sur l'un des bancs du square – peut-être, instinctivement, celui-là même où il avait passé les heures nocturnes à essayer de digérer les coups – mastiquant machinalement, le regard fixe, vide, suivant sans le voir le va-et-vient ridicule des pigeons guettant ses miettes – peut-être, même, leur en jetant machinalement – tandis qu'au-dessus de lui le vent immémorial balançait les hauts platanes avec un chuintement continu, puissant, majestueux, les majestueux troncs blancs oscillant avec lenteur parmi l'incessant miroitement des feuilles étincelantes, et lui un biscuit à demi grignoté à la main, sans même parvenir à avaler la pâte gluante et sèche, pensant : « Si seulement je pouvais boire », pensant sans transition, ou plutôt dans le même temps, avec la même gluante sensation d'étouffement, de suffocation : « Si seulement je pouvais m'en détacher, m'en foutre... », pensant : « Seulement la tranquillité, la paix. C'est tout ce que je demande. Mais est-ce qu'il est impossible de faire un seul geste, est-ce qu'il est même impossible de ne pas faire un geste sans que le mal... sans que tout se trouble, comme la vase d'une mare, sans que l'air transparent lui-même, le ciel, les maisons, les arbres qu'il contient, se pulvérisent, s'écroulent avec ce fracas de glace brisée, comme si on vivait dans un monde constitué non de bois solide, de pierres solides, de feuilles, de vent impalpable, mais dans une de ces boutiques de verrerie où le moindre souffle, le moindre mouvement, le moindre éternuement... Bon Dieu !) quoiqu'il sût parfaitement, me dit-il, à quel point tout cela était vain, qu'il était aussi vain d'essayer d'échapper à cet engrenage dans lequel il était pris que de prétendre échapper à la maladie ou à la mort, et non pas même dans l'espoir de reculer une échéance : parce qu'il ne doutait plus maintenant que même en ne bougeant pas cela viendrait, que même en restant immobile sur son banc il ne changerait rien à ce qui devait arriver (pas plus qu'il n'y eût changé, qu'il n'eût précipité ou retardé les choses en s'agitant, en allant au-devant d'elles ou en les fuyant), c'est-à-dire qu'il ne cherchait même pas un répit (« Car, me dit-il, il n'y a pas de répit, n'est-ce pas, à un état de fait ». Tout ce qu'il pouvait, c'était rester assis sur ce banc et attendre, et il savait que là ou ailleurs cela viendrait, cela ne pourrait pas ne pas venir, de sorte qu'il ne sursauta même pas, ne détourna même pas la tête (« Peut-être était-il alors quatre ou cinq heures de l'après-midi, me dit-il peut-être plus : tout ce que je sais, c'est qu'il y avait déjà un moment qu'il y avait des enfants dans le square, en train de s'amuser à courir après ces pigeons pour les faire s'envoler, et leurs bonnes – ou leurs mères – qui criaient de temps en temps... »), se contentant donc de regarder sans comprendre ce que cette main venait de lui fourrer sous les yeux : les deux lignes d'écriture tracées à la diable, au crayon, sur la page déchirée d'un de ces agendas, exhalant encore un de ces coûteux parfums de cuir cher, un peu âcre, tenace, entêtant. « Mais ça n'avait pas plus de sens que ces absurdes pigeons avec leur œil rond et jaune, pas plus de sens que cet absurde conglomérat de ciel, de maisons et d'arbres en verre prêt à se casser : seulement des mots mis bout à bout et dont je pouvais d'autant moins arriver à dégager un sens que je ne parvenais même pas à transformer chacun de ces petits dessins grisâtres, de ces lignes en dents de scie, en une idée ou une chose vivante, pas plus... » Et il me raconta : dans un mouvement instinctif sa main avançant (comme si de saisir le bout de papier, le rapprocher de ses yeux, l'examiner de près, eut été susceptible de lui faire trouver la solution) et se refermant sur le vide, la page d'agenda s'étant pour ainsi dire évaporée, prestement retirée de son champ de vision, si bien que maintenant il restait là, regardant stupidement, à l'endroit où l'instant d'avant se trouvait le rectangle blanc, sa main, pouce, index et médius réunis sur rien, au-devant d'un arrière-plan où se mouvaient les formes grises et floues des pigeons, ceci jusqu'à ce qu'il entendît la voix goguenarde disant : « Sapristi ! Mais c'est presque une déclaration ! »

Mais même après cela il ne tourna pas la tête. Maintenant les taches indistinctes étaient redevenues des oiseaux, avec leurs jabots vert et mauve, leurs pattes corail et leur minuscule tête à l'œil rond projetée en avant à chaque pas. « J'étais sûr que vous seriez là, dit de nouveau la voix, je l'aurais parié. Elle m'a demandé si je ne savais pas où elle pourrait vous trouver. Mais, n'est-ce pas, je sais ce qu'est la discrétion. Je n'avais pas à lui dire qu'il y avait quatre-vingt-dix chances sur cent pour qu'elle vous déniche ici sur un banc au milieu des cloches et des boniches. Alors elle a écrit ça et elle l'a glissé sous votre porte. Alors j'ai pensé que ça vous ferait plaisir de savoir tout de suite ce qu'elle vous voulait et je me suis dépêché... Non, je ne suis pas descendu voir si votre clef était au tableau, il ne faut pas être bien malin pour deviner qu'aujourd'hui vous l'avez emportée avec vous, mais j'ai trouvé un bout de fil de fer, alors ça n'a pas été difficile de... »

Et Montès : « Bon, qu'est-ce que vous voulez ? »

Et Maurice : « Pas moi : elle. »

Et Montès : « Elle ? »

Et Maurice lisant : « Je me suis conduite comme une idiote ce matin. Excusez-moi. Il faut absolument que je vous voie. C. » Puis la voix changée, triomphale, goguenarde, disant : « C : Catherine, Christine, Camille, Charlotte... »

Et Montès : « Cécile. Je suppose que vous savez ça aussi. » (Ne se donnant toujours même pas la peine de tourner la tête, fixant toujours droit devant lui sur le fond verdoyant et pointillé des feuillages les silhouettes enfantines et les envols effarouchés, bruissants, comme de soudaines montées de bulles, dans le claquement multiplié des battements d'ailes.) « De quel droit... » Mais la voix n'achevant pas, et l'un et l'autre restant là, Maurice sans doute le guettant du coin de l'œil, la bouche tiraillée par ce rictus, tandis que le vol de pigeons tournoyait, planait, ressurgissait au-dessus des platanes, changeait encore de direction dans la lumière fouettée, et revenait s'abattre dans un bruissement de plumes au centre de l'allée, jusqu'à ce qu'enfin Montès se décidât, parlât de nouveau : « Qu'est-ce que vous voulez ? »

Et Maurice alors : « Cette nuit, vous m'avez flanqué à la porte de votre chambre... » Puis attendant de nouveau. Mais rien ne vint. Et alors : « Bon. Très bien. Comme vous voudrez... »

Et Montès se taisant.

« Comme vous voudrez. »

Et Montès se taisant.

« Bon. Très bien. Je n'ai pas le temps de jouer à l'idiot. Voilà : vous êtes en procès, hein ? Vous voulez renvoyer ce type qui était régisseur du temps de votre père et à ce qu'il paraît qu'il n'est pas tout à fait d'accord, non ? »

Et Montès se taisant toujours, ne demandant même pas, ne pensant même pas à demander : « Comment savez-vous ça aussi ? », se contentant d'attendre, et tout à coup sursautant, manquant presque cette fois se détourner pour regarder son interlocuteur, parce que ce n'était pas ce qu'il s'était préparé à entendre, mais une plainte, un reproche, la voix maintenant geignarde, disant : « Je vous ai dit que j'étais votre ami. Je vous l'ai dit. Mais vous n'avez pas voulu me croire. Vous m'avez considéré, vous m'avez traité comme.... comme. » Puis le silence de nouveau (seulement continuant à lui parvenir de très loin, comme à travers cette fragile et dure plaque de verre où l'image du monde fragile et dur venait se projeter, le bruit lointain du vent balançant inlassablement les hautains platanes, et les appels des bonnes, et les cris des enfants) et au bout d'un moment la voix de Maurice, mais maintenant telle qu'il l'avait entendue un instant plus tôt, brutale, rapide : « Bon, très bien. Alors, est-ce que vous pensez que ça ferait bien dans le tableau si on savait que vous faites le receleur pour un gitan et une putain ? »

Mais même à ce moment il ne sourcilla pas, ne bougea pas, et ce, me dit-il plus tard, non par dissimulation ou par prudence, pour se composer une attitude, mais parce que, lui semblait-il, c'était comme si tout cela se passait, se déroulait en quelque sorte en dehors d'eux, en même temps que (faisant partie de) ce film incohérent, avec ses incohérents envols de pigeons effrayés, ses cris inarticulés d'enfants et le vent furieux, monotone et sans but, tout là-haut, très haut dans les lourdes et chatoyantes frondaisons, si bien que lorsqu'il sursauta, tiré hors de sa torpeur, de sa passivité, disant d'une voix indignée – et plus bougonne qu'indignée, et plus ahurie que bougonne – : « Mais c'est idiot, c'est absurde : vous savez bien que je n'ai pas le sou ! » (n'écoutant, n'entendant même pas la réponse, Maurice disant : « Mais vous allez peut-être... Vous savez : je me contenterai d'une sign... ») ce fut, me dit-il, plus frappé par la stupidité de la proposition que par son ignominie. « Peut-être, dans un autre moment, me dit-il encore, aurais-je marché, aurais-je discuté, ou tout au moins essayé de ruser, mais ça paraissait tellement bête : que moi... qu'elle... Alors j'ai dit : « Fichez le camp ! » et maintenant il était debout, l'air plus embêté que menaçant quoiqu'il essayât encore de crâner en agitant cette feuille d'agenda, disant : « Peut-être que si son paternel apprenait... », et j'ai dit encore : « Fichez-moi le camp ! », et il a encore dit : « Vous avez tort, je vous conseil... », et alors j'ai crié sans m'occuper des gens qui se retournaient : « Fichez-moi tout de suite le camp, vous m'entendez ? Fichez-moi tout de suite le camp d'ici !... »

XI

Lorsqu'il pénétra, ou plutôt fit irruption dans la chambre de Montès (cette fois sans s'annoncer, sans même frapper : la porte s'ouvrant soudain, violemment, comme sous la poussée d'un coup de pied, comme si, me raconta Montès, on ne s'était même pas donné la peine de tourner la poignée, si bien, me dit-il, que si elle avait été fermée à clef la vieille serrure branlante eut certainement sauté avec le reste, pêne, gâche et clef volant jusqu'au milieu de la pièce tandis que le battant allait frapper durement le mur dont un moment après – comme s'il avait attendu que le silence fut revenu – un fragment de plâtre se détacha, tomba sur le carrelage où il se pulvérisa avec un bruit léger, insignifiant, de ruines, d'ossements s'en allant en poussière, et plus rien. Et Maurice debout au milieu de la chambre, et cela sans que Montès se souvint de l'avoir vu marcher de la porte jusque-là, pas plus qu'il n'aurait pu dire s'il l'avait entendu marmonner un vague bonsoir : seulement cet air mauvais, sombre, considérant maintenant au-dessous de lui Montès – il pouvait être environ dix heures du soir – étendu dans ce lit où je l'avais trouvé un jour qu'il était malade : ses longs cheveux pendant de part et d'autre du front, vêtu d'une de ces chemises de nuit comme n'en portent plus que les pensionnaires des collèges de province, strictement boutonnées, avec un liseré rouge au col et aux poignets, et le regardant lui aussi, de son air légèrement ahuri, mais calme, tenant dans ses mains posées sur la couverture la brochure qu'il était en train de lire l'instant d'avant), il avait visiblement bu. « Pas ivre, me dit Montès, mais la tête (un peu hagard, un peu agressif, un peu affolé aussi) du type qui a un verre de trop dans le nez. Sans compter qu'il n'avait certainement pas dîné, s'était contenté de se remplir l'estomac avec cinq ou six apéritifs », (accoudé non à l'un de ces bars qu'il devait avoir l'habitude de fréquenter, y retrouvant quelques-uns de ses semblables à la précaire élégance, aux airs insolents, durs et minables, mais à un simple zinc, dans un endroit où il était sûr de ne rencontrer personne de connaissance, son mince et dur visage triangulaire, blafard, cadavérique dans l'éclairage des tubes de néon, et avalant, solitaire, avec ce même air buté, hargneux et pitoyable le contenu du verre qu'il ne devait même pas prendre la peine de dire au garçon de remplir, le lui désignant seulement chaque fois de l'index, ou même pas : d'un simple regard, jusqu'à ce qu'il jetât un billet sur le comptoir, sortît sans même attendre la monnaie, poussant la porte d'un coup de pied, venant tout droit à l'hôtel, comme si le même coup de pied avait ouvert les deux portes, comme si l'élan pris sitôt qu'il avait tourné le dos au zinc l'avait projeté directement dans la chambre où il se tenait maintenant, apparemment décontenancé derrière son masque sombre, comme s'il ne se rappelait plus très bien ce qui l'avait poussé là, le col déboutonné, le nœud de cravate descendu, tandis que peu à peu se répandait autour de lui la violente odeur de Pernod).

Montès me raconta qu'ils restèrent peut-être cinq bonnes minutes à se dévisager comme ça, sans que ni l'un ni l'autre prononçât une parole, même lorsque, se décidant, Maurice s'approcha du lit, toujours sans dire un mot, lui prit des mains la brochure, la refermant, lisant avec une sorte de stupeur, de scandale, de morne indignation, le titre (et sans doute devait-ce être une de ces revues que j'avais vues aussi, soigneusement rangées sur la table de nuit, un de ces manuels de technique photographique, ou encore quelque chose comme le Cahier des Études Méditerranéennes ou le Bulletin de la Société Agricole, Scientifique et Littéraire – je ne lui connus jamais d'autres lectures), la rejetant ou plus exactement la jetant, l'envoyant promener d'un geste qu'animait non pas tellement la grossièreté, le défi, l'apparente brutalité, mais cette même sorte de violence fébrile apparemment sans objet qui l'avait projeté là, puis laissé, décontenancé et semblait-il irrésolu, puis le faisait à présent pivoter sur lui-même, se retourner, marcher jusqu'à la fenêtre dont il soulevait le rideau, se décidant seulement alors à parler (Montès voyant alors seulement son dos, ne pouvant savoir l'expression de son visage, entendant seulement la voix sourde, rageuse, honteuse), disant : « J'ai déjà vu des putains vous faire les poches ! Je ne suis pas plus malin qu'un autre et j'ai déjà vu une garce me rouler. Mais me faire avoir par une.. par cette... »

XII

Cette Hélène, l'aînée des deux sœurs (Je sais : certains, après coup, dirent qu'en somme tout ceci ne fut qu'une histoire de femmes, une de ces impitoyables et féroces batailles de trois femelles fortes chacune d'une même aveugle et froide détermination, sans compter ce sixième sens que la peureuse superstition masculine leur attribue, comme si pour engendrer ou susciter le mal il leur suffisait d'exister sans qu'elles aient même à se donner la peine d'agir ou de bouger : seulement se contenter de se tenir, patientes et attentives, dans l'éternelle position de la montagneuse mère du monde, de l'éternelle putain – Déméter ou Dalilah – avec, ouvert au centre d'elles, ce piège, cette bouche avide et ténébreuse où, de génération en génération, la moutonnière troupe des mâles vient s'engloutir et se perdre. Mais peut-être est-ce un peu trop simple, un peu trop facile), cette Hélène, donc, je cherche à l'imaginer, immobilisée dans cette épaisseur du temps (celui-ci non pas filiforme, comme ces brins tressés porteurs de nœuds dont se servent pour leurs messages les Indiens primitifs, conception d'une durée à une seule dimension le long de laquelle les événements-nœuds, le passé, le présent et l'avenir, se suivraient sans bousculade, sagement, à la queue-leu-leu : mais au contraire (le temps) semblable à une sorte d'épais magma où l'instant serait comme le coup de bêche dans la sombre terre, mettant à nu l'indénombrable grouillement de vers), la voyant donc (Hélène) arrêtée au milieu d'un pas dans l'ombre du vestibule, le geste suspendu, semblable à quelque personnage shakespearien ou plutôt à cette stupide et aveugle déesse de la tragédie grecque, avec son visage serein, régulier, aussi paisible, aussi imperturbable (elle qui était capable de découvrir en plein milieu de la nuit, non seulement sans trouble extérieur mais encore sans aucune sorte d'émoi, un homme tout nu dans la chambre à côté de celle où dormaient ses enfants, et d'entamer une discussion avec lui, elle-même à demi nue et simplement armée d'un tisonnier, et aussi insensible au ridicule, au comique ou à l'équivoque de la situation qu'à ce qu'elle pouvait avoir de dangereux, de compromettant ou de scandaleux) que celui de ces statues aux yeux dépourvus de pupilles, de regard : parfaitement calme donc, apparemment vide de tout sentiment, de toute émotion et même de tout intérêt tandis qu'elle observe à travers la porte vitrée du bureau de son père celui-ci et Maurice : sur les murs, sur la tenture de drap rouge et mité, les inamovibles constellations d'armes aux aciers rouillés, les cadres dorés luisant dans la pénombre, et leurs personnages emphatiques, gros mangeurs et rogues, et au-dessous d'eux le dernier descendant, empourpré et rogue dans son anachronique costume de gentleman-farmer – le costume ayant l'air d'une anticipation, d'une erreur de l'accessoiriste qui l'en aurait revêtu au lieu du gilet de nankin, de la redingote et des favoris louis-philippards –, carré dans un de ces fauteuils de bureau pivotant acheté vraisemblablement aux stocks américains de l'avant-dernière guerre, et en face de lui le jeune homme qu'elle a classé du premier coup d'œil – en dépit ou peut-être à cause de l'allure assurée, de l'attentive et laborieuse élégance, des gestes calculés – dans la catégorie inférieure et anonyme de ces besogneux personnages, courtiers en vins ou représentants, qu'elle a coutume d'apercevoir ainsi, en traversant le vestibule, précautionneusement assis sur le rebord du même siège recouvert de peluche, une serviette de cuir sur les genoux, face au gros homme maussade qui, pour l'instant, cramoisi, fait visiblement effort pour se contenir et laisser parler son visiteur (mais elle, Hélène, ne pouvant entendre ce que dit celui-ci, car à travers la porte vitrée aucun bruit ne lui parvient, et de ce fait la scène ayant ce on ne sait quoi d'insolite, d'angoissant et d'absurde, comme lorsqu'une panne de son prive tout à coup de la parole les personnages d'un film et qu'on les voit néanmoins continuer à s'agiter et vivre, leurs bouches s'ouvrant et se refermant sur du silence cependant qu'au fur et à mesure l'expression des visages se modifie, change, se détend, s'éclaire ou s'altère tour à tour inexplicablement comme sous l'effet de stupéfiants ou de corrodants, comme si les lèvres en s'écartant laissaient s'échapper avec le souffle, l'air invisible, quelque chose de plus fort que des coups, de plus dur que la matière : les mots) ; les épiant donc tous les deux : le gros homme se contentant de dévisager Maurice de ses petits yeux furibonds, méfiants et rusés, noyés dans la graisse, et Maurice renversé maintenant dans son fauteuil (au lieu des habituels courtiers ou démarcheurs aux fesses timidement posées sur l'extrême bord du siège), s'éventant négligemment avec le petit rectangle de papier ; puis, brusquement, nonchalance et indolence disparaissant, le corps l'instant d'avant abandonné, presque vautré, projeté en avant tandis que le bras tendu fourre le billet sous le nez du gros homme qui sursaute, le buste se raidissant dans un haut-le-corps, rejetant la tête en arrière par un réflexe à la fois d'indignation et de presbyte ; puis avant même sans doute qu'il ait eu le temps de lire – simplement celui de reconnaître l'écriture – et que la main qui s'élève soit parvenue jusqu'au papier, celui-ci, hors de portée, ayant déjà retrouvé son rôle d'éventail, le visiteur de nouveau vautré, affalé au fond du fauteuil dans une attitude plus nonchalante, plus désinvolte que jamais, tandis que le gros homme reste le bras à demi levé, le visage maintenant couleur de homard cuit (mais toujours pourtant ces deux yeux comme deux minuscules têtes d'épingles, luisants, durs, rusés, presque goguenards, si bien que ce n'est pas d'un bond mais tranquillement qu'il se lève, se tient un moment debout encore, considérant toujours son visiteur maintenant au-dessous de lui, puis se dirige vers la porte, l'ouvre), et alors les voix qui n'ont pourtant pas cessé d'exister (se faisant maintenant pour Hélène tonitruantes – bien qu'aucune des deux ne criât – comme lorsqu'on enlève brusquement les paumes qu'on a longtemps gardées sur ses oreilles) :

« ...ne m'intéresse pas. Je vous prie...

– Vous voulez dire...

– Que ça ne m'intéresse pas. Maintenant je vous prie de...

– Sans doute n'avez-vous pas très bien compris...

– Si. Parfaitement. C'est par ici...

– Peut-être vous figurez-vous que ce n'est pas elle qui l'a écrit. Peut-être vous figurez-vous...

– Je ne me figure rien. Je vous ai dit que j'étais occupé. J'ai à faire. Je vous prie de...

– Vous avez pourtant pu reconnaître la page de cet agenda...

– C'est possible. Par ici, voulez-vous.

– Mais enfin...

– À moins que vous ne préfériez que j'appelle la police ?

– Très bien. Ah, c'est comme... Très bien. Très bien. Mais peut-être...

– Non : à gauche.

– Peut-être que cela intéressera une autre personne...

– C'est ça : une autre personne.

– Oh, je vous conseille...

– Vous me conseillez ?

– Bon, très bien. Mais vous vous en mordrez les doigts.

– Je ne vais pas tenir cette porte ouverte pendant deux heures. Voulez-vous...

– Très bien.

– Voulez-vous...

– Très bien. Vous le regretterez. Espèce de vieux... »

Puis le claquement de la porte, et son père se retournant, complètement violacé maintenant, toujours immobile à la même place, disant : « Ah, c'est toi. Tu as entendu ? Ta sœur. Ton idiote de sœur... Hé ! Où vas-tu ?

– Je reviens.

– Où...

– Je reviens tout de suite ! »

Et alors pour Maurice, comme il devait le raconter plus tard, cela se déroula très vite : le claquement sec des talons le rattrapant (mais il ne se retourna pas), puis la voix derrière lui (mais même à ce moment non plus il ne se retourna pas) et encore une fois la voix de la femme, jusqu'à ce que celle-ci le dépassât, se plantât devant lui, dit rapidement, tout d'une traite, un peu essoufflée, tandis qu'il la toisait insolemment du haut en bas, détaillait le visage régulier, aux traits un peu tirés, puis descendait, estimait la robe, la broche du corsage, découvrait enfin le ventre énorme, orgueilleux, paisible : « Écoutez : mon père ne comprend rien à tout ça, je... »

Et lui : « Qui êtes...

– Sa sœur. Mon père...

– Sa sœur ?

– Oui. Écoutez : nous ne pouvons pas parler ici, nous...

– C'est lui qui vous envoie ?

– Lui ? Qui...

– Le vieux, dit-il le plus grossièrement qu'il put. Il me flanque à la porte et s'il s'imagine que maintenant...

– Non. Je suis arrivée... Je veux dire : juste comme vous sortiez. J'ai entendu... Mon père est très coléreux. Vous n'auriez pas dû... Évidemment vous ne pouviez pas deviner. Mais c'est à moi que... »

Un moment il resta à la regarder, perplexe, hésitant, en train sans doute de se demander ce qui ne collait pas, s'efforçant de faire travailler son cerveau le plus vite possible (et quand j'appris comment les choses s'étaient passées, il me sembla la voir, moi aussi, avec ce visage qu'elle ne devait même pas – qu'il ne lui venait même pas à l'idée de – forcer à prendre une expression en accord avec ses paroles, avec ce qu'elle venait de faire : courir en pleine rue, en plein jour, dans son état, avec son ventre sautant lourdement devant elle, et son chapeau tenu à la main – elle l'avait enlevé en entrant un moment plus tôt chez son père et n'avait pas pensé à, pas eu le temps de le remettre –, appeler, rattraper Maurice, le forcer à s'arrêter, elle-même à ce moment à bout de souffle, ayant à peine la force d'articuler les premières paroles, et sans que rien de tout cela altérât, troublât en quelque façon cette espèce de froideur, d'orgueil serein, monolithique et sans fissure qui, en quelque sorte, la dissociait d'avec ses actes, comme si elle se fût tenue légèrement en retrait, regardant d'un autre côté, attendant patiemment, tandis qu'une personne à gages, un domestique, exécutait quelque basse, dégoûtante besogne) pour tâcher de deviner ce qui se passait derrière ce regard qui pourtant posé sur lui semblait l'ignorer, le traverser, le nier, le supprimer, ce visage glacial, cette bouche en train de prononcer des paroles conciliantes, et même humbles, sans même se donner la peine de faire semblant d'y croire, pensant (Maurice) : « Et pourtant elle a couru. Et vite même. Si vite qu'elle n'arrive pas à retrouver sa respiration. Et avec ce ballon de huit mois et peut-être plus qui ne demande qu'à se décrocher et... » Puis la colère, l'humiliation l'emportant, disant : « À vous ? Mais du moment que ça n'intéresse pas votre imbécile de père je ne vois pas... » Et elle : « Écoutez : je suis prête... Mais ne restons pas là. Marchons. On nous... Venez, marchons... » Et un peu plus tard (avançant maintenant parmi les gens comme deux promeneurs, elle de sa démarche un peu lourde mais ferme maintenant, le souffle apaisé, la voix ferme aussi disant) : « Mais cette femme, de quelle sorte est-elle. Est-ce qu... », et lui : « De quelle... De quelle espèce vous imaginez-vous qu'elle puisse être ? Dans quelle catégorie pensez-vous qu'un boxeur, et gitan par-dessus le marché, va se choisir... » Et elle : « Vous dites : un gitan, un boxeur ? » Et lui : « Oui : un...

Mais qu'est-ce que ça peut faire ? Que ce soit un gitan, un nègre ou un... » Et elle : « Rien, bien sûr, je... Mais par exemple est-ce que vous croyez qu'elle est réellement sa maîtresse ? Enfin je veux dire... » Et lui : « S'il couche avec elle ? C'est ça que vous voulez d... » Et elle : « Enfin c'est-à-dire. Je... » Et lui : « J'y ai pas été voir. M'ont pas invité. Mais si vous préférez croire le contraire, je n'y vois pas d'inconvénient. Et puis pourquoi est-ce que vous ne demandez pas tout ça à votre sœur ? J'ai l'impression qu'elle... » Et elle : « Ce n'est pas possible ! » Et lui : « Quoi ? Qu'est-ce qui n'est pas possible ? Qu'est-ce que je raconte... Ah, Bon Dieu : Pas possible !... Est-ce que vous vous imaginez que votre sœur est une jeune personne trop bien élevée pour... » Et elle, très vite : « Non. Écoutez. Vous avez bien fait. Je veux dire : en venant. Je veux dire : naturellement papa ne peut pas compr... Mais vous avez bien fait. Je veux dire : vous ne le regretterez pas. Je m'arrangerai pour que vous... Mais tout de même !... Vous comprenez : je sais bien qu'elle est un peu exaltée, un peu... Mais de là... Je veux dire : est-ce que vous êtes bien sûr ? Est-ce que vous n'auriez pas pu confondre... Je veux dire : prendre une autre pour... Ou mal interpréter... » Et lui : « Mal int... Ah, par ex... Mal... Et ça ? Est-ce que vous savez lire ? Est-ce que c'est son écriture, non ? Est-ce que vous pouvez dire de quel agenda... »

Puis quelque chose comme un battement d'aile, fugitif, immatériel, un éclair beige passant devant son visage, plus bref qu'un pigeon, plus rapide qu'une gifle. Puis il fut là, debout sur le trottoir, hébété, stupide, regardant stupidement sa main vide, tandis qu'elle remettait déjà tranquillement en ordre le col de sa robe, ses doigts gantés tapotant les plis de l'étoffe sous laquelle, sous laquelle... Et seulement au bout d'un moment (s'efforçant au calme, s'efforçant à ne pas élever la voix, les dents serrées, les lèvres s'entrouvrant à peine, et sans doute dans sa tête l'impression de quelque chose qui allait exploser, se désintégrer) réussissant à dire : « Rendez-moi ça ! » Et elle alors sans même un rire, sans même une intonation de triomphe, d'ironie, la voix neutre, impersonnelle, distante : « Vous rendre quoi ? » Et lui : « Ce billet. Ce mot que votre putain de sœur... Allons. Vite. Vous entendez ? Rendez... » Et elle alors le dévisageant. Un instant. Un cinquième de seconde peut-être. Mettant au point sur lui ce regard froid, inexpressif, même pas méprisant, même pas dégoûté, et avant que le regard se soit détourné cessant déjà de le voir, l'effaçant, le rejetant d'un univers où apparemment il n'a même pas pénétré, puis se détournant enfin pour de bon tandis que d'un coup d'œil rapide, éperdu, il embrasse autour d'eux la rue, les passants, la terrasse du café avec les gens assis devant les apéritifs, et alors, les dents toujours impossibles à desserrer, disant : « Salope ! », disant : « Nom de Dieu ! », disant : « Nom de nom de Dieu de merde ! », disant : « Bougre de salope de pute ! », le répétant, le hurlant silencieusement au dos qui s'éloigne maintenant, à la silhouette alourdie, hautaine, paisible, à la tête fière et droite qui déjà disparaissait là-bas, au bout de la rue, parmi les promeneurs du soir.

XIII

Et Montès en train de penser : « Mais pourquoi est-ce qu'il me raconte tout ça. À moi ? » Et il me dit qu'il restait là, toujours immobile, dans la position même où il était quand l'autre avait envoyé d'un coup de pied cette porte claquer contre le mur, mais les mains vides maintenant, posées sur le drap à l'endroit où elles étaient retombées quand Maurice leur avait arraché la revue, Maurice se tenant un instant comme pétrifié, interdit, ses yeux furieux et stupéfaits passant et repassant sans comprendre, sans pouvoir y croire, sur le titre, les mots, les caractères imprimés, et finalement se ressaisissant, envoyant rageusement promener la brochure dans le fond de la chambre.

Il me le décrivit dans ce moment : arrêté, stoppé net au beau milieu de cette furibonde, cyclonesque (et peut-être nauséeuse) agitation, ou plutôt agression. Car en somme c'était quelque chose comme cela : courant directement du zinc où il s'était envoyé coup sur coup derrière la cravate ses trois ou quatre pernods, à l'hôtel, à cette chambre, comme si peu à peu, à mesure que son estomac vide se remplissait d'alcool, s'était formée dans son esprit, se précisant de minute en minute, l'image de la chambre, de son occupant, comme les symboles mêmes, l'origine sinon la cause de l'échec qu'il venait d'essuyer, de son humiliation, de sa honte.

Se tenant donc là, comme suffoqué, incapable de parler, essayant sans doute de croire à la vérité, à la réalité de ce qu'il lisait (le titre de cette revue), comme à la réalité de ce que voyaient ses yeux : le lit de pensionnaire (presque mortuaire : le drap à peine dérangé, à peine soulevé par le corps, tiré, plat, jusqu'aux aisselles), la chemise de pensionnaire, et le visage désolé, paisible, dans lequel, sous les sourcils épais, les yeux pensifs et sombres le dévisageaient sans que les mains essayent, ou même esquissent un geste pour lui reprendre ce qu'il leur avait arraché – jusqu'à ce que dans un rapide froissement de pages la brochure eût volé derrière lui. Il ne regarda même pas où elle tombait, ne s'excusa pas. Puis il parvint à s'extraire, à se tirer de cette fascination (ou fut tiré, repris par cette tempête intérieure, ce maelström de rage, de détresse noyée de pernod), et se mit à lui raconter son histoire. C'est-à-dire, en quelque sorte, à s'en décharger, à la lui jeter à la figure, ni plus ni moins que si ce qu'il avait essayé de vendre et s'était fait voler n'avait pas été pour commencer dérobé par lui, et sa démarche une simple tentative d'extorsion de fonds précédée elle-même d'une initiale tentative de chantage sur celui auquel il venait maintenant crier son indignation et sa rage de s'être fait rouler, comme si quelque obscure conjuration liait dans son esprit les divers personnages de l'affaire qui lui auraient délégué pour le dépouiller la plus traîtresse et la plus rouée d'entre eux, l'alcool ingurgité agissant sans doute en l'occurrence à la façon d'un émétique, non sur l'estomac mais sur l'esprit, le cœur, faisant remonter toute cette vomissure sous la forme du discours incohérent qu'il débitait, mêlant pêle-mêle les bribes de son aventure, menaces, injures à la fois agressif, geignard, emphatique et inquiétant.

Puis la porte lancée de nouveau à la volée. Et le silence. Et seulement, au-dehors, de nouveau, le vent oublié, tenace, les sporadiques et soyeux bruissements frôlant les murs comme la course d'un voleur chaussé d'espadrilles, s'enfuyant le long des murs comme le temps même fuyant, filant irrémédiablement, le sang s'écoulant d'une blessure par où le corps se vide, la vie, dans un lent désespoir, et quelque part les battements d'un volet mal attaché ou encore quelque chose dégringolant, une tuile rebondissant sur une corniche, un balcon, les pavés, puis plus rien ; et Montès toujours dans la même position (il n'avait pas bougé, pas ouvert la bouche, pas esquissé un geste), regardant maintenant devant lui à la place où l'intrus, vociférant et gesticulant, tournoyait là l'instant d'avant, le mur nu, gris, vide. Mais il ne bougea pas plus, ne pensa même pas à se lever pour aller ramasser la revue et reprendre sa lecture. Il me dit qu'il ne se rappelait même pas avoir étendu le bras pour presser la poire. Parce que ce ne fut pas pour dormir : rien qu'un réflexe, un geste machinal, et simplement ce fut le noir, et lui toujours étendu là, le bras revenu à sa place sur la couverture, son corps non pas en position de sommeil, d'abandon, mais droit, raide, comme un cadavre, les pieds joints, les yeux grands ouverts sur l'obscurité où, au bout d'un moment, ils commencèrent à distinguer le rectangle plus clair de la fenêtre, tandis qu'au plafond allaient et venaient sans trêve les ombres entrecroisées des branches de platane.

Il me dit qu'il ne pensait pas spécialement à quoi que ce fût, même pas à Rose, ni à aucun en particulier de tous les autres, ni même au dernier vu (à cette dernière irruption furibonde, véhémente et burlesque et pitoyable, dit-il, parce que rien n'est plus terrible à voir qu'un type en train de se débattre à coups de pernods et de gros mots contre son propre dégoût) qui semblait avoir jailli hors du silence nocturne et avoir disparu de la même façon, absorbé, de nouveau englouti par lui : c'était autre chose, quelque chose au-delà de la passion, du désir ou du découragement, au-delà même du désespoir. « Comme une sorte de mort, me dit-il, comme si de me tenir ainsi allongé, parfaitement immobile, parfaitement sans pensées, pouvait faire que tout s'arrête aussi, que le monde cesse lui-même de tourner, s'immobilise enfin. Naturellement, je n'avais aucune idée, je ne me doutais absolument pas de ce qui allait se passer, de ce qui se passait déjà, avait déjà commencé de se passer, en était presque au dénouement, comme parvenu à la dernière phase d'une lente et inexorable gésine arrivée maintenant à terme... Non : ce que j'éprouvais c'était seulement une fatigue, mais immense, intolérable, jusqu'à la souffrance, jusqu'à désirer de toutes mes forces d'être mort pour de bon, une bonne fois, et que tout soit fini. Que c'en soit fini et que je puisse me reposer. Rien d'autre. Rien que cette fatigue. Et ne croyez pas que j'avais des idées de suicide : se tuer est encore un acte de vivant, et je ne pouvais plus être que passif, et même la passivité, ne rien faire que supporter, c'était encore au-delà, non de mon courage ou de ma capacité, ou de ma résignation à souffrir, mais de mes forces. Je n'avais rien bu (si j'en avais eu le goût, ou peut-être simplement l'idée, sans doute je l'aurais fait), et pourtant c'était comme si tout tournait. Et la seule chose que je désirais maintenant (et non pas désirer : on ne désire pas un besoin, une nécessité, une urgence) c'était que ça s'arrête. De n'importe quelle façon, mais que ça s'arrête. De sorte que lorsque j'ai franchi cette porte, lorsque je l'ai vue – c'est-à-dire le drap : les deux corps étaient par terre et ils avaient arraché un des draps du lit et l'avaient jeté dessus, et je n'avais pas besoin de soulever un coin pour savoir ce qu'il y avait en dessous –, à ce moment-là, tout ce que j'ai été capable de penser ç'a été : Elle est morte. Bon. Très bien. Elle a de la chance. »

Car, me dit-il, ce fut ainsi que cela se passa, en tout cas ce fut cela qu'il vécut, lui : cette incohérence, cette juxtaposition brutale, apparemment absurde, de sensations, de visages, de paroles, d'actes. Comme un récit, des phrases dont la syntaxe, l'agencement ordonné – substantif, verbe, complément – seraient absents. Comme ce que devient n'importe quel article de journal (le terne, monotone et grisâtre alignement de menus caractères à quoi se réduit, aboutit toute l'agitation du monde) lorsque le regard tombe par hasard sur la feuille déchirée qui a servi à envelopper la botte de poireaux et qu'alors, par la magie de quelques lignes tronquées, incomplètes, la vie reprend sa superbe et altière indépendance, redevient ce foisonnement désordonné, sans commencement ni fin, ni ordre, les mots éclatant d'être de nouveau séparés, libérés de la syntaxe, de cette fade ordonnance, ce ciment bouche-trou indifféremment apte à tous usages et que le rédacteur de service verse comme une sauce, une gluante béchamelle pour relier, coller tant bien que mal ensemble, de façon à les rendre comestibles, les fragments éphémères et disparates de quelque chose d'aussi indigeste qu'une cartouche de dynamite ou une poignée de verre pilé : grâce à quoi (au grammairien, au rédacteur de service et à la philosophie rationaliste) chacun de nous peut avaler tous les matins, en même temps que les tartines de son petit déjeuner, sa lénifiante ration de meurtres, de violences et de folie ordonnés de cause à effet, quitte, si cela ne le satisfait pas (et apparemment, et contrairement à ce qu'il pense, cela ne le satisfait pas), à recourir en supplément aux bons offices des esprits, du marc de café, des cierges bénis, des hommes providentiels ou de la camisole de force.

Dans son récit donc, ou plutôt chaque fois qu'il me parla plus tard de ces journées (car ce ne fut que par bribes qu'il me raconta tout cela, et peu à peu, et non pas à proprement parler sous la forme d'un récit mais quand la mémoire de tel ou tel détail lui revenait, sans que l'on sût jamais exactement pourquoi – si tant est que l'on sache jamais exactement ce qui fait ressurgir, intolérable et furieux, non pas le souvenir toujours rangé quelque part dans ce fourre-tout de la mémoire, mais, abolissant le temps, la sensation elle-même, chair et matière, jalouse, impérieuse, obsédante), il semblait passer sans transition de cette nuit où Maurice était venu lui souffler dans le nez ses menaces et son haleine au Pernod, à ce moment où, bousculant le flic qui essayait de lui barrer le passage (la brève bagarre, et même pas bagarre : le type faisant : « Hé là ! », et de nouveau : « Hé, dites-donc, où est-ce que vous all... », et lui ne répondant pas, non par bravade ou ruse, mais parce qu'il n'avait même pas entendu, pas plus qu'il n'avait vu la silhouette carrée en travers du couloir, pas plus qu'il ne sentit les mains – une première d'abord, puis une seconde – qui essayèrent de le saisir, rencontrèrent sous l'imperméable, comme Maurice deux jours plus tôt, un bras maigre, à peu près de la grosseur d'un membre d'enfant, et qui leur échappa, et non pas se glissant, s'esquivant, mais en force : d'une seule secousse, sèche, dure, se détendant comme un ressort, et cela sans qu'il parût y accorder attention, sans qu'il cessât de marcher, ne regardant même pas celui qui cherchait à l'arrêter, les yeux fixés sur la porte un peu plus loin, rejetant l'homme contre le mur en passant, comme on écarte une mouche ; car il me dit qu'il ne s'aperçut de rien, ne se rendit même pas compte que c'étaient des policiers, ni même qu'ils lui parlaient, tandis qu'il était là, arrêté, debout, en train de regarder à ses pieds ce drap et les deux formes étendues dessous, jusqu'à ce qu'il reçût cette gifle qui éclata dans sa tête comme un pétard, le faisant vaciller, reculer jusqu'au mur où il dut s'appuyer, tandis que le gros type lui hurlait dans la figure : « Ça fait trois fois que je te demande ce que tu viens foutre ici. Est-ce que tu te figures que je vais le répéter jusqu'à demain ? »), il fit irruption dans l'unique chambre où Rose vivait avec les deux fillettes et le gitan.

Cela se passait le surlendemain et il s'était écoulé une nuit entière, puis un jour, puis encore une nuit. Mais peut-être n'en fut-il pas très bien conscient, peut-être pendant tout ce laps de temps resta-t-il dans cette position ou plutôt cet état de cadavre (quoiqu'il se levât, s'habillât, descendît déjeuner, fît ce qu'il avait à faire) exténué, à bout, à la limite de la résistance, non pas physique, non pas même morale (ce n'était pas l'abjection de Maurice, ni les coups du boxeur, ni cette frustration désespérée de la chair, du cœur : « Tout cela, dit-il curieusement, ce n'était jamais que de la souffrance, mais, n'est-ce pas, ce n'est pas drôle non plus d'aller chez le dentiste »), mais mentale : une sorte d'anorexie qui le mettait dans l'impossibilité d'assimiler, non la nourriture (il mangea, me dit-il, quoiqu'il eût été incapable de dire au moment même où il déglutissait quelle sorte d'aliments c'était ni quel goût ils avaient), mais le monde extérieur devenu quelque chose d'informe, comme, dit-il encore, dans cette histoire de Balzac où un peintre ne réussit plus à faire, dans son désir d'extrême exactitude qu'un barbouillage dépourvu de toute signification. Et alors il fut là, devant ce drap, pensant seulement : « Bien. Alors c'est fini. », ne pensant même pas : « Qu'est-ce qui s'est passé ? Comment cela est-il arrivé ? », et encore moins : « C'est horrible », l'acceptant ni plus ni moins que le reste, c'est-à-dire l'air qu'il respirait, son souffle, le fait d'être vivant, de devoir manger pour rester vivant, de se coucher, de se lever, de se recoucher, de changer de linge, de refaire les mêmes gestes tous les matins et tous les soirs au milieu d'autres gens qui répétaient aussi les mêmes gestes, se levaient, allaient à un bureau, ou grattaient la terre, mangeaient, se couchaient, se relevaient, et à la fin mouraient. Il me dit qu'il y avait une tache brune sur le drap, et déjà une nuée de mouches dans la pièce. Mais il y en avait partout, depuis qu'il s'était mis à faire chaud, et il ne fit aucun rapport entre les mouches et ce qu'il y avait sous le drap, le bosselant, pas plus qu'entre la tache brune et l'idée de sang, quoiqu'il sût parfaitement que ce ne pouvait être autre chose que du sang, mais, encore une fois, ce n'était ni plus ni moins intolérable que le reste. Et alors il reçut cette gifle. Et, me dit-il, d'une certaine manière, ce fut une chance. Il en fut presque reconnaissant au gros homme. Car, sans cela, il était probablement en train de devenir fou, et non de souffrance mais au contraire, dit-il, de l'absence de souffrance. Ou peut-être, dit-il encore, était-ce trop fort, trop violent, comme ses grosses blessures dont on raconte qu'elles créent elles-mêmes leur propre anesthésique. Toujours est-il que cela lui fit du bien, le réveilla : il se dit (tenant sa joue en feu, faisant un effort terrible pour essayer de comprendre ce que lui hurlait le policier dans la figure) qu'il était encore capable de sentir, d'éprouver quelque chose, d'avoir une réaction, fut-ce l'élémentaire réflexe physique du gosse qui lève le coude dans la crainte de recevoir une autre beigne, surveillant d'instinct les mains du policier, remarquant les ongles bordés de noir, trop longs, en forme de pelles, les touffes de poils sur les phalanges, l'alliance, pensant : « Donc il est marié. Il aime. Ou du moins a aimé. Ou du moins a cru aimer un jour. Et peut-être a-t-il des gosses lui aussi... ». Puis la main bougea, et cette fois cela le prit dans le ventre, tandis qu'il s'aplatissait contre le mur comme s'il espérait rentrer dedans, s'y incruster, y disparaître, tout son être se recroquevillant dans l'attente du coup. Mais rien ne vint. Il se rappelait avoir vu la main du second policier se poser sur le bras levé. Puis le bras lui-même, le gros homme, disparurent de son champ de vision, furent remplacés (comme ces images fixes projetées sur écran, tirées sur le côté par translation, l'une chassant l'autre) par un visage pourvu d'une de ces petites moustaches en brosse à dents, mince, assez jeune, et dans lequel deux yeux l'examinaient avec intérêt.

Il n'avait jamais eu affaire jusque-là avec la police. Il me dit que là-bas, chez lui, dans son patelin où tout le monde se connaissait, il n'y avait que les gendarmes. Et sans doute cela (avec les prés verdoyants, et la rivière dormante, et les barres verticales, frissonnantes et immobiles, des peupliers) faisait-il partie de cette sorte de schéma d'ordre, d'équilibre, auquel il s'accrochait (ou essayait de croire, ou avait décidé une fois pour toute de se tenir, comme si à lui seul, avec sa dégaine de noyé, son pathétique visage usé trop vite, trop doux, trop paisible, il n'en constituait pas le plus éloquent démenti. Mais peu importe) : la gendarmerie pour les plaintes contre les maraudeurs, la mairie pour l'état-civil, et l'église pour le reste. Une sorte de triangle, de trinité, avec l'éternel et pittoresque vagabond seul et unique usager du violon sur le bat-flanc duquel il passe de temps en temps quelques nuits (de préférence l'hiver), touchant un vague secours à la mairie, tendant le dimanche sa casquette sous le porche de l'église, et encore les histoires de vols de pommes, et les inoffensifs sermons dominicaux sur les thèmes standards du fils prodigue et de la brebis égarée, et les débats du Conseil Municipal à propos du projet fontinal ou des travaux de voirie. Et il n'avait jamais non plus rencontré, affronté la mort violente. Non qu'il ignorât la mort en soi (il avait, me raconta-t-il un jour, soigné lui-même sa mère tout au long d'une interminable agonie, l'avait vue couchée au milieu des fleurs, dans le parfum âcre, violent et funèbre des bouquets, avec cet aspect de dignité roide, un peu hautaine, un peu hostile et méprisante que semblent conférer aux cadavres la connaissance, la possession d'un secret enfin pénétré ou tout au moins le repos, la paisible conscience du voyageur enfin parvenu au terme du périple – ou même continuant à voyager dans un au-delà où l'on pénétrerait, raide, délivré des passions, revêtu de ses meilleurs habits et empaqueté dans une boîte comme ces messages que les vendeuses des grands magasins enferment à l'intérieur d'un cylindre et expédient dans des profondeurs mystérieuses par le canal des tubes pneumatiques) seulement il ne l'avait jamais envisagée (la mort) que comme un aboutissement, une conclusion survenant à la fin d'un acheminement progressif, peut-être douloureux, tragique, mais en quelque sorte admis, accepté, survenant après une suite d'avatars traditionnels (à la façon des insectes, des grenouilles, passant successivement par les stades de la larve, de la chenille, de la nymphe, du têtard, de l'adulte...), la maladie, même prématurée, même courte, n'étant rien d'autre elle-même qu'une de ces phases, une simple accélération de la période obligatoire de décrépitude normalement représentée par la vieillesse, comme la mort d'un soldat ou même d'un civil dans un bombardement a été précédée d'un temps préparatoire (mobilisation, état de guerre) qui, de même que la maladie, peut être somme toute considéré comme le dernier acte, le vestibule, la salle d'attente avant la fin ou, si l'on préfère, le passage à un autre mode d'existence : en quelque sorte comme une de ces tragédies classiques au type invariable, à la construction invariable, aux étapes, à l'acheminement invariables, et que l'on a pu comparer aux courses de taureaux en ce sens que si le dénouement (la mort du héros) en est par avance connu, il ne peut toutefois se produire que dans le respect de certaines formes, c'est-à-dire qu'après qu'un cérémonial rituel a été observé, un certain nombre d'actes, de tirades déclamées, de beaux cris, de sorte qu'à tout moment un spectateur survenant peut s'informer auprès de ceux qui sont arrivés avant lui, la question n'étant pas : « De quoi s'agit-il ? Que s'est-il passé ? », mais simplement : « Où en est-on ? », sachant immédiatement ce qu'il lui reste encore à voir, et même n'ayant pas besoin de questionner : déjà informé au seul vu de la mimique de l'acteur, du feu des répliques ou de l'état du taureau.

Mais cette fois, me dit-il, il y avait quelque chose qui ne collait pas. Pas de fleurs : un simple drap ; pas une fin, un aboutissement : une interruption. Comme si, dit-il, la lumière avait brusquement manqué avant la fin d'un acte, au milieu d'une réplique, et puis le régisseur paraissant sur le devant de la scène, mais tenant de ses deux mains le rideau refermé derrière lui, disant : « C'est fini. Allez-vous-en », et pour bien le prouver rouvrant le rideau et qu'au lieu du décor là l'instant d'avant, au lieu du palais, du temple, il n'y eût déjà plus que la scène nue, le mur gris et sale du fond, le vide et seulement un machiniste accoté au mur, attendant que le public se décide à s'en aller pour éteindre les dernières lampes. C'était comme si aucune règle n'avait été respectée. Même pas les cris, les délais, et encore moins l'emphase, le minimum de solennité (avec un haussement d'épaules le gros policier avait fini par s'adosser à un meuble et fumait, et tout en parlant le second, celui à la petite moustache, eut aussi le même haussement d'épaules, sans doute à l'adresse des deux corps sous le drap), et même pas le temps : comme si celui-ci avait été pris de vitesse par quelque chose de plus rapide que lui, essayait en vain de rattraper le fantôme du gitan courant toujours (poussé, mû par les instincts, les réflexes sommaires et immémoriaux de sa race : bondir, frapper, fuir) et définitivement hors d'atteinte maintenant puisqu'il était mort, poursuivant (son fantôme, cette délégation de lui-même dans l'au-delà), emporté par son élan, sa course foudroyante commencée au moment où il avait bondi en voyant les policiers (l'éclair, un seul geste aller-retour, le bras déjà revenu à sa place avant même d'avoir bougé, comme si le bref contact de la main avec la poitrine de la femme n'avait été qu'illusion, comme s'il ne l'avait même pas frappée, à peine touchée, reparaissant, main et couteau – ou plutôt pas de couteau, pas le temps de nommer : un simple éclat métallique, mince, froid, prolongeant le poing alors qu'il (le gitan) fonçait déjà sur la porte, toujours sans bruit, sans cris : pas le temps sans doute non plus ou peut-être le temps n'ayant pas le temps de les transmettre, se contentant de les enregistrer, de les emmagasiner pour les restituer ensuite, dans ce moment qui suit immédiatement l'action et où l'un après l'autre chaque sens semble recommencer à fonctionner, tout le tumulte éclatant alors, déferlant comme la bande sonore d'un film un moment en panne : un hourvari soudain, cacophonique, au sein duquel les deux coups de feu ne firent pas plus de bruit qu'une porte claquée, seraient presque passés inaperçus dans la rumeur (les voix, les femmes en peignoir, échevelées, et les visages renversés, garnissant la rampe de l'escalier) : deux claquements brefs, insignifiants, discrets, le contraire de l'emphase, du solennel, presque rien, et après cela le corps du gitan étendu de tout son long dans le couloir, le nez sur les briques, et tel qu'aucun boxeur n'aurait désormais besoin de truquer pour éviter de le mettre k.-o., et le second policier sortant de la chambre, rejoignant celui qui avait tiré, disant : « Tu l'as... », disant : « Tu parles d'un con, alors », disant, avec un geste du pouce par-dessus son épaule : « Pas la peine d'appeler l'ambulance : parce que elle non plus il ne l'a pas ratée », et rien d'autre).

De l'autre côté de la cour de la vieille caserne, le soleil commençait à atteindre le sommet des arceaux de briques, les teintant d'une couleur orangée, vive, joyeuse, et quelque part un oiseau chanta, un canari ou un serin, le son répercuté par l'écho des murs, solitaire, frais, et Montès sursauta – il continuait, me dit-il, à ne pas souffrir, à vivre dans cette sorte d'état second où les sentiments habituels, les mots désignant les sentiments habituels, n'ont plus de sens, pas plus « peur » que « désespoir » ou « horreur » –, baissa les yeux, son regard rencontrant de nouveau le drap, évident, irrécusable, avec, dessous, ces deux formes couchées à même le carrelage froid, sans doute à demi vêtues, comme ils avaient dû se trouver quand les policiers avaient frappé, lui, le gitan, peut-être pieds nus, avec tout juste le pantalon enfilé à la hâte sur une de ces éternelles chemises blanches même pas boutonnée, ouverte en V sur la poitrine couleur pain d'épice, et elle dans une de ces chemises de nuit décolorée et transparente à force d'avoir été lavée, qu'on lui voyait raccommoder inlassablement pendant les heures creuses de l'après-midi, avec son visage légèrement grêlé de petite vérole qui la faisait ressembler à ces sculptures antiques mutilées, retrouvées au fond de la mer ou sous les ruines, son grand corps montueux, blanc, ses seins blancs, larges, marbrés, dont la vie avait coulé par les bouts couleur de lilas passé, rugueux, et maintenant exsangues. Une branche de lilas à demi fané était encore plantée dans un pot à lait sur l'étagère au-dessus de l'évier. Sous celui-ci une étoffe rouge tendue sur une ficelle cachait sans doute la vaisselle sale ou la caisse à ordures. Il n'avait jamais pénétré dans cette pièce et maintenant il la regardait (l'intérieur non pas sordide, non pas misérable : simplement pauvre, sans plus, c'est-à-dire dont se dégageait cette sorte de sérieux, de gravité qui émane des choses au caractère, au rôle pour ainsi dire essentiel – non pas « une » chaise, « une » table, « un » bol, mais « la » chaise, « la » table, « le » bol – : le carrelage de cuisine, nu, sans la moindre trace de poussière, les murs nus, peints en bleu, à la chaux, avec un soubassement marron, et ces meubles achetés selon toute vraisemblance au hasard de marchés aux puces, mais propres, repeints, le buffet à étagères d'un ocre verdâtre, les étagères elles-mêmes recouvertes d'un papier festonné de couleur avec deux assiettes posées de champ quoiqu'elles ne fussent ni anciennes ni rares, ornées simplement d'un motif de fleurs et de fruits de série, et encore deux de ces bouteilles d'anis espagnol en verre moulé et grossièrement colorié, représentant l'une un toréro avec sa cape rouge vif et les broderies dorées de son costume et son chapeau noir, l'autre une danseuse ; et encore le fourneau de fonte à deux rondelles, noir, bas, trapu, avec de courtes pattes arquées, placé au-devant de la cheminée en bois (peinte elle aussi, comme le soubassement des murs, en marron) entièrement nue à l'exception d'un bidon à lait en aluminium posé sur la droite ; et encore la table ronde recouverte d'une toile cirée écaillée, jaunâtre, à dessins bleu et rouge répétant un paysage oriental de palmiers, pyramides, femmes à la fontaine et cavaliers, et dans le fond de la pièce une sorte d'alcôve fermée par des rideaux d'un rose passé, parsemé de fleurettes ; et, avec les quatre chaises et un almanach des postes pendu au mur ainsi qu'un agrandissement photographique (deux visages dont l'un à moustaches au centre d'un halo flou, mais ce n'étaient ni celui de Rose, ni celui du gitan) accroché dans un cadre ovale et noir juste au-dessous du plafond, c'était tout) comme s'il voulait s'en imprégner, se l'approprier, jusqu'au moment où il se rendit compte, me dit-il, qu'il était en quelque sorte en train de faire l'amour avec un cadavre, acceptant cette idée pour la première fois, pensant : « Il aura fallu que j'attende qu'elle soit morte pour coucher avec elle », pensant encore : « Dire que nous aurions pu le faire si facilement ! », et cela sans qu'il songeât à s'en indigner, à repousser de lui les images, les pensées, et même (lorsqu'il comprit), sentant comme une envie de rire, quelque chose d'ironique et désespéré qui le secouait, comme un hoquet, tandis que sa main passait et repassait comme pour chasser une mouche, s'efforçant de faire cesser ce chatouillis humide sur ses joues tout en répétant pour la dixième fois au policier (maintenant il était assis sur une chaise, et il devait y avoir un certain temps, me dit-il, parce qu'il remarqua qu'en face, de l'autre côté de la cour, le soleil avait déjà atteint le bas de la seconde rangée d'arcades, étincelant sur une série de boîtes de conserves servant de pots de fleurs et la tache rouge d'un géranium, et à plusieurs reprises des types étaient entrés et sortis, non pas le gros ou celui à moustaches, mais d'autres qu'il n'avait même pas regardés, n'avait même pas eu besoin de regarder pour savoir qu'ils n'étaient que d'autres formes de la même espèce que les deux premières, allant et venant dans la pièce, remuant les meubles, fouillant partout, s'entretenant à mi-voix, ressortant, puis rentrant de nouveau), essayant donc d'expliquer pour la dixième fois au policier qu'il avait été averti par la patronne de l'hôtel, s'était habillé en vitesse sans même prendre le temps de se raser pour traverser la place, monter quatre à quatre les escaliers et arriver là, et à ce moment il s'aperçut que ce n'était plus celui à moustaches qui s'occupait de lui mais le gros, et s'occuper de lui c'était une façon de dire, car il était maintenant lui aussi assis sur une chaise et paraissait ne même pas l'écouter, et alors il (Montès) cessa de parler, et comme pour meubler le silence le gros dit : « Tu les connaissais bien ? », et lui alors : « Oui je... », et à ce moment il regarda le drap et vit qu'à l'endroit où un peu plus tôt se trouvait la tache rouge c'était maintenant tout noir, et il se pencha, chassa les mouches, tandis que le gros homme suivait des yeux son geste, placide, le regard mort, contemplant lui aussi un moment les formes étendues, extirpant de sa poche un paquet de cigarettes bleues, s'en collant une dans la bouche, battant son briquet, les paupières mi-closes, la tête penchée pour écarter son nez de la flamme, tout en désignant d'un mouvement de menton le moins grand des corps, disant à travers la fumée d'une voix tout à coup radoucie, étonnée, curieuse, et même compréhensive, et même compatissante : « Tu l'enfilais ? », puis son interlocuteur changea de nouveau de visage, reprit – petite moustache, col propre, cheveux gominés, cravate sobre – celui du second policier, les traits empreints d'une expression conciliante, sa bouche esquissant une légère moue, faisant entendre une série de : « Tt... Tt... Tt... », réprobateurs, ennuyés, disant : « Voyons... », et en même temps sa main fine, ornée d'une chevalière, repoussant impérieusement son collègue à l'arrière-plan, et tout à coup il cessa de parler, se retourna, s'efforçant de découvrir ce que Montès fixait maintenant par-dessus son épaule, quelque part dans le fond de la pièce bouleversée (« Non, me dit Montès, ce n'était pas cela : ils pouvaient bien tout fouiller, vider les tiroirs, parler haut, aller et venir, et écraser leurs mégots par terre sans souci de ce qu'il y avait sous ce drap, ce n'était pas le sacrilège. Parce que si je venais d'apprendre quelque chose depuis que j'étais entré là, pendant la demi-heure – ou l'heure, ou les deux heures, ou le siècle ? je ne sais plus – que j'avais passée sur cette chaise, c'était que la mort est le contraire du sacré (et d'ailleurs est-ce que je ne venais pas moi-même de profaner, violer son corps encore tiède, d'enfouir mes lèvres dans la noire broussaille de ces aisselles, comme dans une végétation – ne dit-on pas que les cheveux, les ongles, continuent de pousser sur les morts ? – vivant encore de sa chair ?), qu'elle est au contraire sans mystère, évidente, irréfutable, la seule certitude en fin de compte qu'il nous soit donné d'avoir : ce dans la crainte de quoi sans doute on l'entoure, la masque, de ce carnavalesque et pompeux décorum, emportant, escamotant dans une apothéose de plumes, de larmes d'argent, et un sillage de coups de chapeaux, ce qui n'est en somme rien plus qu'un peu de viande pourrie ! ») : la poupée.

Cela lui produisit, me dit-il, l'effet d'une seconde gifle, le réveilla, le fit remonter du fond de cette apathie, de ce passif désespoir au sein duquel il était pour ainsi dire réfugié, appréhendant sans doute inconsciemment le moment où il lui faudrait en sortir, affronter de nouveau la brutale vacuité extérieure, l'air, le vent, la lumière, la solitude. Comme si, assis là dans le temps aboli à côté de Rose morte, enfermé, enfoui dans cette chair, ce lourd parfum de lilas en train de se faner, de se flétrir lentement, il se trouvait ramené à un état en quelque sorte fœtal, lové dans la douloureuse et torturante (dit-on) quiétude d'une vie intra-utérine dont il allait être – pour la seconde fois, et pour la seconde fois d'entre les cuisses d'une femme, bien que celle-ci fût de cinq ans plus jeune que lui – expulsé, projeté, hurlant et terrifié, dans le vide. Et lui plus tard, disant : « Quoique si on calcule l'âge non pas en fonction du temps vécu mais de celui qui nous sépare de notre fin, elle était maintenant de beaucoup mon aînée, puisqu'elle m'avait devancé, et pas seulement pour mourir, moi qui en somme avais attendu trente-cinq ans, ce qui est tout de même un peu vieux pour venir au monde... », et essayant alors son rire malheureux, sans gaîté, comme pour s'excuser, mais s'étranglant, ne parvenant à extraire de sa gorge qu'un ridicule gargouillis tandis que je regardais s'effacer de son visage cette bizarre expression, à la fois navrée et souriante, en même temps que ses traits se creusaient, s'altéraient, comme sous l'effet d'une insupportable angoisse, d'une révolte, la même sans doute que dut y lire le policier quand il le vit commencer soudain à s'agiter sur sa chaise, se lever, déplier, dresser sa maigre carcasse, projetant en avant ce masque de noyé ou de rescapé de Buchenwald et qui maintenant était le contraire de la soumission, le contraire de la passivité, si bien qu'il (le policier) dit : « Allons, allons !... », faisant de nouveau entendre le même petit bruit réprobateur : « Tt... Tt... Tt... », disant sans se retourner, sans cesser de lui faire face : « Hé, chef, y demande après les gosses ! », puis de nouveau : « Allons, voyons !... Allons ! TtTtTtTtTt TtTt... », puis, toujours sans se retourner : « Hé, chef, il...

– J'ai entendu. » Et alors il (Montès) le vit : un autre visage, avec un nez, une bouche, des cheveux, un costume, une stature qui, pris chacun séparément, étaient encore différents de ceux des deux premiers, mais l'ensemble formant cependant quelque chose d'identique, entouré de cette aura équivoque, inquiétante, de type à la fois mal payé, méprisé et craint, avec encore cet il-ne-savait-quoi d'inhumain ou plutôt d'a-humain, ce même regard voilé, terne, ce même œil qui comme chez certains animaux semblait ne pas avoir besoin de paupière, de membrane, pour dissimuler, en même temps aussi aigu et éteint, endormi, et qui l'examinait (sans doute depuis un moment déjà, il n'aurait pu le dire, debout au milieu du fouillis des tiroirs vidés, les deux mains dans les poches, la veste ouverte sur le gilet de son costume mal repassé, le chapeau repoussé sur la nuque) ; puis il bougea, le regard toujours rivé sur Montès, tandis que celui-ci répétait une nouvelle fois, mais s'adressant à lui maintenant : « Les deux petites filles, qu'est-ce que vous en av...

– Elles sont bien, on s'est occupé d'elles. » Il s'arrêta à quelques pas de lui, les mains toujours dans les poches. Il semblait ignorer le drap et ce qu'il y avait dessous. Il n'eut même pas un regard dans cette direction quand il dit : « Alors, comme ça, c'était ta bonne amie ? », sans même un clin d'œil égrillard ou étonné, la voix parfaitement neutre, désintéressée même, et même lasse, la question ne postulant sans doute aucune réponse car il parut tout à coup cesser de s'intéresser à Montès, toucha du doigt l'épaule de l'autre policier avec lequel il se mit à s'entretenir à voix basse, de sorte que ce ne fut pas à leurs visages mais aux deux dos tournés, aux nuques aveugles qu'il (Montès) s'adressa, haussant, forçant sa voix pour les obliger à l'entendre, disant : « Si c'est ce coffret à bijoux que vous cherchez, je l'ai remis hier à un prêtre pour qu'il le restitue... »

XIV

Et cela se passa de la manière suivante : lui et l'inspecteur, celui que l'autre avait appelé chef, et le prêtre, tous trois debout dans cette odeur sucrée et fade d'encens qui semblait se dégager du local même, des murs, des meubles cirés (et avant cela sortant de la chambre, ne regardant pas quand ils passèrent à côté du drap, ne se retournant pas, franchissant le seuil sans s'arrêter, quoiqu'à ce moment il perçût avec netteté quelque chose qui se cassait en lui, ou plutôt, dit-il plus tard, comme une déconnection, une rupture (le cordon, pensai-je), et qu'au fur et à mesure qu'il s'éloignait dans le couloir à côté de l'inspecteur il put sentir derrière lui, comme si à chaque pas l'air se refermait dans son dos, se solidifiait en quelque chose de plus dur que la pierre, plus opaque que le silence ; puis sortant, se retrouvant au-dehors, retrouvant la lumière, la place, l'éternel vent, se tenant là un moment, hésitant, comme ivre, comme déséquilibré (éprouvant, me dit-il encore, une sensation sans doute à peu près semblable à celle de l'amputé qui se lève, essaye de marcher pour la première fois), clignant des yeux non pour se protéger de la lumière, des poussières que le vent continuait à transporter sans but en longs nuages d'un coin à l'autre de l'esplanade, mais pour essayer de briser, d'écailler la mince pellicule qui lui semblait recouvrir son visage, comme une couche de cire le séparant de l'air extérieur devenu pour lui un milieu, un élément étranger où il n'aurait encore jamais pénétré auparavant, et alors restant là sans se décider à avancer, devant le groupe de femmes dépeignées et de gosses toujours plantés sous le porche, jusqu'à ce que l'inspecteur revînt sur ses pas, le prît par le bras et le poussât dans l'auto), et maintenant ils se tenaient tous trois debout, aucun ne parlant, l'inspecteur – il avait tout de même enlevé son chapeau : sur son crâne chauve, étrangement blanc, quelques rares cheveux ramenés avec soin gardaient encore l'empreinte du peigne et, là où le cuir de la coiffe avait porté, une zone rose barrait le front – en train de rempaqueter maladroitement dans son emballage de vieux journaux le coffret de fer, puis attrapant la ficelle, se mettant en devoir de défaire le nœud (et toujours le prêtre et Montès le regardant faire, regardant silencieusement les doigts tâtonner, tirailler, s'énerver, jusqu'à ce qu'ils renoncent, fassent une boule de l'écheveau emmêlé, et la fourrent dans la poche d'où un bout dépassa encore, pendant le long de la jambe du pantalon, Montès avançant alors la main, le doigt tendu dans la direction de la poche, toujours sans rien dire, et l'inspecteur le regardant à son tour d'un air cette fois étonné, presque indigné, furibond, puis détournant les yeux, et renfournant le bout de ficelle dans la poche), après quoi, sans marquer de temps d'arrêt, comme si chaque geste déclenchait immédiatement le suivant ou plutôt comme si la fin de chaque geste était déjà le commencement de celui qui lui succédait, il reprit le coffret, le mit sous son bras, le regard de Montès restant cette fois accroché là, fixant stupidement autour de l'aisselle l'auréole frangée de gris (comme un dépôt salin, comme ces festons que la mer laisse sur le sable) qui tachait l'étoffe sombre du costume, et la fille en maillot de bain continuant à sourire, la tête en bas sur le papier froissé et déchiré, et immédiatement à côté, mais dans le bon sens cette fois, quelque chose de confus, comme une mosaïque de visages sous des étendards sombres, lisant machinalement IER MAI A PEK, et alors il sentit de nouveau que quelque chose le secouait, comme un rire, tandis que les images du journal, la manche du policier, la silhouette du policier lui-même se brouillaient, mais il ne bougea pas, ne porta même pas la main à ses yeux, continuant à regarder (maintenant ce n'étaient plus que des taches floues, imprécises, irisées d'argent) les formes de l'inspecteur et du prêtre qui se rapprochaient, se confondaient. Il comprit qu'ils se parlaient. Mais il ne parvint pas à entendre. Cela dura un moment, puis l'unique tache noire formée par les deux hommes se déforma, se distendit, s'étrangla en son milieu, l'isthme les reliant s'amincissant, finissant par se rompre (comme dans un film documentaire ces cellules qui se reproduisent, se multiplient par auto-division), la silhouette du policier s'éloignant maintenant de plus en plus vite, et alors il (Montès) bougea, se mit aussi en route pour s'arrêter presque aussitôt, l'inspecteur (il le voyait de nouveau distinctement) lui faisant face tout à coup par un demi-tour, arrêté, disant d'une voix désagréable, irritée : « Où allez-vous ? »

Il ne répondit pas, se contenta de regarder interrogativement le policier (et je pouvais l'imaginer, le voir : l'air de ces chiens qui suivent un passant dans la rue, s'arrêtant en même temps que lui, le fixant de leurs yeux craintifs, perplexes et suppliants tandis qu'il agite un bras pour les chasser), et pendant un moment ils restèrent ainsi jusqu'à ce que l'inspecteur se décidât, dise :

« Vous tenez absolument à ce que votre nom soit mêlé à cette affaire ? » Il remarqua qu'il ne le tutoyait plus maintenant, sans doute à cause du prêtre. Cette fois il fit un effort, et peut-être réussit-il à parler, quoique lui-même, me dit-il, ne pût parvenir à entendre ce qu'il disait ; ou peut-être ne parla-t-il pas réellement, et cependant l'inspecteur parut comprendre, car l'expression de son visage changea : il sembla (ou fit semblant, ou fit semblant de faire semblant de) réfléchir, les paupières baissées, regardant la pointe de ses chaussures, les sourcils froncés, puis releva les yeux, disant : « Mais à quel titre ? », disant presque aussitôt : « Vous n'êtes même pas parent à un degré quelconque, non ? » Et à ce moment peut-être vit-il (l'inspecteur) sur le visage, dans les yeux qui le regardaient, quelque chose de réellement trop intolérable, car il se détourna, dit très vite : « Vous pouvez toujours essayer de faire une demande. Peut-être qu'on vous autorisera à les voir. Y a pas de raison », tourna de nouveau le dos pour de bon cette fois, et sortit.

Ce fut seulement au bout d'un moment que Montès sentit la main du prêtre sur son bras, vit tout près de lui un amas de chairs molles, grisâtres, qui semblaient couler tout autour de l'axe du nez et de la bouche en replis sinueux et flasques parsemés de poils gris. Il me dit qu'il fut un moment encore à se rendre compte que c'était un visage (comme lorsqu'on voit certaines de ces photos partiellement ou démesurément agrandies d'objets usuels – mie de pain, surface d'un morceau de sucre – que l'on hésite à identifier), qu'il voyait bien les rides, la barbe de deux jours, le grain lâche de la peau, comme un peu plus tôt il avait vu la pin-up, le cortège révolutionnaire, la tache de sueur sous la manche du costume, sans que rien d'autre (aucun concept, aucune idée, à plus forte raison aucune pensée) ne s'ensuivit dans son esprit : rien d'autre que la simple conscience des formes, des objets (des poils, des drapeaux, de longues jambes nues, l'étoffe salie), de sorte qu'il ne pensa pas : « prêtre, négligé, vieux, fatigué », ni même, quand il surprit l'expression du regard : « gêne », ou « impatience », ou « blâme », ou « pitié », ou « embarras » : rien d'autre encore que le bord trop rose de la paupière ridée, flasque, pendant sous l'œil humide, avec sa pupille d'un bleu trop clair, comme décoloré, noyé, dissous, et lui s'entendant tout à coup dire : « Non.

Non merci. », en même temps qu'il se reculait, retirait son bras de sous la main, répétant encore : « Non, je vous remercie... », entendant toujours sa propre voix articuler les mots de refus comme en dehors de lui, sans qu'il y fût pour rien, regardant la bouche ridée s'ouvrir, dire : « Si je peux vous... », et lui continuant (et non plus ses lèvres, sa langue, mais maintenant lui semblait-il son corps, son être tout entier) à dire : « Non non non non non non non non non... », puis il s'aperçut qu'il marchait, se dirigeait à son tour vers la porte, sans même attendre que l'autre ait fini la phrase commencée, pensant : « Je devrais au moins m'excuser », et aussitôt, sinon dans le même instant : « Pour quoi faire ? », ne se retournant pas plus lorsqu'il franchit la porte qu'il ne s'était retourné un peu plus tôt en franchissant pour la seconde et dernière fois celle de la chambre de Rose, quoiqu'il n'eût pas besoin de se retourner pour continuer à le voir, debout dans sa robe noire (pouvant voir aussi le col élimé, la rangée de petits boutons de la soutane recouverts d'étoffe élimée elle aussi, le tissu sale et usé, luisant aux coutures), en train de le regarder franchir cette porte, ouvrant encore une fois la bouche, disant précipitamment : « Priez », puis la porte (et Montès non pas pensa, mais constata : Il y a un blunt. Maintenant ils en mettent ici aussi. Ne fermez pas la porte, le...) se rabattit derrière lui et il fut seul.

Ce fut surtout la fatigue. Peut-être y eut-il aussi autre chose, mais en tout cas il n'en eut pas conscience. Il me raconta qu'il avait déjà parcouru la moitié de la longueur de l'église quand il se rendit compte tout à coup qu'il serait incapable de faire un pas de plus et s'assit. Pendant un moment il resta là, à peu près privé de toute espèce de conscience, hormis celle d'être assis, de ne plus être obligé de se tenir sur ses jambes, d'ouvrir les yeux, d'écouter, et éventuellement de parler. Au bout d'un certain temps il se souvint du prêtre, eut peur qu'il sortît de la sacristie, le trouvât là, et alors il réussit à se lever, gagna une des chapelles latérales où il s'assit de nouveau.

Il me dit qu'il faisait frais, noir et calme, et que pour le moment le frais, le noir et le calme lui suffisaient. Il ne pensait pas au fait qu'il était dans une église : il faisait seulement frais, noir et calme et il était assis, et par conséquent c'était bien. Il pouvait se contenter de rester ainsi, immobile, regardant droit devant lui, et là aussi il ne put se rappeler par la suite combien de temps cela dura, étant donné justement, dit-il, que le temps, ici, n'existait pas, se rappelant seulement que peu à peu (comme les yeux s'habituent à la pénombre, mais après un délai infiniment plus long, car ce n'était pas une question de lumière, de réflexes physiques) il recommença à être capable de sentir, de percevoir autre chose que le silence, le calme, reconnaître les images inscrites sur sa rétine, lisant le mot MERCI répété en lettres d'or sur la base du mur, juste en face de lui, comme une espèce de revêtement continu : MERCI MERCI MERCI MERCI MERCI MERCI, sur plusieurs rangées, les plaques de marbre blanc chacune à peu près de la dimension d'un cahier d'écolier se touchant, fixées aux angles par un clou à tête dorée, puis il vit le saint lui-même debout sur son socle de faux marbre : une statue en plâtre peint, un peu moins grande que nature, représentant un jeune homme aux cheveux blonds coupés court, revêtu d'une cuirasse de centurion romain aux faux muscles abdominaux, argentée, et d'une jupe faite de lanières de cuir, une longue cape vieux rose pendant derrière son dos, chaussé de sandales de cuir, tenant d'une main une petite croix sur sa poitrine, entre les pectoraux saillants de l'armure, et de l'autre la palme des martyrs. Des sortes de grosses marguerites en métal peint étaient disposées dans trois vases entourant le pied de la statue et une minuscule ampoule électrique luisait à l'intérieur d'un godet de verre rouge comme une veilleuse allumée là et entretenue, mais en quelque sorte par personne interposée car elle était simplement branchée sur le courant de la ville à tant le kilowatt-heure comme les fleurs de tôle étaient là une fois pour toutes, inaltérables et rigides sous leurs criardes couleurs au ripolin, seulement ternies par la mince pellicule de poussière qui les recouvrait (pas une couche : une poudrée, comme dans une de ces anciennes maisons non pas à l'abandon mais où, faute de domesticité, on fait le ménage seulement tous les quinze jours, et pas très à fond, et peut-être même seulement toutes les trois semaines, car il y avait (me dit-il) un vrai bouquet, de vraies fleurs, mais réduites à cet état momifié et cartonneux, à cette matière friable et uniformément brunâtre à laquelle les tissus végétaux n'atteignent qu'au degré extrême de dessiccation, et lui aussi (le bouquet) recouvert de cet impalpable dépôt cendreux qui semblait s'accumuler là lentement, comme apporté par la lumière même tombant, non pas bariolée à travers des vitraux de couleur mais grisâtre elle aussi, poussiéreuse, morte, de la lanterne au sommet de la coupole, accrochant des reflets ternes, gris, dans les deux énormes lustres à pendeloques, semblables à ceux qu'on peut voir dans un salon, quoique ce ne fût pas exactement un salon, malgré les dorures, les colonnes, le marbre rouge et noir, les corniches : quelque chose de funèbre, de fastueux, de sordide, et lui, là, toujours immobile sur sa chaise, plus que jamais image de la désolation, mais sans larme, regardant d'un œil froid, sec, le décor sale et pompeux comme, me dit-il, s'il voyait pour la première fois, n'avait jamais pénétré de sa vie dans un endroit semblable, et alors une femme entra, la poussière du carrelage mal balayé crissant à chaque pas sous ses semelles : mais il ne se retourna pas, se contenta de l'enregistrer, comme le reste, les marbres, les lustres, la poussière, quand elle pénétra dans son champ de vision : jeune, un fichu de dentelle noire sur ses cheveux, les lèvres fardées, très rouges, un peu grasse, s'approchant du tronc, y glissant une pièce, prenant un cierge, l'allumant, s'agenouillant à même le carrelage, les bras en croix, puis restant là, aussi immobile que les deux autres statues de part et d'autre de l'autel, les deux saintes tordant leurs mains parmi les tourbillons pétrifiés de leurs voiles sous l'impalpable et poussiéreux linceul, leurs visages voluptueux et peints ruisselants de larmes peintes, insensibles, défaillantes, pâmées dans le feu d'une éternelle souffrance, d'une éternelle extase).

XV

Puis il fut dehors de nouveau, ne se rendant compte, qu'au bout d'un moment, me dit-il, qu'il se mouvait, marchait, sans que son esprit ait eu besoin de commander, de décider, même pas de la direction à prendre, si bien que ce ne fut aussi que bien plus tard qu'il s'aperçut qu'il tenait toujours son béret à la main (il s'était découvert en même temps que le policier en pénétrant dans l'église), et s'en coiffa.

Il n'avait aucune idée du temps ni de l'heure. Depuis la veille au soir il n'avait rien avalé et pourtant il n'éprouvait aucun besoin de manger, et, en pénétrant dans le couloir de l'hôtel, il sentit l'odeur, entendit le bruit des couverts entrechoqués, pensant : « Ainsi il n'est que midi, ils n'en sont qu'au déjeuner... », mais ne s'arrêtant pas, n'ayant pas plus l'idée d'entrer dans la salle à manger qu'il n'eut d'arrière-pensée lorsqu'il se cogna presque à la grosse fille, les bras chargés d'assiettes, un peu gauche, effarée, très rouge, sortant de la cuisine, pensant seulement : « Alors, ils l'ont déjà remplacée, c'est la nouvelle... », et rien d'autre, déjà engagé dans l'escalier qui montait aux chambres, gravissant l'une après l'autre les marches de bois, et, me dit-il, toujours dans cette sorte d'état second, automatique pour ainsi dire, comme s'il était hors d'atteinte de toute émotion, de sorte qu'il ne ressentit ni colère ni indignation, ni même aucune surprise, en se trouvant nez à nez avec Maurice qui lui barrait le couloir, se contentant de le regarder de ce même œil qui se bornait à voir, à enregistrer (pensant seulement : « Ce n'est pas possible qu'il soit déjà saoul à cette heure-ci. Mais quoi ? »), enregistrant le regard suppliant, l'expression suppliante, la voix suppliante, lamentable, et en même temps les paroles, les mots : « Écoutez : il faut... Je... », le tout comme ces bribes de réalité – visages, gestes, voix – entrevus, happés au passage depuis une auto, un tramway, un train, un véhicule en marche, disparus avant même d'avoir fini le mouvement, la phrase, car il ne s'arrêta pas, continua à suivre le couloir, peut-être après un léger, un imperceptible temps d'arrêt, une hésitation, mais purement motrice – le seul jeu des réflexes en face de la voie barrée, d'un obstacle en travers du chemin – et peut-être même pas, car tandis qu'il continuait à avancer il le vit s'effacer (de sorte qu'il sortit, disparut de sa vue, de sa connaissance par l'image, son regard non plus ne se détournant pas, toujours obstinément fixé droit devant lui, retenant seulement le souvenir d'un glissement furtif, humble, comme la voix qui maintenant venait de derrière son dos, criait, protestait doucement, humblement : « Non ! Écoutez : non, ce n'est pas moi ! Je vous jure, ce n'est pas moi, pas ça, pas... »), puis plus rien, parce que maintenant il venait de refermer sa porte, sans violence, sans hâte, non pas contre ou au nez de quelqu'un, mais comme on tire normalement une porte derrière soi ; plus rien sauf, pendant quelques instants encore, pas la voix, même pas un bruit, mais – cela il le perçut aussi, l'enregistra, sans plus – comme une respiration, une présence silencieuse, humble, suppliante, misérable ; puis la présence même cessant, et lui (Montès), toujours protégé par, ou sous l'effet de, ou en proie à cette même insensibilité, plongé dans cette même bizarre impression d'irréalité, assis sur le rebord de son lit, tenant dans une main le verre d'eau qu'il venait de remplir pour la seconde fois au robinet du lavabo et dans l'autre un gâteau sec, le petit-beurre à demi entamé, à peine grignoté en demi-lune comme aurait pu le faire un rat, et dans sa bouche le mélange, la pâte gluante qu'il continuait à mastiquer sans parvenir ou se décider (ou peut-être même penser) à l'avaler, puis sans doute s'endormit-il, tel qu'il était là, verre et biscuit en main, car tout ce qu'il se rappela par la suite ce fut cette sensation d'humidité, la fraîcheur le long de sa jambe, puis le plafond, les points noirs des mouches tournant sans trêve autour de l'ampoule, puis il fut de nouveau assis, regardant stupidement l'étoffe mouillée, la longue tache sombre et dentelée sur la cuisse de son pantalon et le verre maintenant vide que tenait toujours sa main de même que l'autre n'avait pas lâché le biscuit entamé, et il s'aperçut alors que le soleil avait tourné, frappait à ce moment le retour de la fenêtre, atteignait le mur opposé : d'abord une simple raie plus claire, aux contours flous, puis une frange dorée, puis un mince triangle s'étirant, s'affirmant, progressant insensiblement dans la lente et vide après-midi (pouvant sentir, me dit-il, le temps, l'éternel recommencement, l'éternel cheminement de la matière inerte, insensible, tournant dans l'infini, se déplaçant avec cette foudroyante et implacable lenteur, promesse d'un lent supplice, d'une lente agonie, et quelque part dans la lumineuse durée quelque chose comme une tache, quelque chose d'obscur, de noir, d'irrémédiable, contre quoi son esprit se heurtait : main qui revient d'un mouvement machinal pour essayer d'écarter, puis se rappelant, pensant (la main) : « C'est vrai, j'oubliais... » et retombant, et recommençant l'instant d'après). Maintenant il était debout en face de la glace placée au-dessus du lavabo et se rasait, ou du moins s'efforçait de passer sur ses joues savonnées à la diable le rasoir dont il n'avait même pas changé la lame jusqu'au moment où le visage qui lui faisait face dans le miroir commença à se brouiller, exactement comme le matin l'image jumelle du prêtre et du policier, et alors ce ne fut plus qu'une tache liquide en face de quoi il se tint, attendant, le rasoir toujours à la main, pensant avec désespoir : « Je n'y arriverai jamais, c'est impossible, je ne pourrai jamais, je... »

Puis il put achever l'opération. Il dévissa le rasoir, sortit la lame, l'essuya, la remit sur le rasoir, toujours, me dit-il, s'agissant de lui, comme s'il assistait à ses propres actions de l'extérieur, comme déconnecté, se voyant là, un bon moment après avoir reposé blaireau et rasoir sur la tablette, toujours face à la glace, les sourcils froncés, comme s'il faisait un violent effort pour réfléchir, se rappeler ce qu'il voulait faire, ce qu'il avait commencé à faire en décidant en premier lieu de se raser, puis, l'instant d'après (se voyant) tirant de sous l'armoire la même valise éraillée d'où trois jours plus tôt Maurice avait triomphalement sorti le coffret, l'ouvrant, en extrayant maintenant un vieux pantalon soigneusement plié qu'il examina, le tournant et le retournant, regardant d'un œil navré le revers effrangé, le fond de culotte presque transparent, se décidant enfin, se défaisant de celui qu'il portait, l'étalant sur le dossier de l'unique chaise, enfilant l'autre à la place, transférant le contenu de ses poches, et un moment plus tard, comme s'il n'y avait pas eu de transition, comme si les rues, le soleil, l'ombre, n'avaient été qu'un simple couloir à traverser, le temps d'ouvrir et de fermer une porte pour passer d'un endroit à l'autre, il fut en train de regarder, stupide, comme fasciné par les chromes, les pièces brillantes, le bataillon de bicyclettes accrochées sous le porche tandis qu'une autre partie de lui-même parlementait avec l'agent de faction, puis (la partie de lui-même qui avait enregistré la réponse le conduisant, le guidant) en train de suivre des couloirs, des escaliers aux murs uniformément peints d'une couleur gris fer, comme la salle où il attendit, assis sur un banc (et là encore il me semblait le voir, avec ce pantalon tellement usé qu'il avait lui-même, de son propre aveu, hésité un moment avant de se résoudre à le mettre, et son air, son physique de pauvre, tellement semblable à ceux qui attendaient là d'habitude que les flics, le personnel du commissariat allant et venant – plus tard il se rappela cela aussi : le bruit incessant des pas, des talons durs sur le plancher nu, sans cire, le bois grisâtre, noir aux endroits où il n'avait pas séché, avec cette sonorité, cette consistance et cette odeur spéciale du bois balayé et arrosé chaque jour – ne se détournaient même pas pour le regarder). Puis le visage de l'inspecteur, le même qui l'avait accompagné chez le prêtre, le même crâne dégarni, trop blanc, découvert cette fois, non parce que son possesseur était en visite et dans un lieu où même les policiers se découvrent, mais chez lui, dans son domaine, c'est-à-dire assis derrière une petite table de bois peinte en noir dans un bureau où deux autres hommes mal habillés dont l'un tapait à la machine étaient également assis derrière des petites tables noires ; puis (et sans doute entre les deux y eut-il de nouveau les rues, le soleil, le vent, mais il ne les vit pas, ne les sentit pas, en tout cas n'en parla pas) il fut dans un autre bureau, dont les murs maintenant étaient d'une teinte crème, et le sol n'était plus un plancher brut, mais balayé et arrosé de huit, mais un linoléum ou quelque chose du même genre, caoutchouteux, étouffant le bruit des pas, l'ensemble – quoiqu'il y régnât aussi cette indéfinissable et commune atmosphère des locaux administratifs – clair, propre, pimpant, comme la femme assise derrière le bureau (pas une table noire : un meuble en bois clair, verni, avec un classeur moderne, un agenda moderne, une corbeille à courrier moderne et même un discret petit bouquet sur un coin) avait aussi un air moderne, pimpant, en dépit de ses cheveux déjà grisonnants mais non teints, par une visible coquetterie, coupés court, ondulés, les lèvres discrètement soulignées d'un peu de rouge, souriant d'une façon affable, engageante, à la façon d'une directrice d'école recevant des parents d'élèves ou encore d'une réceptionnaire de palace brevetée d'un de ces instituts modernes d'industrie hôtelière, suisse peut-être, le dévisageant sans cesser de sourire de la même façon affable, compréhensive, tandis qu'il essayait de lui expliquer pourquoi il était là, s'embrouillant, bégayant, regardant les mains aux ongles faits qui jouaient avec un de ces énormes crayons de bureau, jusqu'à ce qu'il entendit sa voix à elle disant : « Je suis désolée mais c'est impossible. Si encore vous aviez un lien de parenté quelconque avec ces enfants...

– Mais je...

– Je puis vous donner l'assurance qu'elles seront aussi bien que possible. Peut-être même... » Elle hésita, examina le veston râpé, la chemise au col élimé, la cravate élimée elle aussi, et au bout d'un moment elle se décida, disant dans un sourire bienveillant : « Mieux peut-être que dans le milieu où jusqu'à maintenant elles... » Puis il cessa de la voir, elle, ses ondulations, sa blouse brillante, et même l'endroit, le bureau modèle, l'organisation modèle, l'immeuble modèle, tout neuf, avec ses portes vernies façon acajou, ses murs de carton crème, son aspect de camelote en série, ses bureaux en série avec dans chacun des dames modèles fabriquées probablement en série comme celle-là, et sans doute dut-il rester ainsi absent (ailleurs, ou plutôt nulle part, perdu dans la lente dérive du temps, au sein de ce vide, de ce néant, l'immensité inexorablement grignotée millimètre après millimètre par la lente avance d'un pan de soleil, la lente mort, la lente souffrance tellement lente, tellement absolue, démesurée, que c'était presque la paix) un certain temps, en tout cas trop long pour un quémandeur dans un bureau de l'Assistance publique, car lorsqu'il la vit de nouveau (la femme) ce fut avec un sursaut : le sourire n'était plus tout à fait le même, toujours là, automatique comme elle avait dû l'apprendre dans son école suisse d'assistantes sociales modèles, mais avec quelque chose de forcé maintenant, de contraint, d'agacé, et en même temps il remarqua qu'elle regardait l'heure, un geste furtif, discret, de son poignet où brillait une petite montre en or, un geste d'homme, et alors seulement il se rendit compte que tous ses gestes étaient des gestes d'homme, même lorsqu'elle levait machinalement la main, le petit doigt écarté, pour s'assurer, tapoter l'ordonnance de ses ondulations, et ce fut avec une intonation d'homme qu'elle l'interrompit, légèrement impatiente, brusque, en dépit du sourire toujours plaqué : « Les adopter ? »

Et lui, précipitamment : « Oui, c'est ça, voilà : les... Je voudrais les... » Puis il s'arrêta, pencha la tête pour voir ce qu'elle regardait (une tache ? un accroc ?), ce que fixait le regard froid, impassible qui pour la seconde fois le soupesait, détaillait ses vêtements râpés, son bizarre visage de clown ou de traître de comédie avec ce regard coupable et charbonneux sous les sourcils charbonneux, et quand il releva la tête elle ne haussa même pas les épaules, disant (la voix toujours cordiale, douce, à peine méprisante) : « Je suppose que vous n'êtes pas sans savoir que la loi exige un certain nombre de garanties, et ceci dans l'intérêt même des enfants, et en premier lieu se pose la question de l'âge de l'adoptant qui...

Et lui : « L'âge ? », et presque aussitôt il entendit la réponse, l'accent de la voix presque triomphal maintenant, non pas tellement désagréable, du moins intentionnellement désagréable, que satisfait, professoral, disant simplement, doucement le chiffre : Quarante, et dans le même moment où il pensait : « Mais je n'en ai que trente-cinq. Alors. Cinq ans. Non », il dut, ou la partie de son esprit qui travaillait plus vite que l'autre dut penser, commander, transmettre aux lèvres ce qu'elle avait trouvé, et il dut le dire, ou si il ne le dit pas peut-être comprit-elle qu'il allait le dire et cela vint par l'intermédiaire des minces lèvres d'homme, à peine rougies, au-dessus du menton d'homme : « Vous les confier ? »

Maintenant le sourire avait complètement disparu. Un moment à peine elle le considéra, le visage froid, dur, empreint d'une expression de dégoût, de colère et en même temps apitoyée, puis la bouche s'ouvrit de nouveau sur un sourire cette fois ostensiblement faux, crispé, et il remarqua les petites rides en éventail qu'il faisait naître au-dessus et en dessous des lèvres, comme une étoffe froncée, et il pensa : « Vieille. Elle est vieille, elle est... », puis les paroles que prononçait la bouche, le sourire tendu, ridé, lui parvinrent : « ...célibataire si j'ai bien compris, et il se trouve que l'aînée de ces deux petites a déjà presque treize ans et comme cela arrive fréquemment chez les enfants qui ont du sang gitan, presque formée, vous devez comprendre... » et lui pensant maintenant : « Bon Dieu, Bon Dieu, Bon Dieu de Bon Dieu... » mais ne bougeant pas quoique maintenant elle se fût mise en devoir de classer ostensiblement les papiers sur son bureau d'un air affairé, ne faisant pas plus attention à lui que s'il n'avait jamais été là, dans le fauteuil qu'elle lui avait elle-même désigné lorsqu'il était entré, et une ou deux fois elle regarda encore l'heure à son poignet, mais sans lever les yeux sur lui, et quand il parla elle releva la tête d'un air surpris, comme étonnée de le trouver toujours là, fronçant les sourcils d'un air maintenant franchement excédé, si bien qu'il se mit aussitôt à bégayer, disant : « Je voudrais... C'est-à-dire je désirerais... », puis renonçant, s'agitant dans son fauteuil, se penchant en avant pour extraire son portefeuille, arrivant à dire : « Je ne voudrais pas qu'elles manquent de... », et elle : « Vous voulez faire un don ? », et lui : « Oui. C'est ça. Un don. Pour elles. Pour qu'elles ne manquent de... », et elle : « Les dons que nous recevons sont employés au mieux de l'intérêt de tous les enfants dont... », et lui : « Vous voulez dire que... qu'elles... », et elle : « Elles en profiteront comme les autres, comme elles profiteront aussi des dons que d'autres personnes... », et lui : « Mais... », puis il la vit de nouveau, jetant un nouveau coup d'œil à son poignet, et pourtant il resta encore là, sans pouvoir bouger de son fauteuil, avec sa figure ridée et tragique plissée par l'effort, comme s'il essayait désespérément de résoudre un problème et que tant qu'il serait là, dans ce fauteuil, ce bureau, il lui restait encore une chance de trouver la solution ou tout au moins une solution, ou peut-être n'essayait-il plus rien, n'espérait-il plus rien, avait-il oublié la femme, comme il avait oublié l'heure, ne s'était même pas aperçu du temps qu'il avait passé à attendre à la police, puis là, avant qu'elle le reçût ; peut-être restait-il simplement parce qu'il y était, qu'il était incapable d'envisager le moment qui suivrait, avec cette fois la dernière porte refermée pour de bon, et alors elle se leva, tapotant sa blouse brillante, et il la vit, parut enfin se réveiller, se leva lui aussi, disant : « Oui, bien sûr. Je... Bien sûr. J'oubliais. Oui. Est-ce que par hasard vous pourriez me dire l'heure exacte ? »

Il savait qu'il devait manger. Il me dit qu'il entra dans le premier restaurant qu'il vit, encore désert (il n'était pas tout à fait sept heures), commanda le menu sans le regarder et, quoiqu'il n'eût absolument pas éprouvé la moindre faim avant de s'asseoir, se vit tout à coup en train d'engloutir le contenu des assiettes que le garçon posait devant lui sans en sentir le goût mais avec une sorte de gloutonnerie vorace, sauvage, jusqu'à ce que tout se bloquât, refluât, lui laissant juste le temps de courir aux toilettes pour se pencher et vomir. Il paya le repas qu'il venait de rendre, les aliments qui n'avaient fait qu'entrer et, pas même digérés, ressortir de son corps comme si, dit-il, la nourriture l'avait trouvé (son corps) impropre à la recevoir, n'avait pas voulu de lui, selon l'expression dont il se servit lorsqu'il me le raconta, mais ça ne faisait rien, dit-il, parce qu'après il se sentit mieux, exténué mais mieux : en quelque sorte vidé au sens propre du terme, comme s'il ne restait plus de lui qu'une simple enveloppe sans plus rien à l'intérieur et cela c'était en quelque sorte aussi une manière de paix, de tranquillité, pensant, me dit-il, que ce serait commode si on pouvait tout vomir ainsi, et soi-même avec, se débarrasser de soi, s'expulser, comme une nourriture mal digérée, mais il resterait encore (dit-il) cet imbécile de corps à traîner sans savoir quoi en faire, où le mettre. Et il me décrivit cette sensation qu'il avait de promener comme une sorte de double ou plutôt – car il pouvait en sentir le poids, l'accablement – une carcasse encombrante, abusive, et il me semblait le voir, lui ou plutôt elle (la carcasse) se tenant debout dans cette chambre de Maurice (cela se passait le lendemain, d'après ce que je crus comprendre, et cette fois ce n'était pas à Maurice mais à lui que revenait l'initiative, c'est-à-dire qu'il – ou elle, la carcasse – y était venu de lui-même – ou d'elle-même – sans qu'il eût pu dire exactement ce qui l'avait poussé, conduit là : peut-être, pensai-je, seulement conduit – ou conduite – par cette même force qui l'avait mené jusqu'à ce restaurant sans avoir faim ou plutôt sans savoir qu'il avait faim, et obligé à engloutir voracement n'importe quoi sans parvenir à calmer, rassasier ce vague besoin, ce manque, remplir, combler ce vide qui s'était maintenant fait, creusé en lui ; ne l'ayant pas plus projetée – cette visite à Maurice – qu'il n'avait, à l'avance, pensé à manger, ne l'envisageant même pas un instant plus tôt alors qu'il était encore dans sa chambre, de sorte que ce fut seulement dans le couloir qu'au lieu de se diriger vers l'escalier il tourna en sens contraire – peut-être après une imperceptible hésitation –, frappa à la porte, et sans même se rappeler plus tard avoir entendu une réponse, entra), se tenant donc là tous les deux, lui et la carcasse, ou peut-être la carcasse seule, debout, avec sans doute de nouveau sur son visage cet air douloureux, torturé, non par la souffrance intérieure mais par l'effort, comme dans le bureau de l'Assistante Sociale, pour essayer de se rappeler ce qu'il était venu faire, chercher là, tandis que Maurice sautait du lit sur lequel il était allongé, écrasait nerveusement sa cigarette dans un des sept ou huit cendriers-réclame éparpillés dans la pièce, se tenait debout en face de lui, bafouillant maintenant, trébuchant sur les mots, s'embrouillant, comme par une inversion des rôles, disant : « Vous... Je... Écoutez : hier j'ai essayé, je voulais vous dire... Écoutez : ce n'est pas moi. Écoutez, je vous le jure : pas ça. Je suis un saligaud, mais pas ça. Pas la police. Pas moi. Écoutez : je suis capable de bien des choses, je sais même que je vous ai menacé d'aller leur dire, mais c'est parce que j'étais en colère, je voulais vous faire peur, je vous jure que... »

Et à ce moment Montès levant probablement la main, ou faisant un geste comme pour dire : « Qu'est-ce que ça peut faire maintenant ? », ou encore : « Bon, bon, je vous crois », ou peut-être simplement : « Arrêtez, vous me fatiguez », bougeant, s'avançant, et sans en demander la permission (toujours comme si les rôles étaient intervertis, mais avec cette différence que rien dans son comportement, ses gestes, ne relevait d'une volonté d'insolence, de défi, même pas de la conscience d'un avantage quelconque, de la supériorité que la situation lui conférait maintenant sur Maurice : rien que le réflexe naturel de la carcasse exténuée, le besoin de repos), s'assit sur le rebord du lit que Maurice venait de quitter, et de nouveau se tint là, avec son air malheureux, placide, un peu ahuri, ne demandant, n'attendant apparemment rien, se contentant (c'est-à-dire non pas content de, mais sans doute moins malheureux de, éprouvant non comme un bien-être mais comme une atténuation, un répit, le fait de n'être plus seul, de voir, d'entendre parler un personnage familier, quelqu'un qui faisait partie de ce qui avait constitué son univers pendant ces derniers mois), se contentant donc de regarder sans rien dire autour de lui avec cette curiosité placide, si innocemment indiscrète qu'elle était comme le contraire de l'indiscrétion, de la curiosité, regardant la chambre en désordre, la valise ouverte, à moitié faite, l'armoire ouverte elle aussi, disant à la fin (interrompant Maurice, coupant net les protestations, le flot de paroles, parlant sans lever les yeux, la voix hésitante, chargée d'une indicible angoisse, d'un indicible désespoir) : « Vous partez ? Je veux dire : loin d'ici ? En voyage ? »

XVI

Et plus tard tous les deux sur ce quai de gare : là même où Montès avait débarqué, pas tout à fait quatre mois plus tôt, mais cette fois le quai opposé, et Maurice debout dans l'encadrement de la porte du wagon de troisième classe, dans cet instant de trêve, d'attente, où voyageurs et parents se regardent, déjà séparés par l'épaisseur de l'air entre le wagon et le quai comme par une vitre, déjà absents, ceux qui restent se tenant là, la tête levée, embarrassés, gauches, tandis qu'en queue du train les hommes d'équipe balancent bruyamment sacs postaux et colis dans le fourgon de queue et qu'en tête le chef de gare tripote son sifflet, debout à côté de la machine haletant à intervalles réguliers, la fumée s'élevant en panache (volutes rousses que le vent chassait sous la verrière, dissolvait dans le crépuscule vert, presque froid, les rabattant au ras du quai où traînait aussi un journal froissé semblable à quelque oiseau grisâtre, incapable de prendre son vol, s'élançant et retombant, blessé, et sur le front de Maurice une mèche blonde tremblant légèrement, et parfois une longue traînée de poussière s'élevant de sous les wagons, mêlée d'escarbilles, les obligeant tous deux à cligner des paupières, mais ils ne s'en souciaient pas, silencieux maintenant, et enfin un long coup de sifflet et lentement les wagons commencèrent à glisser, et Montès leva la main à hauteur de son épaule, son visage essayant quelque chose comme un sourire tandis qu'il tournait lentement sur lui-même à mesure que la mince silhouette de Maurice encadrée dans la portière glissait devant lui de plus en plus vite, le visage crispé sur ce qui n'était pas un sourire, avec ses yeux de chien, ses cheveux trop longs dépassant du béret, et les deux plis profonds partant des ailes du nez, encadrant la bouche, semblables à des cicatrices).

Il me semble le voir sur ce quai de gare, regardant décroître, glisser sur l'entrelacs des rails où se reflète le crépuscule la lanterne rouge du dernier wagon, comme s'il ne pouvait se décider à s'en aller, se détacher de là, arracher son regard de l'endroit où au bout d'un moment il n'y a plus rien que les rails nus, luisant faiblement, tandis que les feux verts et rouges des signaux commencent à scintiller au-dessus des aiguillages. Et qui peut savoir ce qu'il éprouvait alors, dans ce moment où il voyait disparaître au loin ce train emportant le dernier personnage, le dernier lien qui le rattachait à ce passé récent et déjà tellement lointain, aussi violent que bref, et dont il ne lui restait maintenant plus rien, même pas un de ces insignifiants souvenirs – une fleur desséchée, un gant perdu – que la mémoire conserve comme une parcelle de la personne aimée au fond de quelque tiroir, même pas une lettre, un portrait (il me dit qu'il ne savait pas pourquoi il n'avait jamais pris d'elle que cette mauvaise photo qu'il me montra, dans un groupe, avec les patrons de l'hôtel et les deux fillettes, lui qui vivait en permanence avec cette espèce de troisième œil pendu sur son estomac). Et c'est pourquoi, je suppose, peu lui importait de savoir, de tirer au clair le rôle (néfaste, ou ignoble, ou simplement fatal) que Maurice avait pu jouer dans tout cela, alors qu'il venait de voir ce monde, cet Ordre au mythe duquel il s'accrochait avec une espèce de crainte superstitieuse et fétichiste, lui éclater sous le nez comme ces ballons d'enfant, ne lui laissant même pas entre les doigts les dérisoires reliques de quelques lambeaux de caoutchouc. Que Maurice fût une canaille ou non, cela avait peut-être une importance pour lui, Maurice, mais certainement pas (ou plutôt, à ce moment, certainement plus) pour Montès. Je crois qu'il était maintenant au-delà de ces sortes de considérations. C'est-à-dire de débattre si une personne est bonne ou mauvaise, ou si la vie elle-même est bonne ou mauvaise, et même, plus simplement, à quoi peuvent correspondre les termes « bon » ou « mauvais » et quelle astucieuse subtilité ou (si, comme on l'admet communément, ce que l'on appelle le droit, la loi, ne sont que la consécration d'un équilibre de forces) quelles forces décident du seuil à ne pas franchir, de la borne séparant ce qui est mal ou non, ce qui est permis ou non, comme par exemple (dans ce code particulier de l'honneur auquel se référait sans doute Maurice) d'exercer un chantage avec menace de dénonciation (permis) et le fait lui-même de renseigner effectivement la police (non permis).

Car lui ne s'y était pas trompé, n'avait pas cru un seul instant que les deux inspecteurs fussent venus comme ça, guidés par leur flair, frapper à la porte de Rose. Et Jep non plus ne s'y était pas trompé : il avait menacé Rose de la tuer si elle le dénonçait, et il l'avait fait, l'avait frappée avant d'essayer de s'enfuir, parce que lui aussi avait sans doute une expérience suffisante pour savoir que la police ne découvre pas les voleurs comme cela se passe dans les romans du genre, c'est-à-dire par le jeu d'intuitives et savantes déductions mais, plus prosaïquement, grâce aux renseignements fournis par les indicateurs. Quant à Montès, je ne sais pas ce qu'il pensa, ou crut, ou ne pensa pas. En tout cas il ne sembla jamais s'interroger là-dessus, ou désirer en savoir plus long que ce qu'il avait vu, soit qu'il en eût décidé ainsi, soit qu'il s'y fût résigné, ou encore qu'il fût parvenu suffisamment au-delà de la souffrance, jusqu'à cette zone particulière où l'on accède alors, se bornant à considérer une fois pour toutes aussi bien les gens que les événements comme donnés, sans se perdre dans la vaine recherche du comment et du pourquoi. Aussi, plus tard, quand on apprit la façon dont les choses s'étaient passées, je me gardai bien d'aller lui répéter, lui rapporter l'histoire qui bientôt courut la ville, à partir j'imagine, une fois de plus, de ce centre, de ce point géométrique, névralgique, où convergeait, se faisait, s'élaborait, hurlée d'une cabine à l'autre dans l'entêtante odeur des parfums et le bourdonnement électrique des séchoirs, la chronique parlée de la ville, parce que vous pouvez faire confiance à une femme offensée, ou s'estimant offensée, pour que l'affront se retourne en moins de temps qu'il n'en faut pour le dire, ou plutôt en juste le temps qu'il faut pour le dire, contre celui ou celle qui s'en est rendu coupable : car sans doute la femme du procureur trouva-t-elle quelque chose d'outrageant, d'inacceptable, non dans la démarche elle-même mais dans la façon dont celle-ci avait été faite, décrivant la visiteuse (s'abstenant seulement, sans doute en raison de ce qu'elle appelait le secret professionnel, de donner le nom) de façon telle que chacun put la reconnaître : le ventre obscène et orgueilleux, le visage de Junon, l'air hautain, pressé, impérieux, et même injurieux, dit (ou pensa) la femme du procureur, comme elle estima sans doute injurieux le fait que la visiteuse n'avait pas pu faire cela comme tout le monde, c'est-à-dire aller trouver le procureur à son bureau, au Tribunal, dans le courant de la journée et dans l'exercice de ses fonctions, ainsi que tout autre l'eût fait, et non chez lui, à son domicile particulier, sans souci de déranger, et alors qu'ils venaient juste de se mettre à table pour dîner. Et je pensais : dîner ? pensant : donc elle y alla directement, sans attendre, dès qu'elle eut repris le billet écrit par sa sœur, dès qu'elle eut fait le rapprochement après l'avoir fait parler, l'avoir manœuvré (elle, la mère de famille, la respectable épouse qui n'avait de sa vie jamais traité une affaire, jamais connu de l'argent, de l'impitoyable loi du « ceci contre cela », ou plutôt du « le plus possible contre le moins possible », que le billet qu'elle donnait chaque matin à sa cuisinière en même temps que ses ordres pour le marché – et lui (Maurice) le petit maître-chanteur, le petit faisan) comme une vieille maquerelle l'eût fait d'un enfant de chœur. Ou peut-être n'y alla-t-elle pas tout de suite. J'imagine que plus probablement elle dut d'abord revenir chez eux, je veux dire : chez son père. Je la vois : rentrant dans le bureau sombre où le gros homme est toujours assis au milieu de ses meubles recouverts de peluches et de portraits empanachés des généraux palefreniers, et elle jetant triomphalement la page d'agenda déchirée sur ses genoux, disant, mais sans hausser la voix, sans même cet accent de triomphe qu'une autre ne pourrait réprimer (seulement comme si elle eût parlé d'une facture rectifiée, d'un différend avec un fournisseur, d'une bonne renvoyée, d'un de ces détails domestiques auxquels il appartient aux femmes de mettre bon ordre, qu'elles doivent régler vite et discrètement parce qu'il n'est pas dans l'attribution des maris ou des pères – ni de leur dignité, ni peut-être non plus (ceci inspiré par cette sorte de mépris à la fois déférent et protecteur que toute femme éprouve vaguement à l'égard de tout homme) dans ses capacités – de s'occuper eux-mêmes de ces sortes de choses à la fois vulgaires et subtiles), disant donc : « Voilà. Je l'ai. », et le gros homme le prenant, y jetant un coup d'œil distrait, le repliant en quatre et le lançant sur son bureau avec juste un haussement d'épaules, et elle, alors : « Que comptes-tu faire ? », et lui : « Faire ? », et elle : « Avec Cécile. Est-ce que... », et lui : « Faire quoi ? Qu'est-ce que tu veux qu'on fasse. Après tout, si ce garçon lui plaît... », et elle : « Ce garçon ? Cette espèce d'idiot dont toute la ville... », et lui la regardant sans rien dire, ses petits yeux rusés, stupides et voraces de goret luisants dans le visage couperosé, jusqu'à ce qu'elle dise : « Tu vas la laisser continuer ? Tu vas la laisser aller de nouveau le relancer dans cet hôtel louche, et lui demander des rendez-vous sur des feuilles de carnet qu'un voyou viendra nous proposer de racheter ? ... », et lui, la passive énigme de la lourde face s'animant enfin, bougeant, disant avec un air d'ennui : « Tout ça n'est pas bien grave. Après tout, il... », et elle : « Pas grave ? Cet imbécile qui a presque quarante ans ? Cet idiot ? Et qui par-dessus le marché court après une putain ? Tu ne trouves pas grave que Cécile aille se compromettre et nous ridiculiser et peut-être pire encore et... Pas moi. Non. Pas moi », et lui toujours immobile, énorme dans la pénombre pelucheuse : « Que veux-tu y faire ? Elle... », et elle : « Y faire ? », et se levant, mettant ses gants : « Y faire ? », calme de nouveau, froide, tranquille, replaçant calmement son chapeau, tirant sur sa robe devant la glace, disant : « Il faut que ça finisse », disant : « Je crois que je connais un moyen », disant : « En tout cas, ce sera toujours ceux-là en moins. Et après ça nous verrons bien si elle... », parlant maintenant comme pour elle-même avec déjà de nouveau ce masque froid, fermé, que la femme du procureur décrivit lorsque plus tard elle raconta l'histoire : son mari se levant donc lorsque la bonne eut annoncé la visiteuse, la trouvant en train de l'attendre, debout dans le vestibule, le regardant de ce même œil inexpressif (de la même façon, je suppose, dont elle avait regardé Maurice, le gitan surpris tout nu chez sa bonne, dont elle regardait indifféremment l'employé du gaz venant relever le compteur ou son dentiste, c'est-à-dire sans les voir, comme aussi sans doute, lorsque pendant la guerre elle s'était engagée comme infirmière, elle relevait les couvertures, aidait un blessé à se mettre sur le bassin) tandis qu'il s'avançait vers elle en s'excusant, et, toujours de la même façon, lui tendant la main gantée, absente, inanimée. Elle le connaissait. Il lui avait été présenté à un dîner, quelque temps auparavant, où ils avaient été placés côte à côte. Et ce fut sans doute ce qui la détermina, fit qu'elle accomplit une démarche que peut-être elle n'eut jamais envisagée s'il lui eût fallu aller dans un commissariat, demander à parler à un inconnu, la seconde raison déterminante étant l'espoir qu'elle avait de faire peut-être cesser le scandale où se compromettait sa sœur en lançant la police sur ce qu'elle devait imaginer comme une bande, un gang, un ramassis de voleurs et de prostituées entre les mains desquels était tombé cette espèce d'idiot de vague cousin, ce dont elle se souciait peu, mais par contre-coup aussi sa propre sœur. Et sans doute, sans cela, eût-elle considéré ce genre de démarche, même dans le but désintéressé de faire arrêter un voleur, comme au-dessous d'elle, non seulement par une sorte de fierté, de pudeur, mais encore parce qu'il devait y avoir à ses yeux quelque chose de dégradant à se mêler de ces sortes d'affaires, ceux qui se sont fait voler participant en somme d'une certaine manière (un peu à la façon d'une fille violée) au délit, étant pour ainsi dire souillés par le seul fait d'avoir joué un rôle dans une de ces histoires sordides que l'on peut lire dans les journaux à la rubrique des assassinats et des tribunaux et qui semble réservée (la rubrique), comme les tremblements de terre ou les inondations, à une certaine catégorie de gens – Grecs, Chinois, et les pitoyables familles italiennes que l'on peut voir sur les photographies, mal vêtus, sales, et serrant contre eux quelques-uns de ces objets triviaux du genre poêle à frire ou édredon sauvé du désastre – qui, même victimes, passifs, portent dans une certaine mesure le poids d'une sorte de malédiction et de culpabilité.

Et ainsi, raconta la femme du procureur, elle se tenait là, probablement, dit-elle, comme elle se fût tenue dans un mauvais lieu, ou du moins un endroit douteux, considérant probablement que le procureur appartenait lui aussi – et peu importait que ce fût en ennemi – à ce monde du crime et de la saleté, se contentant de tendre la main puis de la retirer après qu'il l'eut prise (ou baisée) sans même faire semblant de s'apercevoir qu'il l'avait touchée, puis traversant à sa suite la salle à manger, saluant d'une inclinaison de tête (une sorte de sourire stéréotypé, automatique, plissant – non pas éclairant : étirant seulement – son visage l'instant d'après de nouveau sans expression) la femme et les enfants attablés, puis, aussitôt dans le bureau, dès qu'il eut refermé la porte sur eux et sans paraître voir le siège qu'il avançait, disant, droite, raide : « Voilà : vous vous rappelez ce vol de bijoux il y a quelque temps ? », disant : « Voilà : je me suis tout à coup souvenue que ces personnes qui ont été victimes de ce vol avaient pris à leur service une bonne que j'avais renvoyée au début de l'hiver... », s'arrêtant, le regardant en même temps qu'elle aspirait l'air, ses deux prunelles glacées aussi, bleu clair, puis se détournant, fixant maintenant la garniture de la cheminée, ou un objet sur le bureau, ou un fauteuil, tandis qu'elle disait très vite : « Bon. J'ai appris aujourd'hui quelque chose qui m'a fait faire un rapprochement. Naturellement, il se peut que je me trompe. Mais je crois que je sais qui est l'auteur de ce vol. »

Et après cela, elle se contenta sans doute de chercher chaque matin dans le journal, son visage majestueux et régulier un peu tiré, las, pensif, les sourcils froncés, tournant les pages avec agacement jusqu'à ce que deux jours plus tard elle ait enfin trouvé, quoique ce ne fût sans doute pas exactement ce à quoi elle s'était attendue, lisant « abattu » au lieu d'« arrêté » après « un dangereux malfaiteur », et plus loin « poignardée », mais sans qu'un muscle de sa figure tressaillît, les prunelles seules bougeant, glissant rapidement de gauche à droite et de droite à gauche et du haut en bas, à mesure que ligne après ligne elle lisait l'article, mais pas plus satisfaite qu'émue ou troublée, pensant peut-être tout juste : « Donc je ne m'étais pas trompée, c'était bien lui », et rien de plus, continuant sa lecture comme si elle n'eût été en rien mêlée à tout cela, ne pensant même pas pour se justifier : « De toutes façons, ils auraient fini comme ça », mais seulement : « Et maintenant je suppose que cela va lui ouvrir les yeux », mais se gardant probablement de manifester quoi que ce fût, se contentant peut-être seulement de laisser traîner le journal bien en vue à tout hasard, plié à l'endroit de l'article, et peut-être avec une marque, un repère, un autre objet piège disposé à côté ou empiétant dessus afin de savoir ensuite si le journal avait été trouvé et lu, guettant le visage de sa sœur, attendant, épiant peut-être ses sorties, supputant d'après l'heure, le vêtement mis, la direction prise, l'emploi probable du temps, et certainement n'ayant pas besoin de la suivre, se contentant le soir de cet examen fulgurant (pas l'intelligence, la déduction, même pas l'observation : quelque chose de plus profond, quelque chose du corps, de la chair : à peine le temps d'un regard, un bref éclair, un bref durcissement des prunelles bleu pâle, presque décolorées, aigu, et l'instant d'après plus rien) par quoi les femmes non pas déduisent mais sentent, savent avant même de savoir qu'elles savent, et alors rassurée.

De fait, lorsque je posai plus tard la question à Montès, il me dit qu'il ne la vit pas, qu'elle ne revint pas le voir (me regardant avec cet air surpris, un peu ahuri, un peu agaçant aussi, comme si je lui posais une question absurde, à tel point que pendant un moment je le regardai, et cette fois presque en colère, pensant moi aussi : « À quoi joue-t-il ? Qu'est-ce que... », puis je détournai les yeux, dis n'importe quoi, pensant : « Non. Ni Lope de Vega, ni Calderon. Rien que le décor : la façade de pierre sur la place, nue, morte, vide, tantôt cuite par le soleil, tantôt dans l'ombre, seulement râclée, rabotée sans trêve par l'infatigable vent, et pas d'acteurs bavards venant sur le devant de la scène raconter leurs secrets, leurs souffrances, mais quelque chose de muet, d'aussi muet que le décor, le mur nu, la lourde porte. Et complètement, totalement muet ; même pas une pantomime avec des gestes expressifs, des attitudes, des mimiques : quelque chose où il y aurait au fond cette façade de maison cossue et sévère, et les acteurs apparaissant, traversant la scène sans s'attarder, passant devant la maison, y entrant ou en sortant avec ce même masque muet, impersonnel, muré, une simple suite d'allées et venues, inexplicables, inexpliquées, la scène restant de longs moments vide, seulement occupée par le vent, entre deux apparitions, deux passages silencieux (tout au plus les acteurs allant jusqu'à parler du temps qu'il fait, de riens, du repas qu'ils ont pris ou de la couleur d'une robe) et tout à coup, sans qu'il se soit passé autre chose, sans que personne ait élevé la voix, ou hâté le pas, ou gémi, ou, encore moins, couru : un cercueil, une mort, et cela sans qu'aucun des visages se départisse de cette indestructible impossibilité, comme s'il ne se passait rien derrière les murs, rien non plus derrière les visages, comme s'il n'y avait rien sous les vêtements, pas de corps, et rien non plus sous les fronts, pas de pensées, pas de cœurs, pas d'organes souffrant, désirant, furieux, passionnés et fragiles, et non pas non plus ostensiblement porteurs (les personnages) d'épées, de spectaculaires rapières ou dagues relevant leurs capes, même pas de bagues à poison, comme si tout cela était inutile, bon tout au plus pour des habitants de Vérone ou de Saragosse sous le règne de Ferdinand d'Aragon, eux (les personnages modernes) doués sans doute de pouvoirs, d'armes occultes, ou ultra-perfectionnées comme dans les romans de science-fiction, en tout cas invisibles, et leur donnant le pouvoir, sans faire un geste ni proférer un mot, de se foudroyer à distance, l'un tombant mort sans que l'autre ait même regardé dans sa direction, ou esquissé un mouvement ; et mieux : se portant des coups sans se voir, en aveugles, sans même les sentir (la perfection des armes étant telle) comme ces personnes qui s'aperçoivent seulement après coup qu'elles se sont blessées, disant : « Où est-ce que j'ai bien pu me faire ça ? », ou rentrant chez elles après avoir échappé à un accident, apparemment indemnes, intactes, et tout d'un coup (une heure, ou un jour, ou une semaine après) se sentant subitement mal, se mettant au lit, et mourant, leur masque de mort reflétant pour la première fois l'expression de quelque chose : celle d'une indicible surprise, légèrement offusquée, légèrement scandalisée, d'un indicible étonnement.

Comme celle (l'expression) qui pouvait se lire sur son visage (à Montès) quand je lui parlai de Cécile, lui demandai s'il l'avait revue. La même, je suppose, qu'avait sans doute dû y voir Maurice lorsqu'il était venu le rejoindre sur ce banc du square pour essayer de le faire chanter avec ce mot, cette page d'agenda déchirée et griffonnée qu'elle avait glissée sous sa porte pour lui demander d'urgence un rendez-vous. L'expression, l'ahurissement non pas tant scandalisé que du type en train d'essayer de résoudre une intégrale ou une différentielle du quatrième degré et à qui on viendrait parler du gamin qui a lancé un ballon de football dans ses carreaux. Car peut-être fut-ce simplement cela : il ne la vit pas. En tout cas pas beaucoup plus que ce qu'il m'en dit, m'en décrivit, telle qu'elle lui était apparue à ce dîner, dans cette maison qui avait l'air d'une maison funèbre (mais, comme il m'en fit la remarque, sans doute en pensant à ce jour où il avait été invité chez son propre père par le régisseur dans la salle à manger rouverte pour la circonstance, à l'odeur de moisi et de renfermé : toutes les maisons ici ressemblant à des caveaux) : l'espèce de garçon manqué, avec ces cheveux coupés court comme un garçon, marron-rouge, une tignasse plutôt, qui semblait n'avoir jamais été touchée par un coiffeur, et ce corps de garçon aussi, étroit, les épaules carrées, ce visage brusque, mince, dur, taillé à coups de serpe, comme si visage, et corps, et le reste aussi, étaient comme l'antithèse de sa sœur, de l'espèce de Junon aux traits réguliers, arrondis, aux hanches fécondes, soit qu'elle (Cécile) fût ce contraire naturellement, soit que cette dissemblance fût le résultat d'une volonté bien déterminée, têtue, opiniâtre, qui se serait attachée à cultiver en elle tout ce qui pouvait non seulement la différencier de, mais encore l'opposer à son aînée. Et, à en juger par ce qu'elle fit par la suite, il devait bien y avoir quelque chose de cela. Une volonté, une révolte. Et peut-être pas seulement contre sa sœur. Peut-être quelque chose de plus vaste, et par conséquent de plus vague, et par conséquent de moins facile à apaiser. Une de ces colères sans objet défini, dirigée à la fois contre rien et contre tout : sa sœur, sa famille, la couleur de ses propres yeux, son milieu, la chaussure trop étroite, le flacon qui se débouche mal, tout ce qui résiste, et en même temps, par une sorte de paradoxe en retour, tout ce qui cède trop facilement, et peut-être (cette colère, cette rage froide, permanente, cette insurrection en somme) en premier lieu contre elle-même, c'est-à-dire sa condition forcée de femme, et plus encore que de femme : de jeune fille, comme une aggravation du premier état, de cette disponibilité qui est comme l'essence même du genre féminin : cette conscience de n'être qu'un vide, un récipient, un vase, ou plus brutalement un trou, attendant d'être rempli, et encore cette virginité, cet hymen, cette fragile membrane, ce mur qui les sépare (les jeunes filles) de ce futur qui les attire et les indigne à la fois, de sorte que tout effort en vue d'échapper ou de dominer leur condition tourne irrémédiablement à une tentative d'auto-destruction.

Plus tard, lorsque peu à peu la ville apprit les détails de l'histoire, la façon dont elle avait laissé tomber ce fiancé, couru après Montès avec ce mépris non seulement de toute pudeur, de toute convenance, mais encore de toute habileté (ce qui est peut-être en somme la même chose), repris ensuite le fiancé, pour l'abandonner une seconde fois – ou plutôt lui elle – les gens se mirent à parler d'elle avec des airs entendus.

Sans doute pour se rattraper. Et d'autant plus, peut-être, qu'avant cela elle ne leur avait encore jamais donné l'occasion, en dehors de sa mise, sa coupe de cheveux, ses manières de garçon, de chuchoter sur elle. Même pas comme celles qui dans les parties s'isolent (mais pas seules) dans les coins sombres, loin des lampes, ou même s'éclipsent discrètement au milieu de la soirée en même temps que disparaît aussi un des garçons ; et les garçons eux-mêmes, entre eux, ne parlant pas d'elle de cette façon particulière (avec clins d'œil et coups de coude) qu'ils emploient pour parler d'autres filles, même les plus huppés, les possesseurs de voitures, de cabriolets sport, et qui l'avaient emmenée, l'accélérateur à fond et l'observant du coin de l'œil, jusqu'à l'endroit de la panne imaginaire ou le coin propice. Cela était, paraît-il, arrivé trois ou quatre fois : la voiture arrêtée dans l'ombre, et quelqu'un qui se serait trouvé derrière voyant à travers la glace du fond les deux têtes aux mêmes cheveux courts, les deux nuques de garçon, d'abord chacune à une extrémité de la banquette avant, puis l'une d'elles – celle dont les cheveux étaient coupés le plus court – esquissant un mouvement, se rapprochant, se penchant, et alors, presque instantanément, le bruit de la portière claquant, et la mince silhouette de la jeune fille debout sur le bord de la route, déjà en marche (même si l'on était à vingt ou trente kilomètres de la ville et en pleine nuit) sans se retourner, sans regarder derrière elle une seule fois, tandis que le garçon tirait sur le démarreur, manœuvrait, la rattrapait, roulait au ralenti à son côté dans le chuintement silencieux et doux des six ou des huit cylindres, la tête penchée à la portière, s'excusant, suppliant, jusqu'à ce qu'elle s'arrête, dise : « Très bien. Je monte. Alors, poussez-vous », et le garçon : « Que je... », et elle : « Maintenant, c'est moi qui conduis. Allons, vite », ouvrant déjà la portière, et le garçon : « Mais... Écoutez : est-ce que vous savez cond... », et elle : « Poussez-vous, espèce d'imbécile ! », et le garçon : « Au moins est-ce que vous avez votre permis ? », et elle : « Non. Bon. Maintenant montrez-moi comment se passent les vitesses sur votre espèce de clou. » Et un peu plus tard on pouvait voir le garçon à une terrasse de café ou dans un bar, encore légèrement verdâtre, essayant de se remonter avec un verre, et encore trop secoué pour être capable de bluffer ou d'inventer une vantardise quelconque, seulement capable de répéter comme un idiot : « Nom de Dieu alors !... Nom de Dieu... », disant (au serveur, au barman, ou au copain rencontré) : « Bon Dieu !... Quand j'ai vu ce camion déboucher, je me suis dit : ça y est, ce coup-ci ça y est ! Mais elle a trouvé moyen de passer quand même, le pied toujours au plancher comme si elle l'y avait collé. Et si vous croyez qu'ensuite elle a ralenti ! Bon Dieu ! En arrivant au tournant du pont... » Ainsi peut-être alors est-il possible de l'imaginer (ou plutôt essayer d'imaginer ce qui se produisit en elle) ce jour où elle vit pour la première fois Montès, lui s'avançant vers eux (son père, sa sœur, elle-même, et ce fiancé – sans doute un qui avait réussi à surmonter sa peur, ou du moins à la garder pour lui, cramponné silencieusement à la banquette tandis qu'elle attaquait les virages à cent à l'heure et jouait à colin-maillard avec les poids lourds, et l'estomac suffisamment solide pour arriver à dire à la descente de voiture : « C'était tellement agréable : quand est-ce que nous faisons de nouveau une petite promenade ? ») dans ce veston de velours râpé et verdâtre, son bizarre visage ravagé, cet air de doux ahuri, ce paradoxal regard noir de traître ou de séducteur de cinéma (« Et ses millions, dirent les gens. Vous avez l'air d'oublier qu'à ce moment il venait d'hériter d'une des plus belles propriétés de la région et que... » Bon : et ses millions. Tout au moins en puissance. Je ne les oublie pas. Personne n'oublie des millions. Et même moins que des millions. Et même – et surtout – ceux qui oublient qu'ils ne l'oublient pas. Donc elle vit tout cela : le veston râpé, le visage, les yeux et les millions. Très bien. Pourquoi d'ailleurs ne les aurait-elle pas vus ? Bon.) Toujours est-il que c'était là quelque chose ou plutôt quelqu'un qui ne ressemblait à rien ni à personne de ce qu'elle avait pu imaginer ou voir jusqu'à ce moment-là, et encore moins à aucun des jeunes gens pourvus de voitures sport ou même sans voiture, et non plus à aucun des hommes faits qu'elle connaissait et qui parlaient des cours des vins, des combinaisons politiques, de bridge ou de ce que consommaient leurs autos. Car peut-être commençait-elle à en savoir suffisamment sur les jeunes gens à cabriolet, raquettes et cols italiens, et sur ce que devenaient plus tard ces mêmes jeunes gens, et sur le genre de vie qu'une femme peut espérer mener à côté d'eux.

« Mais elle voulait seulement s'amuser, m'avait dit Montès. Vous savez ce que c'est : une jeune fille de ce milieu, jolie, et très jeune, et moi... Vous comprenez. Rien que s'amuser. Ce n'était pas bien méchant. » – « Non, dis-je, pas méchant. Mais je n'ai jamais parlé de méchanceté. » Pensant : donc elle rompit ses fiançailles. Mais l'idée ne lui est jamais venue (à Montès) que ce pût être à cause de lui. Et d'ailleurs rien ne prouve que ce le fût. Même le fait qu'elle soit venue le lui dire comme ça, tout à trac, dans sa chambre. En tout cas, pour une raison ou pour une autre, ce fut ainsi : elle congédia le fiancé et au bout d'un certain temps, puisqu'il (Montès) ne se décidait pas à venir, n'avait pas remis les pieds chez son père, prit le parti (ou profita de cette seconde invitation de son père, ou suggéra à son père de faire cette seconde invitation, ou obéit à la suggestion de son père de la porter elle-même à domicile pour économiser le timbre) d'aller trouver Montès dans son hôtel à puces.

Mais cette fois-là non plus il ne la vit pas. Du moins pas comme elle espérait, souhaitait peut-être qu'il la vît, puisqu'après il ne retourna quand même pas encore chez eux, ce qui fit qu'elle dut, elle, retourner encore un coup chez lui (et je ne lui demandais pas (à Montès) si à son avis cela faisait aussi partie de l'amusement : l'humiliation, la colère, la jalousie, le fait, pour une jeune fille qui traitait les jeunes gens chic de la ville comme de simples loueurs d'autos, de se trouver devant une espèce d'olibrius de quinze ans plus vieux qu'elle et qui ne la voyait même pas alors qu'au su de tout le monde il jouait au papa gâteau avec les deux gosses d'une serveuse de gargote. Bon. Et qu'elle revînt encore une troisième fois – peut-être alors pour s'excuser de la sortie qu'elle lui avait faite, de son insolence, ou peut-être ayant compris, ayant accepté, voulant seulement lui dire, à défaut de ce qu'elle avait espéré : « Je comprends. Je me suis conduite comme une idiote. Bien. Alors voulez-vous que nous soyons amis ? »), mais ne le trouvant pas, griffonna alors un mot sur cette page d'agenda qu'elle déchira et glissa sous la porte. Toujours question d'amusement et de millions, bien sûr. Mais enfin elle le fit. Et ensuite sans doute attendit-elle qu'il lui fît un signe, lui envoyât un mot, quelque chose qui lui fît comprendre qu'au moins il l'avait vue, s'était tout de même aperçu de son existence, et quand elle eut appris ce qui était arrivé, soit par un domestique, ou les gens, ou encore peut-être ce journal que sa sœur laissait traîner, sans doute continua-t-elle encore à attendre, et peut-être alors avec une sorte d'espoir, quoique ce fût d'une façon différente, car, si avant d'avoir lu le journal elle avait encore la ressource, en mettant encore une fois fierté et pudeur dans sa poche, de retourner essayer de le voir, à présent sans passer les bornes de l'indécence elle ne le pouvait plus, non qu'elle ait su ou appris la démarche de Maurice, l'usage qui avait été fait de son billet (car cela elle ne le sut vraisemblablement jamais, et encore moins cette visite de sa sœur chez le procureur), mais simplement parce qu'elle se l'interdit, se contentant d'attendre, impassible en apparence, sortant, rentrant, menant sa vie habituelle, tandis que sa sœur guettait, moins sur son visage, qu'elle connaissait sans doute assez pour n'en rien attendre, qu'en elle-même cet indice, ce tressaillement de l'instinct qui lui dirait ce qu'elle voulait savoir.

Ce fut un peu plus tard qu'on la vit de nouveau avec ce fiancé renvoyé par elle environ un mois plus tôt, à peu près comme on renvoie un domestique, passant rapidement en voiture assise à côté de lui, avec son petit visage dur de garçon, fermé et secret. Puis brusquement (après pas beaucoup plus d'une semaine, peut-être une dizaine de jours) ce fut de nouveau fini : plus de tignasse rouge, plus qu'un seul buste dans la voiture lorsque celle-ci passait en ville, celui du garçon (c'était un type calme, posé, un peu effacé, avec un de ces visages de romain qu'ont les gens ici, hâlé par le soleil, toujours vêtu de costumes gris bien coupés, et qui travaillait dans l'affaire de son père, comme tout fils unique destiné à s'asseoir un jour dans un fauteuil encore chaud derrière un bureau tout préparé et avec devant lui un courrier à signer et une vie également tout préparés), puis lui-même disparut, partit en voyage, et, quelque temps après, un de ses amis le trouva un soir assis tout seul sur un tabouret de bar, quelque part sur la Côte d'Azur (dans un coin de cette espèce de bordel de luxe et de machine à sous long de deux cents kilomètres où son paternel avait dû l'expédier après lui avoir bourré les poches d'argent dans l'espoir qu'à force de glisser des sous ou autre chose dans les fentes alignées sur deux cents kilomètres de côte il réussirait à oublier), lui, là, le fiancé, avec un verre ou deux de trop dans le nez, quoique ce ne fût pas une habitude chez lui – mais peut-être en était-ce devenu une – et parlant, probablement parce qu'il y a des choses qu'un type même bien élevé ne peut tout de même pas, malgré toute sa bonne volonté et sa bonne éducation, réussir à encaisser et à garder pour lui tout seul, se décrivant donc, assis en face d'elle (Cécile) sous la véranda de ce restaurant où il l'avait emmenée déjeuner, elle toujours avec cet air buté, fermé (il dit qu'elle n'avait pas articulé plus de trois mots pendant tout le repas, n'en avait pas dit beaucoup plus depuis une semaine qu'ils se revoyaient, qu'il la trimbalait un peu partout dans cette auto en essayant de la dérider ou du moins d'obtenir d'elle ne serait-ce qu'un sourire ou même rien qu'un simple regard à défaut de paroles, à force de prévenances et de gentillesse), regardant la mer, la plage lugubre (pas cette espèce de décor cinémascopique de la Côte d'Azur, avec pins repiqués et rochers repassés au rouge minium chaque début de saison : rien que du sable et la mer dans la pâle lumière de printemps, et trois ou quatre hôtels trop blancs et trop hauts, poussés là, sur le sable plat, au milieu des herbes et des chardons, et un maigre bouquet de pins inclinés à quarante-cinq degrés, et quelques villas à tamarins à demi ensablées, et la mer vide et nue, et la plage vide, nue, immense, désolée, avec ce nuage flou et jaunâtre en suspension du sable emporté par le vent, et rien d'autre que l'ourlet plat, un peu d'écume, courant le long du rivage, s'étalant sans bruit, aussitôt pompé, bu, et, seulement tout au bord ce crépitement de l'eau giflée, criblée par la pluie de sable), et elle (Cécile) disant tout à coup : « Est-ce qu'on ne loue pas des chambres ici ? », et lui sursautant, la regardant (mais elle pas, le délicat petit profil toujours tourné vers la mer, avec son délicat petit nez d'aigle, ses yeux gris-jaune fixant l'horizon vide, plat, désespérant) : « Des... Je ne sais pas. Je... », et elle : « Est-ce que vous n'êtes jamais venu ici avec des poules ? », et lui : « Avec... Mais... », et elle : « Ils ont pourtant l'air de vous connaître », et lui : « Bien sûr. Je suis venu quelquefois. On y mange bien et... », et elle : « Je ne vous parle pas de manger. Je vous demande si ils louent des chambres », et lui : « Mais... », et elle : « Ils ne louent pas de chambres ? », et lui : « Si. Je crois. Mais... », et elle : « Alors demandez-en une », et lui : « Mais... », et elle : « Je vous dis d'en demander une. Vous ne comprenez pas le français ? » Et quand ils y furent, elle debout au milieu de la pièce, regardant froidement autour d'elle le décor stéréotypé d'amours stéréotypées, son petit visage toujours impassible, méprisant, dur, et à la fin se retournant, disant d'une façon brusque, impatiente : « Eh bien. Qu'est-ce que vous attendez pour en profiter ? », et lui : « Écoutez, Cécile, vous... », et elle : « Est-ce qu'elle ne vous a pas dit que c'était le moment. Que vous pouviez y aller. Qu'il fallait vous dépêcher d'en profiter ? », et lui : « Mais de qui... », et elle criant : « De ma sœur ! D'Hélène ! Cessez donc de faire l'idiot à la fin ! Est-ce que ce n'est pas vrai ? Est-ce que je me trompe ? Est-ce qu'elle ne vous a pas téléphoné, ou fait signe, ou fait dire par quelqu'un de revenir. Que c'était le bon moment. Que vous n'auriez qu'à vous montrer. Parce que j'étais... parce que j'étais... », et à ce moment la voix fléchissant, lui manquant, quelque chose comme un sanglot étranglé, étouffé, mais elle se ressaisissant tout de suite, criant de nouveau : « Osez dire que ce n'est pas vrai. Qu'elle... que cette espèce de garce... Répondez : est-ce que ce n'est pas vrai ? », et lui baissant la tête : « C'est-à-dire... », et elle : « Bon. Ça me suffit », et lui : « Écoutez, Cécile, je vous ai demandé d'être ma femme, je... », et elle : « Bon. Oui. Très bien. Voilà.

Je suis seule dans une chambre avec vous. Ce n'est pas encore suffisant ? », et lui : « Mais ce n'est pas comme ça que... », et elle : « Pas comme ça ? Parce qu'il n'y a pas le maire ou le curé ? », et criant de nouveau : « Je m'en fiche ! Tout le monde s'en fiche. Même les curés s'en fichent puisqu'on annule les mariages quand les gens n'ont pas couché ensemble. Vous ne savez pas ça ? Que la seule chose qui compte c'est de coucher ensemble, et pas les grandes orgues, et que ce sont eux-mêmes qui sont les premiers à le reconnaître puisque... Oh, et puis nous ne sommes pas là pour faire de la philosophie : est-ce que vous voulez coucher avec moi, oui ou non ? Est-ce qu'on va rester plantés là comme deux idiots jusqu'à la saint glin-glin ? », et presque aussitôt : « Et le champagne ? Est-ce que ce n'est pas l'habitude de faire monter du champagne ? », et lui : « Cécile, ma... », et elle : « Ça doit être ce bouton, là. Sonnez et dites qu'on apporte du champagne. » Et plus tard nue contre lui, le long corps mince, fragile, avec le long ventre plat, étroit, et le sexe étroit, et à peine une mousse, un duvet, roux, et tout à coup lui s'écartant, un mouvement brusque, et alors la tenant à bout de bras, la regardant, la scrutant, disant : « Quoi ? », disant : « Qu'est-ce qu'il y a ? », et elle, les yeux fermés, comme une morte, son long corps tendre et raide, comme mort, et pas un mais deux corps nus et froids sur ce lit, comme deux naufragés, nus, jeunes, beaux et morts, tandis qu'au-dehors la mer morte, plate, immense, continuait à crépiter sans fin sous la pluie de sable, les millions et les millions de grains blancs, crissants, crépitants, draînés par le vent qui les déposait en vagues figées, s'accumulant lentement à l'assaut des murs des villas désertes, du casino écaillé, de la digue déjà à demi ensevelie, et lui tenant sa tête de morte à bout de bras : « Répondez. Qu'est-ce qu'il y a ? », et la même tête de morte, les yeux clos, fermés, et lui : « Vous ne voulez plus ? Vous savez, nous pouvons encore... Il est encore temps... », et elle tout à coup bougeant, son visage s'animant, s'imprégnant d'une sorte de fureur, de rage, quoiqu'elle gardât toujours les yeux fermés, et disant : « Si ! Si ! Si !... », l'attirant, le collant contre elle, le forçant, ouverte, écartelée, le petit visage dur renversé en arrière, haletant, tandis qu'il la pénétrait, s'enfonçant, s'ensevelissant au sein de l'oubli, dans les humides grottes marines, ce coquillage amer et doux, au goût de sel et de larmes.

« Et pourtant elle était vierge ! Je venais d'en avoir la preuve. Je n'avais qu'à regarder pour en avoir la preuve ! » raconta-t-il (et je l'imagine dans ce bar, sur le coup peut-être de deux heures du matin, et maintenant avec un ou deux verres de plus dans l'estomac et un troisième à demi plein devant lui, et peut-être une putain quelconque, une machine à sous douée de parole et montée sur jambes, cherchant à l'arrêter, faisant les gros yeux au copain, disant : « C'est malin de lui avoir encore payé ce verre ! Vous, je vous retiens ! Vous voyiez pas dans quel état il était déjà, non ? Si c'est ça qu'on appelle les vieux cop... », et lui l'écartant, s'en débarrassant d'un tour d'épaule, répétant :) « Elle était vierge ! » Et sans doute se le répétait-il aussi tandis qu'il se rhabillait, tous les deux silencieux dans cette chambre silencieuse, lui jetant de temps en temps un coup d'œil furtif, elle assise encore nue au bord du lit, le visage impénétrable, sans gêne ni émoi apparent, comme si ce n'était pas la première fois qu'elle se trouvait nue en présence d'un homme, et après avoir été plus que nue, et sans un regard vers lui, en train d'enrouler soigneusement ses bas l'un après l'autre avant de les enfiler. Puis il se penche et voit pourquoi elle tient obstinément la tête baissée sur ce bas qu'elle ne parvient pas à se décider d'enfiler, et quand elle s'aperçoit qu'il s'en est aperçu elle dit sans bouger la tête : « Partez. Je vous en prie. » Mais elle ne cesse pas de pleurer. Sans bruit, les larmes glissent lentement le long de ses joues, et de nouveau, sans plus bouger ni tourner la tête, elle dit une deuxième fois : « Allez-vous-en. Je prendrai le tram », puis au bout d'un moment : « Mais partez donc, qu'est-ce que vous attendez ? », et lui restant là, debout tout habillé maintenant, sans doute en train de comprendre qu'il a été roulé, refait, détruit par une femme, mais pas elle, puis sursautant tandis qu'elle se met à crier, jetant à terre le bas qu'elle tient, puis son sac qu'elle avait posé sur la tablette de nuit, puis la lampe de chevet qui va s'écraser contre le mur, elle criant toujours, mais pas comme avant, la voix à présent brouillée de larmes : « Et surtout n'oubliez pas d'aller la remercier. Hein, n'oubliez pas ! Et maintenant fichez-moi le camp, espèce d'idiot. Fichez-moi le camp, vous m'entendez ? Vous m'entendez ? Vous m'entendez ? »

XVII

C'était encore le printemps. Je me rappelle que le vent souffla presque sans interruption pendant trois mois, au point que lorsque par hasard il s'arrêtait (quelques heures ou quelques jours – mais jamais plus de deux ou trois) on avait l'impression de l'entendre encore, gémissant et tempêtant, non pas au-dehors mais comme à l'intérieur même des têtes : grelots, voix vidées de leur contenu, seulement pleines de bruit et, semblait-il, de cette poussière aussi qui pénétrait, partout, s'insinuait sous les paupières brûlantes, dans la bouche, communiquant sa saveur aux aliments, interposant entre l'épiderme des doigts et ce qu'ils saisissaient (papiers oubliés la veille sur le bureau, assiettes, couverts) cette pellicule obsédante, imperceptible et granuleuse.

Et, aux environs de la Pentecôte, il redoubla, souffla durant huit jours et huit nuits consécutifs en ouragan, jonchant les rues de feuilles et de branches cassées, brisant les sarments dans les vignes et secouant de telle façon ceux qui résistèrent que la floraison se fit mal et que la presque totalité de la récolte fut perdue.

Et ce fut l'été. Torride, desséché lui aussi, plus poussiéreux encore, mais la poussière seulement soulevée maintenant par le passage des autos, les galopades d'enfants gitans (la peau de leurs pieds brun foncé, cornée sous la plante et aussi grise qu'une vieille semelle de soulier) demi-nus ou même tout nus, courant en bandes sur les bas-côtés des routes ou du faubourg, et plus un souffle maintenant, l'air étouffant, stagnant, quelque chose d'opaque qui entrait dans les poumons sans donner l'impression d'air, se refermait en remous lourds et sirupeux derrière les voitures des touristes, des types pourvus de casquettes blanches, de chemises à carreaux, d'appareils de photos et de compagnes en shorts, exhibant des cuisses rosies et tremblotantes, traversant rapidement la ville (juste le temps de se photographier, cuisses, casquettes et cache-seins, clignant des yeux et grimaçant dans le soleil devant les vieux remparts ou le portail de la cathédrale) pour gagner au plus vite la mer et s'affaler à la terrasse des casinos en sirotant des boissons glacées dans les beuglements des pick-up déversant sans trêve tangos et romances. Et avec ses magasins fermés, ses rues du centre à peu près vides, silencieuses, la ville restait là, abandonnée, morte, dans le soleil immobile, s'animant seulement le soir, dans les étroites ruelles des quartiers hauts où cette partie pour ainsi dire sédentaire de la population (celle qui ne va à la mer que quelques dimanches d'été et le quinze août, par pleins tramways, dès le matin, avec les paniers à provisions, s'asseyant sur le sable tout près de l'eau, les hommes déballant leur attirail de pêche, les femmes aux visages fatigués, alourdies, retroussant leurs jupes pour ne pas les froisser, enlevant leurs bas, laissant voir leurs membres trop blancs, leurs veines gonflées, et restant là, dans la lumière éblouissante, un peu étourdies, surprises de n'avoir rien à faire, regardant le sable filer entre leurs doigts tandis que la joyeuse brise de mer qui fait pencher au large les voiles des yachts s'amuse à soulever leurs robes, gonfle en ballon autour de leurs hanches les jupes qu'elles s'efforcent de rabattre), toujours là, hiver comme été, cherche alors non pas la fraîcheur, même pas l'air, mais seulement à retarder le moment de regagner les pièces étouffantes, traînant les chaises devant les portes, s'asseyant, les femmes en savates, les hommes en bras de chemise, le col défait, les manches retroussées, roulées jusqu'au coude sur les muscles velus, et sur le terre-plein les boules des joueurs soulevant en tombant une minuscule bouffée de poussière, sèche, grise, dans l'air sec, sans mouvement, et peu à peu, sans que la chaleur s'atténue, le crépuscule arrivant, gris lui aussi, l'air suffocant se contentant simplement de devenir noir, un peu plus épais encore, les gens ne se résignant pas encore à rentrer, de sorte que dans les ténèbres à peine trouées par quelques fenêtres allumées on continue à percevoir comme un confus murmure, un confus chuchotement, et quelquefois le rougeoiement d'une cigarette, un visage entrevu, l'ombre peuplée de voix invisibles, lasses, mortes, et Montès assis là, complètement invisible lui aussi, sous le feuillage maintenant dense, ténébreux et parfaitement immobile de ce même platane sous lequel Rose et lui avaient passé côte à côte cette unique soirée de printemps, échangé ce bizarre duo, peut-être les seules paroles d'amour qu'il ait entendues et dites de toute sa vie, et peut-être de toute sa vie aussi entendues et dites par elle quoique pas une seule fois il n'ait été question (en paroles) d'amour. Et souvent (j'étais moi aussi parti en vacances, le plus loin possible de la ville, de la chaleur et des plages cacophoniques) je pensais à lui, essayais de me le figurer, assis là, tout seul, dans le noir, en tête à tête avec ce fantôme, ce vide, et au-dessus de lui les branches rigides, les mêmes feuilles qu'au début du printemps il avait vu naître, fragiles, duveteuses et pâles, rigides maintenant, sans vie, sous le linceul de poussière accumulée, comme si elles se trouvaient non à l'air libre, dehors, mais à l'intérieur d'une maison, d'une de ces chambres vides, délaissées, plus jamais occupées après un décès, un deuil ; non pas un arbre : un de ces bouquets fanés en train de se dessécher lentement avant de tomber lui-même en poussière, comme si le ciel opaque et impénétrable pesait sur les maisons, l'enfermait, lui, les arbres rigides, la place tout entière avec son murmure de voix chuchotantes, psalmodiant, dans un espace clos de toutes parts, inexorable, à l'entêtante odeur de mort et de renfermé.

Et il y venait aussi le jour, quand il avait un moment de libre, entre deux démarches, s'asseyant, restant là à contempler sans les voir ses souliers eux aussi gris de poussière, son énorme serviette posée à côté de lui, avec sur le visage ce même air un peu stupide, exténué, qu'avaient maintenant pris l'habitude de voir, après les clercs d'avoués ou de notaires, les fonctionnaires des bureaux où, de nouveau, il passait des heures, oublié sur une banquette, relevant la tête chaque fois qu'un huissier ou un appariteur traversait la pièce, le suivant de ce regard de chien, interrogateur, ardent et doux jusqu'à ce qu'il eût disparu, et recommençant à attendre, et à la fin sans doute se lassèrent-ils, en eurent-ils assez de le trouver là comme un vivant reproche, une vivante supplication, impossible à ignorer, à chasser, revenant jour après jour, car ils lui donnèrent l'autorisation de les voir. Il me dit qu'elles n'avaient plus les petites nattes serrées que Rose leur tressait en forme d'anses avec un ruban. Il me dit qu'on les leur avait coupées, qu'elles avaient maintenant les cheveux courts, à la Jeanne d'Arc, sans doute parce que c'était plus propre. Tout était propre d'ailleurs : leur semblable tablier beige, le plancher luisant, l'espèce de parloir sentant la cire et le camphre, avec son canapé de velours râpé, ses deux fauteuils, les chaises rangées tout autour le long des murs, et sur l'un d'eux un grand tableau sombre, à l'huile (il n'eut pas le loisir de le regarder, il me dit que tout le temps qu'il resta avec elles il le voyait sur sa gauche, vaguement : quelque chose avec des femmes debout dans des voiles bleus, et des clous, et des gouttes de sang habilement peintes sur les pieds percés, et un ciel noir), et les volets à demi fermés sur le jardin, la lumière poudroyante, le monde extérieur brûlant, embrasé. Mais je n'avais pas besoin qu'il me le racontât. Je pouvais, il me semblait voir ça : lui assis là, sur le bord d'un de ces fauteuils avec à côté de lui l'inévitable serviette dans laquelle il avait fourré tout ce qu'elle pouvait contenir et même ne pouvait pas, et essayant de sourire, et disant : « Manges-en aussi un, tu ne veux pas ? », et elle (Thérésa) droite, raide, avec ses yeux comme des charbons, son petit visage brun foncé, et lui le gâteau au bout des doigts, restant là, la main en l'air, tandis qu'ils se regardaient tous les deux, l'autre petite assise les jambes pendantes sur une chaise et avec déjà de la crème jusqu'aux oreilles, et lui et Thérésa se regardant toujours, jusqu'à ce qu'enfin elle réussisse à faire l'effort d'avancer la main, de prendre le gâteau, tandis qu'il essayait de s'empêcher de trembler, la mâchoire raide, dure, et ses lèvres tentant plusieurs fois de remuer sans qu'aucun son ne parvienne à sortir, lui s'efforçant toujours de les contrôler, de refréner l'espèce de tiraillement nerveux qui les faisait tressauter, y réussissant au bout d'un moment, mais cette fois ce fut la gorge, et il sortit seulement un son qui n'était pas un son à proprement parler, et alors feignant de tousser, et râclant plusieurs fois, et enfin parvenant à dire : « Il y a un bien joli jardin ici, on dirait, c'est... », et alors de nouveau sa gorge, sa pomme d'Adam montant et descendant comme s'il essayait d'avaler quelque chose, et elle ne faisant à présent même plus semblant de manger le gâteau, restant là, la bouche serrée, avec les miettes friables encore accrochées aux lèvres, fixant toujours sur lui ce regard sombre, secret, pendant qu'il sortait son mouchoir, essuyait les doigts de la petite, toujours avec cette espèce de tic qui faisait trembler sa lèvre inférieure sans qu'il pût rien faire pour l'empêcher ni même le dissimuler, sinon, après qu'il eut fini d'essuyer les doigts, se moucher (et gardant le mouchoir devant sa figure un peu plus de temps qu'il n'était nécessaire pour simplement se moucher), mais quand il l'enleva, souriant cette fois, disant : « Maintenant... », mais obligé tout de suite d'avaler, baissant la tête, la relevant, souriant de nouveau, disant : « Maintenant, ça va aller mieux. Nous pourrons nous voir souv... C'est-à-dire ils m'ont permis de venir le premier jeudi de chaque mois, alors... », et Thérésa : « Chaque... Seulement ! Chaque... », mais se taisant aussitôt, se baissant, et tendant le gâteau à la petite, et restant penchée ainsi un long moment sur elle, l'aidant à manger, lui essuyant les joues au fur et à mesure, toujours sans se relever ni relever la tête et, me dit-il, il se rendit compte alors qu'il devait déjà y avoir longtemps qu'il était là quoiqu'il lui semblât qu'il était entré l'instant d'avant : parce qu'il ne restait plus de gâteaux dans la boîte, et il se mit à penser : « Déjà déjà déjà ce n'est pas possible ce... », et à ce moment la sœur entra – elle avait un visage replet, gras et blanc, des mains replètes, grasses, blanches, qu'elle agita gaiement devant elle, disant d'une voix enjouée : « Voilà ! Maintenant ces petites filles doivent aller... », et lui pensant :

« Non non non non pas maintenant pas déjà pas... », et entendant le bruissement cartonneux de la longue jupe, sentant cette odeur de chair pâle, bouffie, enfermée, tandis qu'il entendait la voix disant : « Allons !... », disant : « Mais j'espère ! On nous a gâtées... », et quand il se pencha, l'embrassa, il me dit qu'elle était comme un bout de bois, les lèvres serrées, de toutes ses forces, si bien que, quand la sœur posa sa main sur son épaule, ce fut comme si elle ne l'avait pas sentie, continuant à se tenir toute droite à l'endroit où elle était quand il l'avait embrassée, serrant contre elle dans ses longues mains brunes l'énorme boîte de bonbons dans son papier brillant, la sœur posant de nouveau sur son épaule, plus fort cette fois, la main grasse et blanche semblable à une main de cire, lui s'éloignant à reculons, s'efforçant de sourire toujours, disant gaiement : « Au revoir. À bientôt. Je... » tandis que le petit visage farouche et tragique le fixait toujours, plus que jamais semblable à celui d'une momie inca, et il agita encore une fois la main mais elle ne répondit pas, pas un muscle de son visage ne bougeant, la seule chose vivante étant les yeux, intolérables, et alors il se retourna très vite et partit dans le couloir.

La voiturette de la marchande de glaces et de sucettes était toujours à la même place, contre le mur de l'ancienne caserne, et, de son banc, il pouvait voir les enfants se presser autour, se bousculant, se haussant sur la pointe des pieds pour essayer de voir à l'intérieur de la glacière, quand la femme soulevait un des étincelants couvercles en forme de chapeau chinois, plongeait son bras et le ramenait avec au bout de la palette la motte de glace aux couleurs pâles : rose, vert d'eau ou jaune. Et il y avait toujours aussi le groupe de femmes avec leurs brocs et leurs seaux autour de la pompe, et le bruit métallique des seaux entrechoqués, et leur démarche lourde, majestueuse, quand elles repartaient, leurs hanches lourdes, leurs cheveux noirs et luisants, leurs savates, leurs oripeaux reprisés, multicolores et royaux. Et il restait là, pensant peut-être : « Si seulement je pouvais réussir à comprendre... », et un peu plus tard encore : « Mais est-ce qu'il y a seulement quelque chose à comprendre ? » – « Parce que, me dit-il plus tard, est-ce qu'il n'y a pas un mot pour ça ? Est-ce que ce n'est pas ce qu'on appelle... comment est-ce déjà ? Il me semble qu'on apprend ça en classe de sixième. À moins que ce ne soit en première. Mais je ne me rappelle plus... Si : mutations. Voilà. Est-ce que ce n'est pas seulement quelque chose comme ça, et rien d'autre. Vous savez : des cellules ou je ne sais quoi qui s'accrochent d'une certaine façon, se désagrégeant, tombant en poussière, en miettes, pour s'agglutiner de nouveau d'une autre façon, et à peine y a-t-il une légère modification, un de ces trucs microscopiques en moins ou en plus, mais c'est toujours la même chose puisque ça vit. Alors ? »

Je le regardai (j'étais redescendu pour quelques jours en ville et nous étions assis à la terrasse d'un café, dans le centre, à contempler les palmiers poussiéreux de la promenade, comme des plantes vertes que l'on eût alignées là en oubliant de les épousseter, comme dans une maison ou plutôt – assis sans bouger devant nos deux verres nous pouvions sentir la sueur qui ruisselait lentement sur nous – une serre mal tenue. C'était cela : une de ces serres mil neuf cent, et les poussiéreuses plantes vertes, et nous enfermés dedans) : se taisant maintenant, avec son visage désolé, figé, ses traits tirés, et tout à coup je fus pris d'une sorte de colère impossible à réfréner, et d'autant plus impossible à réfréner qu'injuste, à mauvaise conscience pour ainsi dire, comme de celles qu'on éprouve parfois en présence d'un malade auquel on s'efforce de démontrer qu'il est en quelque sorte coupable de sa maladie, non pas, comme on feint de le faire, parce qu'il a commis des imprudences, mais parce qu'il a le tort d'incarner, de nous rappeler le mal, la souffrance, ou plutôt l'irrémédiable existence du mal, de la souffrance, et alors je dis : « Bon Dieu ! Mais qu'est-ce que vous attendez pour rentrer dans un couvent ? »

Et lui : « Un couvent ? »

Et moi : « Oui. Figurez-vous. Ç'a été inventé exprès pour ça. Pour protéger les types dans votre genre, pour les mettre hors d'état de nuire... Oh, et puis nous disons des bêtises, fis-je précipitamment. C'est ce temps. C'est cette putain de chaleur. Ce cochon d'été. Ça abrutit complètement. Vous devriez partir maintenant, qu'est-ce que vous...

– Nuire ? dit-il. Vous avez dit : nuire ?

– Bon Dieu ! dis-je. Je plaisantais. C'est la faute de cette saleté de chaleur. Vous savez bien que vous êtes incapable de faire du mal à une mouche, même si vous le vouliez. Vous... C'est cette chaleur. Pourquoi ne partez-vous pas ? Pourquoi ne retournez-vous pas chez vous ? Maintenant que tous ces types que vous avez payés vous ont rendu le service de vous débarrasser de ces sacrées vignes... – Sans blague ? dis-je. Combien avez-vous donné à cet avocat pour le persuader de vous faire perdre ce procès ? Je suppose que vous avez dû y mettre le prix. Les avocats n'aiment pas perdre. Ça leur fait une mauvaise publicité. Aussi... »

Mais je ne parvins même pas à le faire sourire. Il ne m'écoutait pas. Pas plus qu'il ne s'était donné seulement la peine d'aller jusqu'au tribunal le jour où son affaire contre le régisseur était passée, parce que sans doute il avait ce matin-là ou cette après-midi-là autre chose de plus important à faire, comme par exemple de rester assis sur son banc de la place ou de monter la garde dans les bureaux dans l'espoir qu'un de ces fonctionnaires finirait tout de même par s'apercevoir de sa présence. Aussi ne m'en avait-il même pas parlé. Peut-être d'ailleurs ne savait-il, n'avait-il même pas pris la peine de s'enquérir de ce qui s'y était passé, se bornant sans doute à écouter son avocat lui annoncer le soir (ou ouvrant peut-être le lendemain la lettre par laquelle son avocat lui annonçait) qu'ils avaient perdu, et se contentant de faire : « Ah ! », ou « Bon ! » et fourrant ensuite la lettre au fond de la serviette, l'envoyant rejoindre la liasse de papiers qui gonflaient le dossier cartonné et l'oubliant aussitôt pour se précipiter dans un nouveau bureau, de sorte que ce fut par le notaire que j'appris les détails, c'est-à-dire que le régisseur avait produit au bon moment plusieurs billets signés par le père de Montès, et, aussi, fait état d'arriérés de salaires dus, accumulés pendant des années, et, encore, exhibé une reconnaissance de bons et loyaux services dont les mauvaises langues dirent qu'il (le père de Montès) l'avait sans doute écrite par erreur, dans un moment de confusion mentale qui lui avait fait mettre par distraction le prénom du père à la place de celui de la fille, le genre de service auquel il voulait sans doute faire allusion ne se rendant ordinairement pas dans le sillage des charrues ou penché sur la terre inépuisable mais dans cette position horizontale où sueur et ahans sont le contraire de ceux du travail et où le champ labouré se réduit à ce triangle broussailleux et sombre, ce sillon toujours ouvert, sans cesse besogné et jamais refermé ni comblé. Toujours est-il que le régisseur (ou plutôt le bizarre trio : l'homme au visage de cadavre terreux, la femme vêtue de noir et la fille trop peinte, assistant aux débats et plaidoiries, assis dans le fond de la salle, impassibles, sombres et implacables comme une allégorie vengeresse, outragée, du bon droit et de l'innocence pervertie) avait gagné, et non seulement gagné : obtenu réparation pour ce licenciement qu'il lui aurait sans doute fallu trouver lui-même un moyen de se faire signifier si les conseillers de Montès (les hommes de loi qui l'avaient fait attendre des après-midi entières sur les chaises ou les bancs de leurs antichambres pour finalement lui donner ce judicieux conseil) ne lui avaient rendu le service de lui faire porter par huissier ; et encore obtenu (le régisseur) plus que cela car il (Montès) s'était finalement trouvé devant un tel trou encore aggravé par la perspective de la prochaine récolte (celle des quelques grappes ou plutôt des quelques grains qu'avaient laissés les ouragans du printemps) qu'il avait finalement dû se résigner à la seule chose qui lui restait à faire, la première qu'il eût dû faire dès son arrivée, c'est-à-dire vendre. « Et, dit le notaire, je vous demande si c'était la peine d'avoir fait toutes ces histoires pour, au bout du compte, en arriver là ? D'autant plus que pour l'effet que cela semblait lui produire... »

« Parce que, me raconta-t-il, il était là, de nouveau installé dans ce même fauteuil où il s'était assis la première fois à peu près six mois plus tôt, toujours avec ce même air de penser à autre chose et à peu près aussi intéressé par ce que je lui disais que s'il s'était agi de la propriété d'un autre, des affaires d'un autre, ne discutant même pas le prix quand je lui ai transmis cette proposition, ne se rebiffant même pas, disant : « Bon. Très bien... », sans cesser de loucher sur ces vieilles gravures de la ville que j'ai laissées là parce que je les y ai toujours vues, si bien qu'à la fin je lui ai dit : « Si elles vous passionnent tellement, je vous en fais cadeau. Vous me donnerez une photo pour mettre à la place. Emportez-les, vous...

– En guise de prime offerte par la maison, dis-je, c'est... »

Il se mit à rire : « Une prime ! Comme vous dites ! À la fin j'en avais assez de le voir là. Ah ah ah... Une...

– Gentil d'y avoir pensé, dis-je. Je suis sûr que vous lui avez fait un très grand plaisir.

– Vous vous fichez de moi, dit-il.

– Je parle sérieusement. C'est certainement le plus grand plaisir que vous pouviez lui faire. Il adore ce qui ne bouge pas, dis-je, et comme ces vieux coins de la ville ont presque tous été déjà démolis, il ne risque plus de les voir disparaître.

– Ah ah ah ! fit-il. Ah ah ah ! Ah ah ah !... »

Et maintenant, assis à côté de Montès à la terrasse de ce café dans la poussiéreuse après-midi de septembre, je me taisais aussi, et nous restions là tous deux sans rien dire, lui avec son impénétrable et navrant visage toujours tourné (mais vers quoi ? : ce n'étaient pas les palmes qu'il regardait, immobiles et grises, pendant avec accablement dans l'air épais, irrespirable, ni les passants non plus, les façades, le mouvement de la rue ; ou peut-être était-ce tout cela à la fois, et non pas absent mais au contraire avec une sorte de passion, d'avidité, comme s'il espérait y trouver la réponse à qui sait quelle interrogation désespérée, frénétique, têtue). Et alors je le laissai, partis, me retournant une dernière fois pour le voir, toujours assis devant ce demi dans lequel il avait à peine trempé ses lèvres, et ce fut la dernière vision que je gardai de lui, comme si désormais son souvenir ne devait plus être que cela : cette question sans réponse, cette expression à la fois suppliante, concentrée et incrédule, la même expression, le même regard sans doute que découvrit la religieuse tandis qu'il se tenait devant elle (c'était le premier jeudi du mois suivant), bégayant, lui faisant répéter pour la troisième fois ce qu'il avait déjà entendu à deux reprises comme s'il n'avait pas compris, se refusait à comprendre (se tenant là avec son énorme serviette bourrée de bonbons et de jouets, son paquet de gâteaux dégoulinant, essayant de regarder dans le couloir par-dessus l'épaule de la sœur, en direction du parloir, comme s'il s'imaginait qu'elle lui cachait les enfants, lui mentait, ou voulait jouer, le faire marcher, et elle continuant à sourire, agitant ses petites mains potelées et blanches semblables à des mains de cire tandis que son visage replet, paisible et niais lui souriait avec obstination, et lui criant presque maintenant, disant : « Plus là ! Vous dites : plus là ? », et elle répétant de cette voix chantante, à la fois enjouée et geignarde des nonnes : « Oui. Mais ne vous... On est venu les chercher. Elles sont parties. Non, je ne peux pas... Nous ne savons pas... Mais elles seront très bien, vous savez, il ne faut pas vous inquiéter, elles... Mais non, la Mère Supérieure n'en sait pas plus que moi. C'est l'Administration, vous comprenez, ce n'est pas nous. Ils sont venus les cher... », les petites mains de poupée battant toujours comme des ailes devant son ventre, devant la grande croix de métal pendant sur son corsage rigide et cartonneux de toile empesée).

Je lui écrivis, l'invitai à venir me rejoindre, se reposer un peu, changer d'air, d'idées. Mais peut-être était-ce précisément ce dont il ne voulait pas. Car il se déroba, me répondit par de vagues excuses. Et sans doute y avait-il pour lui quelque chose de plus important que le repos, ou qu'il lui fallait atteindre d'abord, avant de seulement pouvoir penser au repos, et qu'il ne pouvait atteindre qu'à travers ce même air, quelque chose qu'il ne pouvait découvrir que là-bas, assis sur ce banc où il passait sans doute ses journées sans même plus attendre maintenant le premier jeudi du prochain mois, sans plus rien attendre du tout peut-être, sans plus rien chercher, pas même une réponse, se contentant de rester là, dans la lente et identique succession des heures, des jours, sur le décor inchangé, immuable, l'antique et vénérable terre, le vieux monde souillé sans cesse ressurgissant à chaque aube dans son originelle virginité sous l'éclatante lumière, sans mystère, évident : le ciel, les maisons, l'immémorial écho des seaux entrechoqués, les enfants se poursuivant, les faméliques Arabes assis le long des murs, la voiturette de la marchande de glaces qu'elle remplacerait l'hiver par la table à beignets, et les nickels des vélos enchevêtrés le long des rues étroites à l'heure du déjeuner, et l'odeur des sardines grillées en plein vent devant chaque porte, et les groupes palabrants de gitans avec leurs chemises blanches, leurs dents blanches et éclatantes, leurs chapeaux sombres et leurs foulards de soie, roses, vert amande, bleu ciel, et les murs griffés de graffitis avec leurs fatidiques têtes de mort gravées au clou dans le plâtre friable, leurs cœurs votifs, leurs rupestres dessins phalliques et leurs hordes déteintes d'animaux sauvages, zèbres, éléphants d'Hannibal, tigres bondissant hors des affiches déchirées des cirques, et les proclamations de grèves, les annonces de meetings, les infatigables phrases de colère, de révolte, d'infatigable espoir, et les visages dépeignés, les longs cheveux noirs et huileux pendants, se penchant aux fenêtres entre les pots de fleurs faits de vieilles boîtes de conserves, les voix aiguës appelant : Marce-e-e-e-el ! ou : Paqui-i-i-ta, le cri montant, ondulant, s'étirant, et retombant, et les chiens au trot flasque, oblique, flairant les tas de détritus aux angles des ruelles où le soleil s'enfonce comme un coin, un contrefort de lumière piqueté par les points clairs des mouches, et la mouche posée sur une joue barbouillée d'enfant, et les jeunes gens se balançant nonchalamment sur leurs chaises à la terrasse du petit café devant les guéridons veufs de consommations, sifflant d'envie au passage d'une fille ou d'une moto, les suivant longuement des yeux, mains aux poches, paupières mi-closes, têtes légèrement penchées pour éviter la fumée de la cigarette collée au coin des lèvres, sans cesser de se balancer d'avant en arrière, et les éternels joueurs de boules, et le chant solitaire d'un oiseau en cage arrivant du fond d'une cour par-delà les toits, par-delà le temps, le silence : tout de nouveau dans l'ordre reformé, indestructible, jusqu'au vent lui-même, de nouveau là, les premières rafales du vent d'automne secouant sporadiquement la tente du café, la tordant, la gonflant et la dégonflant avec des claquements secs, comme des coups de feu.

Dans peu de temps, il serait de nouveau installé et nous en aurions jusqu'à l'été prochain. Bientôt il soufflerait de nouveau en tempête sur la plaine, finissant d'arracher les dernières feuilles rouges des vignes, achevant de dépouiller les arbres courbés sous lui, force déchaînée, sans but, condamnée à s'épuiser sans fin, sans espoir de fin, gémissant la nuit en une longue plainte, comme si clle se lamentait, enviait aux hommes endormis, aux créatures passagères et périssables leur possibilité d'oubli, de paix : le privilège de mourir.

CET OUVRAGE A ÉTÉ ACHEVÉ D'IMPRIMER LE QUATORZE JANVIER DEUX MILLE TREIZE DANS LES ATELIERS DE NORMANDIE ROTO IMPRESSION S.A.S. À LONRAI (61250) (FRANCE)
N° D'ÉDITEUR : 5273
N° D'IMPRIMEUR : 123079

Dépôt légal : février 2013

DANS LA COLLECTION « DOUBLE »

Henri Alleg, *La Question.*
Yann Andréa, *M. D.*
Pierre Bayard, *L'Affaire du chien des Baskerville.*
Pierre Bayard, *Qui a tué Roger Ackroyd ?*
Samuel Beckett, *L'Innommable.*
Samuel Beckett, *Malone meurt.*
Samuel Beckett, *Mercier et Camier.*
Samuel Beckett, *Molloy.*
Samuel Beckett, *Watt.*
François Bon, *Sortie d'usine.*
Michel Butor, *L'Emploi du temps.*
Michel Butor, *La Modification.*
Éric Chevillard, *Du hérisson.*
Éric Chevillard, *La Nébuleuse du crabe.*
Éric Chevillard, *Oreille rouge.*
Éric Chevillard, *Palafox.*
Éric Chevillard, *Le Vaillant petit tailleur.*
Marguerite Duras, *Détruire dit-elle.*
Marguerite Duras, *Emily L.*
Marguerite Duras, *L'Été 80.*
Marguerite Duras, *Moderato cantabile.*
Marguerite Duras, *Savannah bay.*
Marguerite Duras, Xavière Gauthier, *Les Parleuses.*
Marguerite Duras, Michelle Porte, *Les Lieux de Marguerite Duras.*
Tony Duvert, *L'Île Atlantique.*
Jean Echenoz, *Cherokee.*
Jean Echenoz, *L'Équipée malaise.*
Jean Echenoz, *Les Grandes Blondes.*
Jean Echenoz, *Je m'en vais.*
Jean Echenoz, *Lac.*
Jean Echenoz, *Nous trois.*
Paul Éluard, *Au rendez-vous allemand*
suivi de *Poésie et vérité 1942.*
Christian Gailly, *Be-Bop.*
Christian Gailly, *Les Évadés.*
Christian Gailly, *Les Fleurs.*
Christian Gailly, *L'Incident.*
Christian Gailly, *K.622.*
Christian Gailly, *Nuage rouge.*
Christian Gailly, *Un soir au club.*
Anne Godard, *L'Inconsolable.*
Bernard-Marie Koltès, *Une part de ma vie.*
Hélène Lenoir, *La Brisure.*
Hélène Lenoir, *L'Entracte.*

Hélène Lenoir, *Son nom d'avant.*
Robert Linhart, *L'Établi.*
Laurent Mauvignier, *Apprendre à finir.*
Laurent Mauvignier, *Dans la foule.*
Laurent Mauvignier, *Des hommes.*
Laurent Mauvignier, *Loin d'eux.*
Marie NDiaye, *En famille.*
Marie NDiaye, *Rosie Carpe.*
Marie NDiaye, *La Sorcière.*
Marie NDiaye, *Un temps de saison.*
Christian Oster, *Loin d'Odile.*
Christian Oster, *Mon grand appartement.*
Christian Oster, *Une femme de ménage.*
Robert Pinget, *L'Inquisitoire.*
Robert Pinget, *Monsieur Songe* suivi de *Le Harnais* et *Charrue.*
Yves Ravey, *Enlèvement avec rançon*
Alain Robbe-Grillet, *Djinn.*
Alain Robbe-Grillet, *Les Gommes.*
Alain Robbe-Grillet, *La Jalousie.*
Alain Robbe-Grillet, *Pour un nouveau roman.*
Jean Rouaud, *Les Champs d'honneur.*
Jean Rouaud, *Des hommes illustres.*
Jean Rouaud, *Pour vos cadeaux.*
Nathalie Sarraute, *Tropismes.*
Eugène Savitzkaya, *Exquise Louise.*
Eugène Savitzkaya, *Marin mon cœur.*
Inge Scholl, *La Rose Blanche.*
Claude Simon, *L'Acacia.*
Claude Simon, *Les Géorgiques.*
Claude Simon, *L'Herbe.*
Claude Simon, *Histoire.*
Claude Simon, *La Route des Flandres.*
Claude Simon, *Le Tramway.*
Claude Simon, *Le Vent.*
Jean-Philippe Toussaint, *L'Appareil-photo.*
Jean-Philippe Toussaint, *Autoportrait (à l'étranger).*
Jean-Philippe Toussaint, *Faire l'amour.*
Jean-Philippe Toussaint, *Fuir.*
Jean-Philippe Toussaint, *La Salle de bain.*
Jean-Philippe Toussaint, *La Télévision.*
Boris Vian, *L'Automne à Pékin.*
Tanguy Viel, *L'Absolue Perfection du crime.*
Tanguy Viel, *Insoupçonnable.*
Tanguy Viel, *Paris-Brest.*
Antoine Volodine, *Le Port intérieur.*
Elie Wiesel, *La Nuit.*